रामायण

रामायण

शंकर बाम

प्रकाशक
प्रभात प्रकाशन प्रा. लि.
4/19 आसफ अली रोड, नई दिल्ली–110002
फोन : 011–23289777 • हेल्पलाइन नं. : 7827007777
इ–मेल : prabhatbooks@gmail.com ❖ वेब ठिकाना : www.prabhatbooks.com

संस्करण
2025

सर्वाधिकार
सुरक्षित

पेपरबैक मूल्य
तीन सौ पचास रुपए

चित्रांकन
रामेंद्र

मुद्रक
आर–टेक ऑफसेट प्रिंटर्स, दिल्ली

—————— ★ ——————

RAMAYANA
by Shri Shankar Baam

Published by **PRABHAT PRAKASHAN PVT. LTD.**
4/19 Asaf Ali Road, New Delhi-110002

ISBN 978-93-5562-319-5

₹ 350.00 (PB)

अपनी ओर से

बालकों का चरित्र निर्माण करने की दिशा में बालोपयोगी साहित्य का बहुत महत्त्व है; किंतु इस संबंध में एक सावधानी बरतने की आवश्यकता है। वह यह कि बच्चों के हाथों में दी जानेवाली पुस्तकें अमानवीय, गलत धारणाओं को जन्म देनेवाली और उनकी पहुँच के परे न हों। ऐसी रचनाएँ उनमें अनावश्यक हीन भावना और भय का संचार करती हैं। नवनिर्माण काल में ऐसा बाल साहित्य अपेक्षित है जो सहज भाव से उनमें भारतीय संस्कृति के प्रति आस्था, नए विश्वास, नई चेतना और नई आकांक्षाओं का सूत्रपात कर सके।

इस दृष्टि से गोस्वामी तुलसीदासजी के विश्व विख्यात ग्रंथ 'रामचरितमानस' से बढ़कर शिक्षाप्रद और कौन सी पुस्तक होगी। प्रस्तुत पुस्तक इसीका बालोपयोगी सरलीकरण है। देवों को आकर्षित करनेवाली हमारी धरती पर करुणा, संवेदना, कृतज्ञता, स्नेह, वात्सल्य, प्रेम, मातृ-पितृ भक्ति, आत्मबलिदान की भावनाओं की जो पावन गंगा राम चरित्र में प्रवाहित होती है, वैसी अन्यत्र कहाँ!

राम और रामकथा हमारी भारतीय संस्कृति के प्राण हैं। इनका जितना ही अधिक प्रचार प्रसार बाल वर्ग में हो, अच्छा है। राम के जीवन से संबंध रखनेवाली ऐसी पुस्तकें इनी-गिनी ही हैं, जो बालक-बालिकाओं की सरल बुद्धि में आसानी से आ जाएँ। इसलिए जो बालक गोस्वामीजी की मूल अवधी भाषा से अपरिचित हैं, किंतु राष्ट्रभाषा के प्रेमी हैं, वे भी इससे लाभ उठा सकते हैं।

यह सरल रामायण सभी वर्ग के बाल एवं प्रौढ़ पाठकों को रुचिकर लगेगी, इसी विश्वास के साथ।

—शंकर बाम

अनुक्रम

पहला खंड

एक

राम और रामकथा

हमारे पुराने ग्रंथों के अनुसार भगवान् विष्णु के दस अवतार माने गए हैं। इन दस अवतारों में श्रीराम और कृष्ण प्रधान गिने जाते हैं। राम को मर्यादा पुरुषोत्तम कहा जाता है। इसका मतलब यह हुआ कि महान्, श्रेष्ठ और उत्तम पुरुष में जिन गुणों का होना जरूरी है, वे सभी गुण श्रीरामचंद्रजी में थे। मनुष्य में गुण भी होते हैं और दोष भी। भगवान् को छोड़कर ऐसा कोई नहीं है जिसमें कुछ-न-कुछ दोष न निकले। मनुष्य के चरित्र की विशेषता और गौरव उसकी अपूर्णता में ही है। पूर्ण केवल ईश्वर होता है। भगवान् जब मनुष्य के रूप में धरती पर अवतार लेते हैं तो उन्हें हर प्रकार से मनुष्य के अनुरूप ही दिखना चाहिए। इस विशेषता की पूर्णरूप से रक्षा यदि भगवान् के किसी अवतार में हुई है, तो वह रामावतार में।

एक आदर्श पुरुष का आचरण, उसका व्यवहार, उसका चरित्र जिस प्रकार का होना चाहिए, वह सब हमें श्रीराम के चरित्र में मिलता है। श्रीरामचंद्रजी ने अपने कार्यों से कहीं भी यह दिखाने की कोशिश नहीं की कि वे पूर्ण ब्रह्म के अवतार हैं। इस प्रकार ब्रह्म की शक्तियों का प्रयोग उन्होंने कहीं भी नहीं किया है। यही राम के चरित्र की सबसे बड़ी विशेषता है। उनको ईश्वर का अवतार न माननेवाले का ध्यान भी इस विशेषता की ओर खिंच जाता है।

राम के चरित्र में कुछ ऐसी घटनाएँ घटी हैं, जिनको हम पसंद नहीं करते;

लेकिन इसलिए हम राम को सबसे अधिक चाहते भी हैं। राम ने सर्वत्र देश की जनता के बीच रहकर आचरण किया और हमें अपने जीवन को आदर्शमय बनाने का रास्ता दिखलाया। चंद्रमा में कलंक होने से उसकी सुंदरता बहुत बढ़ जाती है। ठीक इसी प्रकार राम के जीवन में कुछ विचित्र घटनाओं के आ जाने से उनका चरित्र अत्यंत निखर आया है; क्योंकि राम को आदर्श मनुष्य का रूप दिखाना था, जिसमें कुछ भूलों का होना स्वभाव से ही जरूरी है, नहीं तो वह साधारण मनुष्य से ऊपर उठ जाते। इसी एक विशेषता के कारण राम के साथ हम अपनेपन का नाता जोड़कर उनको अपना आदर्श मानते हैं और कोशिश करते हैं कि हमारा जीवन भी उनके जैसा हो, उनके जैसा ही बने।

एक आदर्श पुरुष के अंदर किस तरह अपने पिता, माता और भाइयों के लिए प्यार होना जरूरी है, यह सब हमें पूरी तरह से श्रीराम के अंदर मिलता है। गुरुजनों की मर्यादा का किस प्रकार पालन करना चाहिए, उनके साथ कैसा बरताव करना चाहिए, मित्रों और सगे-साथियों के साथ किस प्रकार का संबंध निभाना उचित है, इसकी शिक्षा हमें राम के चरित्र से पूरी तरह मिलती है।

जब राम राजा बनाए जाने वाले थे तब घमंड उनको छू तक नहीं पाया था। जो भी लड़कपन के साथी-मित्र आदि उनसे मिलने के लिए आते हैं, उनका स्वागत वह उसी प्रकार करते हैं जैसे लड़कपन में करते थे। भाइयों के प्रति भी उनका वैसा ही भाव है। सौतेली माताओं को रामचंद्रजी अपनी माँ से जरा भी कम नहीं समझते। यहाँ तक कि कैकेयी के प्रति उनकी भक्ति में उस समय भी कमी नहीं आई जब उसके ही कारण उनको राज-पाट छोड़कर वन जाना पड़ा था। उनका एक पत्नीव्रत एवं अपनी पत्नी के प्रति अगाध और कभी किसी हालत में कम न होनेवाला प्रेम एक ऐसी जीती-जागती मिसाल है जो हम अन्यत्र बहुत ही कम पाते हैं। इन सबसे बढ़कर उनका आश्रित वात्सल्य और शरण में आनेवाले शत्रु को भी अपना लेने का गुण है।

श्रीरामचंद्रजी के शासनकार्य की कुशलता का तो कहना ही क्या! संसार के इतिहास में रामराज्य एक कहावत बन गई है। लोग कहते हैं कि श्रीराम जैसा सफल और प्रजा का पालन करनेवाला राजा न तो उनके पहले ही

कोई हुआ और न उनके बाद। संसार के सभी प्रसिद्ध राजाओं ने राम जैसा प्रजापालक बनने की कोशिश की है। रामराज्य ही सबका आदर्श रहा है। रामराज्य की विशेषता क्या है ? गोस्वामी तुलसीदासजी ने एक छोटे से दोहे में स्वयं श्रीराम के मुख से कहला दिया है—

मुखिआ मुखु सो चाहिऐ खान पान कहुँ एक।
पालइ पोषइ सकल अँग तुलसी सहित बिबेक॥

यही आदर्श श्रीरामचंद्रजी का रहा है। इसीके लिए उन्होंने अपनी उस पत्नी को भी छोड़ दिया, जिसके लिए ब्राह्मण की हत्या करने से भी वे नहीं हिचके थे। हमारे यहाँ राजा पिता समझा जाता है और प्रजा पुत्र। पिता-माता ही तो अपनी संतान के पालन-पोषण का ध्यान अपने से भी पहले रखते हैं। इसलिए रामराज्य ही सबसे बढ़कर था। राम के चरित्र की विशेषताओं में यह सबसे बढ़कर है। ऐसा आदर्श चरित्र और कहीं नहीं मिलता।

इस प्रकार देखा जाए तो श्रीराम का चरित्र हमारे लिए एक ऐसा आदर्श है जिसके अनुसार चलकर हम अपनी सब प्रकार की उन्नति कर सकते हैं। दुःख-सुख की सभी घड़ियाँ श्रीराम के लिए समान थीं। वे सदा निडर, धीर और गंभीर बने रहे। लेकिन अत्यंत मार्मिक प्रसंगों में उन्होंने आँसू भी बहाए हैं, ठीक उसी तरह जैसे हम-आप बहाते हैं। ये ही सारी बातें हम श्रीराम के जीवन से सीखते हैं। इनके अनुसार ही चलने में हमारे जीवन की सार्थकता है। इसलिए हमारे लिए यह जरूरी है कि श्रीराम की जीवन कथा से हम अच्छी तरह परिचित हों। रामकथा का पूरा ज्ञान न होने पर हमारे लिए यह कभी भी संभव नहीं है कि हम उनके जीवन चरित्र को आदर्श मानकर उसके अनुसार चलें। हमारे जीवन में भी वैसी ही या मिलती-जुलती घटनाएँ घटती रहती हैं जो श्रीराम के जीवन में घटी थीं। यदि श्रीराम के आदर्श जीवन का पूरा परिचय हमें प्राप्त रहेगा तो हम अपनी भूलों और बुराइयों से बचने का उपाय ढूँढ़ सकते हैं।

निरंतर उसका पाठ करने से हमारे अंदर उनके जैसे गुणों का संचार होगा, हम फिर उन्नति की राह पर आगे बढ़ते चलेंगे। बार-बार राम चरित्र का पाठ करने से अवश्य ही हमारे दुर्गुण दूर होंगे। हम आदर्श और अनुकरण

करने योग्य मनुष्य बनकर दूसरों को भी सुधार सकेंगे। उपदेश से आचरण लाख गुना अच्छा है।

यही राम और राम चरित्र की महत्ता है, जो भगवान् के दूसरे अवतारों में नहीं पाई जाती। इसलिए रामकथा की जितनी चर्चा हो, अच्छा है। इसी बात को ध्यान में रखकर राम चरित्र की चर्चा इस पुस्तक में की गई है। आशा है, यह सभी के लिए पढ़ने योग्य सिद्ध होगी।

□

दो

रामकथा के लेखक

राम के सुंदर आदर्श और प्रेरणा देनेवाले चरित्र का गुणगान युग-युग से लोग करते आए हैं। राम अनादि हैं और अनादि है उनकी कथा। यह बताना बहुत कठिन है कि किस समय और किस युग में श्रीराम ने अवतार लिया था। सनातन धर्म के अनुसार दाशरथी राम ने त्रेता युग में अवतार लिया था। अलग-अलग ग्रंथों में रामावतार व रामचरित का जो वर्णन है, वह असल में राम के एक ही अवतार का वर्णन है, यह भी कहना कठिन है। रामचरित के वर्णन के जो अलग-अलग ग्रंथ मिलते हैं उनमें कई जगह कथाओं में अंतर है। कहीं-कहीं क्रम में भी फर्क है। इससे यह अनुमान होता है कि इस अंतर के मूल में राम के अनेकानेक अवतार हैं। गोस्वामी तुलसीदास ने लिखा है—

'कलप कलप प्रति प्रभु अवतरहीं।'

अर्थात् जब युग-युग में श्रीराम का अवतार होता है तो कोई आश्चर्य नहीं कि घटनाओं का क्रम भी कभी कुछ रहा, कभी कुछ।

काकभुशुंडि ने कहा है—'मुझे यहाँ रामकथा कहते सत्ताईस कल्प बीत गए।' इस बात से पता चलता है कि राम का अवतार कम-से-कम काकभुशुंडि से सत्ताईस कल्प पहले तो अवश्य ही हुआ होगा। काकभुशुंडि ने सबसे पहले राम की कथा भगवान् शिवजी से सुनी थी। इस प्रकार रामकथा को कहनेवाले सबसे पहले शिवजी ही हैं। वैसे महर्षि वाल्मीकि ने 'रामायण' पहले लिखी थी। इस सिलसिले में वह सबसे पुरानी समझी जाती है। संसार

के सबसे पहले कवि वाल्मीकि माने जाते हैं। संस्कृत के अनेक ग्रंथों में 'महाभारत' और कई पुराणों में श्रीराम का वर्णन है। लेकिन वाल्मीकि द्वारा लिखी गई रामायण एक तो सबसे पुरानी है और दूसरे, यह केवल श्रीराम के जीवन चरित्र का वर्णन करती है। संस्कृत के दूसरे ग्रंथ प्रधानतया इस रामायण पर ही निर्भर करते हैं। रामचरित से जुड़े जाने-माने ग्रंथों में संस्कृत का एक और ग्रंथ भी है, जिसे 'अध्यात्म रामायण' कहते हैं। इसमें और वाल्मीकि रामायण में कई स्थलों पर कथा में थोड़ा-बहुत अंतर भी है। इसके अलावा भी कई ग्रंथ इस विषय पर हैं। पर भक्तों में इन्हीं का अधिक मान-सम्मान है।

हिंदी ग्रंथों में सबसे बड़ी और पूजनीय पुस्तक गोस्वामी तुलसीदास की लिखी 'रामचरितमानस' के छप जाने पर संस्कृत और हिंदी आदि सभी भाषाओं के विद्वानों के बीच इसका ही प्रचार हो गया। भक्तों में भी इसका ही प्रचार है। यह कहना गलत न होगा कि रामचरितमानस की रचना के बाद वाल्मीकि रामायण का प्रचार एकदम कम हो गया। रामचरितमानस की रचना ऐसे समय में हुई जब देश डूब रहा था। उसे रामचरितमानस ने उस समय बचाया। इन सब कारणों से रामचरितमानस का प्रचार बहुत अधिक बढ़ गया और यह ग्रंथ सारी दुनिया में लोकप्रिय हो गया।

रामचरितमानस के बाद हिंदी में राम के जीवन से संबंध रखनेवाली और भी कई पुस्तकें निकलीं, जिनमें केशवदास की लिखी 'रामचंद्रिका' सबसे पुरानी है। यह आदिकवि वाल्मीकि की रचना के आधार पर लिखी गई है। आजकल तो बहुत सी पुस्तकें राम चरित्र के विषय में निकली हैं और रोज निकलती ही जा रही हैं। श्रीराम का चरित्र ही ऐसा है कि उसके बारे में कुछ-न-कुछ लिखने को सभी का जी चाहता है—और लिखने से मन को शांति एवं सुख मिलता है।

इन सारी रचनाओं को हम कहानी के लिहाज से दो भागों में बाँट सकते हैं। एक तो वे, जिन्होंने वाल्मीकि रामायण का आधार लिया है। दूसरी वे, जो अध्यात्म रामायण के पीछे चलती हैं। अध्यात्म रामायण और रामचरितमानस की कथा बहुत कुछ मिलती-जुलती ही है। अध्यात्म रामायण की रचना पहले की है।

अब हम थोड़ा सा रामचरित के लेखकों के बारे में भी विचार कर लें। प्रधान रूप से रामचरित के दो लेखक हैं—वाल्मीकि और तुलसी। इनमें वाल्मीकि पहले हुए और तुलसी पीछे। इसलिए इन दोनों संतों का परिचय पहले पा लेना जरूरी है।

वाल्मीकि

बहुत पहले की बात है। किसी घने जंगल में रत्नाकर नाम का एक डाकू रहता था। उस जंगल के रास्ते से जो भी गुजरता, वह उसको मारकर उसका सारा सामान छीन लेता था। दूर से ही वह राहगीरों की ताक में रहता था। एक दिन नारद मुनि और ब्रह्माजी साधु का वेश धारण करके उस रास्ते से निकले। रत्नाकर तो पहले से ही तैयार बैठा था। उसने इन लोगों पर धावा बोल दिया। जैसे ही वह ब्रह्माजी पर हाथ उठाने को तैयार हुआ कि उन्होंने उसे थोड़ा शांत करके पूछा—"आखिर इतना भारी पाप तुम क्यों करने जा रहे हो? मुझे मारकर तुमको क्या मिलेगा?"

रत्नाकर बोला—"यह आपने खूब कही! मुझे अपने परिवार के चार लोगों का पेट भरना पड़ता है। तुम दोनों को मारकर जो कुछ होगा वह मैं ले लूँगा।"

ब्रह्माजी ने कहा—"हरे-हरे! तुम इतना पाप करके अपने घर के लोगों का पालन-पोषण करते हो! यह तो बहुत बुरी बात है। क्या तुम्हारे इस पाप के भागीदार वे लोग भी हैं, जो तुम्हारे द्वारा इकट्ठा की गई पाप की कमाई में हिस्सा बँटाते हैं?"

यह सुनकर पहले तो रत्नाकर कुछ देर सोचता रहा, फिर बोला—"क्यों नहीं? पाप होगा तो सबको ही लगेगा। सभी तो उस पाप की कमाई को खाते हैं।"

ब्रह्माजी क्षण भर चुप रहकर बोले—"तुम्हारा यह समझना भारी भूल है। भला वे लोग तुम्हारे पाप के भागीदार क्यों होंगे? अगर तुम्हें मेरी बात पर विश्वास नहीं होता तो घर जाकर पूछ लो।"

इसपर रत्नाकर ने पहले तो यह समझा कि ये साधु बातें बनाकर भाग

महर्षि वाल्मीकि

जाने का बहाना कर रहे हैं। लेकिन जब ब्रह्माजी ने उसे यकीन दिलाया तो वह उन्हें वहीं बाँधकर घर गया। घर जाकर उसने सबसे पहले अपने पिता से पूछा—"तुम मेरे पाप का भी भाग लोगे या नहीं?" पिता के यह सवाल करने पर कि "पाप कैसा?" रत्नाकर ने कहा—"मैं रोज जंगल में राहगीरों को जान से मारकर उनका माल-असबाब लूट लेता हूँ और उसीसे आपका पालन-पोषण करता हूँ। इस प्रकार मुझे पाप लगता है। उसमें से आप भी कुछ लेंगे या नहीं?"

यह सुनते ही उसके पिता बहुत बिगड़े। वह बोले—"मैंने तुझे इसीलिए जन्म दिया था क्या? बुढ़ापे में मुझे पालना तेरा धर्म है, बस मैं इतना ही जानता हूँ। बाकी रहे तेरे कार्य, उनके लिए तू ही जिम्मेदार है, मेरा उनसे कोई मतलब नहीं।"

घबराया हुआ रत्नाकर अब अपनी माँ के पास पहुँचा। अपनी माँ से उसने वही बात पूछी। सुनकर माता और भी बिगड़ पड़ी। उसने कहा—"मैं तेरे पाप की भागीदार नहीं बनूँगी। तू जैसा करेगा वैसा भोगेगा। तू पाप करता है, उसे तू ही भोग। मैं कुछ नहीं जानती।"

माँ का जवाब सुनकर रत्नाकर के पैरों तले की जमीन खिसक गई। वह घबराकर अपनी पत्नी के पास गया और उससे भी वही प्रश्न पूछा। सुनते ही पत्नी रोने लगी। वह बोली, "मुझे पालना आपका धर्म है। आप मेरे पालन-पोषण के लिए धन कहाँ से और किस प्रकार कमाकर लाते हैं, उससे मेरा कोई सरोकार नहीं। मैंने तो आपसे कभी नहीं कहा कि आप पाप की कमाई से मेरा पेट भरें। फिर मैं आपके पाप की हिस्सेदार क्योंकर होने लगी!"

यह सुनना था कि रत्नाकर के होश दुरुस्त हो गए। उसने सोचा—'हाय! जिनके लिए मैंने यह सारे काम किए, वे ही समय पड़ने पर मुझसे पीछा छुड़ाना चाहते हैं। अब क्या हो? हे भगवन्! मेरी रक्षा करो, प्रभु! मुझे सही मार्ग बताइए, भगवन्!'

यह सोचता हुआ वह ब्रह्माजी के पास गया। उनसे सब बातें निवेदन कर वह उनके पैरों पर गिर पड़ा। उनसे प्रार्थना करने लगा कि किसी प्रकार मुझे इस संकट से उबारिए।

रत्नाकर के मुख से ये वचन सुनकर ब्रह्माजी प्रसन्न हो गए। उन्होंने कहा—"अच्छा, मैं तुम्हें 'राम' नाम का महामंत्र देता हूँ। तुम इसी मंत्र का सच्चे और पवित्र मन से जप किया करो। इससे ही तुम्हारा कल्याण होगा।"

लेकिन लाख कोशिश करने पर भी जब रत्नाकर के मुँह से 'राम-राम' न निकला तो ब्रह्माजी ने कहा कि अच्छा तुम 'मरा-मरा' कहा करो। इस बार रत्नाकर सफल हुआ। भगवान् की कृपा से यही मरा-मरा शब्द कुछ दिन में उलटकर 'राम-राम' हो गया। हजारों वर्ष इसका जप करके रत्नाकर शुद्ध हो गया। उसको ब्रह्मज्ञान मिला और अंत में मोक्ष प्राप्त हो गया।

एक ही आसन पर बैठे लगातार 'राम-राम' जपते हुए जब रत्नाकर को बहुत वर्ष बीत गए तो उनके चारों ओर दीमक लग गई। उसकी मिट्टी से वह पूरे ढक गए। एक बार ब्रह्माजी ने धरती पर टहलते समय देखा कि मिट्टी के भीतर से 'राम-राम' की आवाज आ रही है। पर रत्नाकर का कहीं ठिकाना तक नहीं है। पानी बरसाकर ब्रह्माजी ने मिट्टी साफ की, तब रत्नाकर की शक्ल दिखाई पड़ी। वहाँ अस्थि-पंजर मात्र बचा था। ब्रह्माजी ने प्रसन्न होकर उनके सिर पर हाथ रखा। हाथ रखते ही वह पुनः स्वस्थ और पुष्ट शरीर के हो गए। ब्रह्माजी ने उनका नाम रत्नाकर से 'वाल्मीकि' रखा। संस्कृत भाषा में वाल्मीकि दीमक के ढेर को कहते हैं। दीमक से उत्पन्न होने के कारण ही रत्नाकर का नाम वाल्मीकि पड़ा। इसके बाद ब्रह्माजी की आज्ञा से वाल्मीकि ने 'रामायण' की रचना की।

तुलसीदास

आज से लगभग चार सौ साल पहले तुलसीदासजी का जन्म हुआ था। उस समय यहाँ अकबर का राज्य था। मूल नक्षत्र में जन्म होने के कारण गोस्वामीजी के माता-पिता ने इनको पैदा होने के बाद ही त्याग दिया था। यमुना के किनारे बाँदा जिले के 'राजापुर' नामक गाँव में इनका जन्म हुआ था। बाद में इनकी शिक्षा-दीक्षा तथा पालन-पोषण इनके गुरु नरहरिदासजी ने किया। वहाँ से लौटने पर वह अपने घर में ही रहने लगे। वहीं वे लोगों को रामकथा सुनाया करते थे। एक दिन एक ब्राह्मण ने इनके

मुख से रामकथा सुनी। सुनकर इनसे वे बहुत खुश हुए। फिर पता आदि लगाकर उन्होंने अपनी परम सुंदरी कन्या रत्नावली का विवाह इनके साथ कर दिया।

विवाह के बाद तुलसी की रामकथा छूट गई। वह सदा अपनी पत्नी के प्रेम में बँधकर रहने लगे। एक क्षण भी अपनी पत्नी को छोड़ना इनके लिए कठिन हो गया। एक दिन उनका साला अपनी बहन को लिवा ले जाने के लिए आया। इन्होंने इनकार कर दिया। फिर एक चाल चली गई। रत्नावली ने इनको किसी काम के बहाने बाजार भेजा। यह अभी उधर ही थे कि इनकी पत्नी रत्नावली अपने भाई के साथ मायके चली गई। घर लौटकर इन्होंने अपनी पत्नी को न देखा तो बहुत दु:खी हुए और उसी समय, जबकि रात हो गई थी, तैरकर नदी पार की और ससुराल पहुँचे।

रात अधिक बीत चुकी थी। घर के तमाम दरवाजे बंद हो चुके थे। इसलिए तुलसीदास पीछे की तरफ से एक लटकती हुई रस्सी पकड़कर ऊपर चढ़ गए और अपनी पत्नी के कमरे में पहुँचे। उस समय इनको देखकर उन्हें बड़ा अचरज हुआ। उन्होंने पूछा—"आप इतनी रात में किस तरह भीतर आ गए? सारे दरवाजे तो बंद हैं।"

तुलसीदास ने कहा—"क्यों? तुमने मेरे लिए जो रस्सी पहले से लटका रखी थी, उसे ही पकड़कर मैं भीतर आया हूँ।"

सुनकर रत्नावली को बहुत अचरज हुआ; क्योंकि उन्होंने इस प्रकार की कोई रस्सी नहीं लटका रखी थी। उन्होंने जाकर देखा तो पता चला कि जिस वस्तु को तुलसीदास ने रस्सी समझ रखा था वह रस्सी नहीं बल्कि एक बड़ा लंबा साँप था।

पति का यह अंधा प्यार देखकर उनकी पत्नी रत्नावली को बहुत क्षोभ हुआ। वह तरस खाकर बोली—"आपको धिक्कार है, जो मेरी हाड़-मांस की इस देह पर आसक्त होकर मौत से भी न डरे। अगर आपका ऐसा प्रेम श्रीराम के चरणों में होता तो पता नहीं क्या से क्या हो गया होता!"

इतना सुनना था कि तुलसीदासजी की आँखें खुल गईं। वे तुरंत वहाँ से चलने के लिए तैयार हो गए। उनकी पत्नी ने अब अपनी भूल समझी। बहुत

गोस्वामी तुलसीदास

क्षमा-प्रार्थना की; लेकिन सब फिजूल। धनुष से तीर निकलकर निशाने पर लग चुका था। तुलसी के मन की मोह-माया खत्म हो चुकी थी।

गोस्वामीजी वहाँ से काशी आए। यहाँ उनको कुछ दिनों के बाद हनुमानजी के दर्शन हुए। हनुमानजी ने उन्हें श्रीराम का दर्शन कराने का वादा किया। तुलसीदास चित्रकूट आए। कुछ दिन बाद उन्हें श्रीराम-लक्ष्मण के दर्शन हुए। फिर वह अयोध्या गए। वहीं 'रामचरितमानस' की रचना प्रारंभ की। कुछ कांड वहाँ लिखकर वह काशी चले आए। यहीं उन्होंने 'रामचरितमानस' ग्रंथ पूरा किया, जिसका आज घर-घर प्रचार है।

□

तीन

श्रीराम के पूर्वज

क्षत्रियों के दो प्रसिद्ध घराने हैं—एक सूर्य से उत्पन्न, दूसरा चंद्रमा से। पहले अपने को 'सूर्यवंशी' कहते हैं और दूसरे 'चंद्रवंशी'। श्रीरामचंद्रजी सूर्यवंशी क्षत्रिय थे।

इन सूर्यवंशी राजाओं का राज्य उस प्रदेश पर था जिसको आजकल 'अवध' कहते हैं। इसके अलावा आगरा प्रांत के पूर्वी जिले भी इसमें शामिल हैं। इसको उस समय 'कोसल' कहते थे। इस कोसल प्रदेश की राजधानी सरयू नदी के तट पर बसी 'अयोध्या' नाम की नगरी थी। इस नगरी को एक सूर्यवंशी राजा युवनाश्व ने बसाया था। युवनाश्व के पुत्र का नाम मांधाता था।

मांधाता के जन्म की कहानी भी बड़ी विचित्र है। युवनाश्व के कोई लड़का न था, इसलिए उन्होंने पुत्र पाने के लिए यज्ञ किया। एक दिन राजा यज्ञ के मंडप में सोए थे। उन्हें बहुत जोर की प्यास लगी। जल की खोज हुई, पर कहीं जल न मिला। अब विवश होकर राजा ने यज्ञ के लिए मंत्रित करके रखा हुआ घड़े का जल पी लिया। वह जल रानी के लिए था, जिसे वे पीतीं तो उन्हें गर्भ रहता। सुबह जब यज्ञ करनेवाले ब्राह्मणों ने जल से भरा वह घड़ा मँगवाया तो उसमें मंत्रित जल नहीं था। ब्राह्मणों ने अचरज से राजा से पूछा कि घड़े के जल का क्या हुआ? इसपर राजा ने रात की घटना ब्राह्मणों को कह सुनाई। सुनकर ब्राह्मणों को हँसी आई और उनके चेहरे पर परेशानी के भाव भी झलके। राजा ने पूछा—''क्या बात हुई? आप सब परेशान क्यों हैं?''

ब्राह्मण बोले—"महाराज! वह जल तो रानी के लिए था, जिसे वह पीतीं तो गर्भ रहता। अब आपने पी लिया तो गर्भ आपके ही रहेगा। आपके ही पेट से संतान पैदा होगी।"

यह बात सुनकर राजा युवनाश्व बहुत घबराए। पर अब हो ही क्या सकता था। समय पाकर राजा के गर्भ रहा। गर्भ पूरा होने पर राजा का पेट चीरकर वह गर्भ में पलनेवाला बालक निकाला गया। राजा की इस प्रकार मौत हो गई। यही बालक बड़ा होकर राजा 'मांधाता' के नाम से प्रसिद्ध हुआ। उसकी कीर्ति आज भी कम नहीं हुई है। मांधाता इतने प्रतापी राजा हुए कि उनको सतयुग का अलंकार कहते हैं। वह थे भी अलंकार की तरह तेजस्वी।

इसी कुल में महाप्रतापी राजा सगर हुए, जिनके साठ हजार लड़के हुए। राजा भगीरथ इन्हीं सगर के परपोते थे, जिन्होंने कई हजार साल तप करके ब्रह्माजी को प्रसन्न किया था। भागीरथ की कृपा से गंगाजी के धरती पर आने से सगर के साठ हजार बेटे, जो कपिल मुनि के शाप से जलकर भस्म हो गए थे, तरे और स्वर्ग गए। उन्हें मोक्ष मिल गया। धरती पर गंगा के आने की घटना ने राजा भगीरथ को सदा के लिए अमर कर दिया। जब तक दुनिया रहेगी, भगीरथ का नाम लोगों की जबान पर रहेगा। गंगाजी को इसी कारण से 'भागीरथी' भी कहते हैं।

इसी वंश में सच्चाई पर मर मिटनेवाले राजा हरिश्चंद्र भी हुए हैं, जिनकी यह प्रतिज्ञा थी—

चंद्र टरै सूरज टरै, टरै जगत् व्यवहार।
पै व्रत श्री हरिश्चंद्र को, टरै न सत्य विचार॥

हरिश्चंद्र के समान सत्यवादी राजा संसार में आज तक न हुआ और न आगे होने की कोई उम्मीद है। एक रात सपने में राजा हरिश्चंद्र ने अपनी सारी जायदाद, राज-पाट ऋषि विश्वामित्र को दान दे दिया। उसके बाद जब तक विश्वामित्र आ न पहुँचे, राजा को चैन न पड़ा। उन्होंने उस राज्य का कुछ भी उपयोग न किया, जिसको वे दान दे चुके थे, भले ही स्वप्न में। सुबह ऋषि के आने पर राजा ने सबकुछ उनके हवाले कर दिया और जब उन्होंने दान की दक्षिणा माँगी तो राजा ने अपने को और पत्नी को बेचकर तथा खुद मरघट के डोम के घर नौकरी करके उन्हें दक्षिणा दी।

इसी कुल में आगे चलकर श्रीरामचंद्रजी से चार पीढ़ी पहले राजा दिलीप हुए। राजा दिलीप के यहाँ भी कोई संतान न थी। गुरु वसिष्ठ के बताने पर राजा ने कुछ काल तक नंदिनी गाय की सेवा की। एक दिन गाय ने राजा की परीक्षा लेनी चाही। राजा दिलीप उसे चराने के लिए रोज प्रात:काल ले जाते थे और शाम को लौटकर आते थे। एक दिन नंदिनी को वन में चराते समय राजा दिलीप का ध्यान इधर-उधर बँट गया। मौका पाकर नंदिनी एक पहाड़ की गुफा में घुस गई। राजा ने यह सबकुछ न देखा। थोड़ी देर में गाय की आवाज राजा को सुनाई पड़ी। इससे राजा को पता चला कि नंदिनी किसी मुसीबत में फँस गई है। राजा दौड़े-दौड़े वहाँ जा पहुँचे। देखा कि एक शेर नंदिनी गाय को दबोचे बैठा है। गाय भयभीत-सी उसके पंजों में जकड़ी हुई छटपटा रही है। राजा ने धनुष ठीक किया और चाहा कि शेर को मार गिराएँ; पर उनकी उँगली जो तरकस से चिपकी तो फिर छूटने का नाम नहीं लेती थी। अब तो राजा बहुत घबराए। उनके शरीर से पसीना छूटने लगा। राजा को ऐसी हालत में देखकर शेर ने हँसकर आदमी की बोली में कहा—"राजन्! मुझे मारने की तुम्हारी कोशिश बेकार है। मैं शिवजी का वरदान पाकर अमर हो गया हूँ। देवदारु के इस पेड़ के नीचे जो भी जानवर आ जाता है, उसे खाने की इजाजत मुझे भगवान् शंकर ने दी है। यह गाय यहाँ खुद आ गई। अब मैं इसे खाकर अपनी भूख मिटाऊँगा। आप लौट जाइए।"

राजा दिलीप बोले—"नहीं-नहीं, केसरी! ऐसा न कीजिए। यह गाय इस समय मेरी रक्षा में है। मैं इसका रक्षक नियुक्त किया गया हूँ। ऐसी हालत में यह कैसे संभव है कि मैं अपने प्राण बचाकर इसे मारा जाने दूँ? अगर आप मुझपर रहम करें तो मैं आपसे प्रार्थना करूँगा कि आप नंदिनी को छोड़कर मुझे अपना आहार बनाएँ।"

शेर ने राजा को बहुत समझाया कि आप राजा हैं। आप ऋषि को ऐसी हजारों गायें दे सकते हैं। लेकिन आप अपना जीवन न दें। पर राजा को यह सब मंजूर न हुआ। वह चुपचाप शेर के सामने सिर नीचा करके बैठ गए। राजा दिलीप इस इंतजार में ही थे कि अब शेर के खूनी पंजे उनके ऊपर पड़ते हैं, पर तभी उनके कान में नंदिनी की आवाज पड़ी—

''राजन्! उठिए। आपका मनोरथ पूरा हुआ। मेरे वरदान से आपके यहाँ बहुत ही तेजस्वी संतान पैदा होगी। आपकी परीक्षा लेने के लिए ही मैंने यह सब माया रची थी।''

नंदिनी की बात सुनकर बड़ी खुशी से राजा दिलीप उठे। उन्होंने नंदिनी को प्रणाम किया और उसके पीछे-पीछे गुरु के आश्रम तक आए। उनकी मनोकामना पूरी होनी थी, जिसका वरदान नंदिनी के मुख से उन्हें मिला था। वह बेहद प्रसन्न थे।

कुछ समय बीता। नंदिनी के प्रताप से राजा दिलीप के यहाँ अति तेजस्वी और प्रतापी संतान पैदा हुई। बेटे का नाम उन्होंने रघु रखा। राजा रघु का नाम सूर्यवंशी राजाओं में सबसे अधिक प्रसिद्ध हुआ। राजा रघु के बाद इनके वंश में जनमे लोगों को 'रघुवंशी' कहने लगे।

राजा रघु इतने प्रतापी थे कि रावण आदि सब लोग इनसे डरते थे। जिस रावण के भय से देवता, राक्षस, यक्ष, गंधर्व, किन्नर आदि सब थर-थर काँपते थे, इंद्र देवता जिस रावण के भय से छिपे फिरते थे, उस रावण की हिम्मत भी रघु के सामने जाने की न पड़ती थी।

रघु देवताओं के राजा इंद्र के मित्र थे। वह बड़े प्रजापालक और गौ-ब्राह्मणभक्त थे। दानी तो बहुत बड़े थे। कितनी-कितनी बार उन्होंने अपना समस्त धन लोगों को बाँट दिया था। जब तक फिर अपने बाहुबल से धन न कमा लेते थे तब तक मिट्टी के बरतन में खाते-पीते थे और जमीन पर सोते थे। इसी वंश में श्रीरामचंद्रजी का जन्म हुआ था।

रघु के बेटे अज हुए और अज के बेटे दशरथ। दशरथ की बड़ी रानी कौसल्या थीं। उन्हींके गर्भ से भगवान् श्रीरामचंद्रजी पैदा हुए।

राजा दशरथ के जीवन में एक और कथा का वर्णन आता है, जो इस प्रकार है—एक बार राजा दशरथ शिकार खेलते-खेलते जंगल में भटक गए। शिकार की खोज में रात हो गई। राजा अपने साथियों से बिछुड़कर अलग जा पड़े। रात का समय था। कुछ भी सूझ न रहा था। उसी समय अचानक श्रवण नाम का एक ब्राह्मण कुमार अपने बूढ़े और अंधे माता-पिता को बहँगी पर बैठाकर, कंधे पर लादे, सारे तीर्थों का दर्शन कराता हुआ चलते-चलते

उस बियावान जंगल में आ पहुँचा। माता-पिता को प्यास लग रही थी। इस कारण वह अपने माता-पिता के लिए पास की एक नदी से जल भरने के लिए पहुँचा। जब वह घड़े में पानी भर रहा था तो दशरथ को भ्रम हुआ। घड़े में पानी भरते समय जो आवाज हुई उसे उन्होंने हिरण की आवाज समझा। उन्होंने तुरंत तरकस से तीर निकालकर शब्दवेधी बाण चला दिया। श्रवण 'हे भगवान्!' कहकर गिर पड़ा। मनुष्य के मुख से निकली आवाज को सुनकर राजा दशरथ चौंक पड़े। जिधर से आवाज आई थी, वे उस ओर दौड़ गए। देखा, एक बालक बाण से बिंधा छटपटा रहा है। राजा दशरथ उसके पास पहुँचे और उन्होंने बालक से परिचय तथा उस घने जंगल में आने का कारण पूछा। श्रवण ने राजा से सारी बात कहकर अपने प्राण छोड़ दिए।

बालक श्रवण द्वारा बताए स्थान पर पानी लेकर राजा दशरथ पहुँचे। यहाँ आकर राजा ने श्रवण कुमार के बूढ़े अंधे माता-पिता को सारी बातें सच-सच कह सुनाईं। अपने पुत्र की मौत का समाचार सुनते ही माता-पिता शोक से तड़फड़ाने लगे। उन्होंने दशरथ द्वारा लाया हुआ पानी नहीं पिया। मारे शोक के उन्होंने दशरथ को शाप दिया कि हमारी तरह तुम भी पुत्र-विछोह में दम तोड़ोगे। इसके थोड़ी देर बाद उनके प्राण पुत्र-शोक में निकल गए। राजा दशरथ ने अपने हाथों से उनका अंतिम संस्कार किया और सुबह होने पर अपने घर लौट आए।

किस प्रकार इस शाप का प्रभाव राजा दशरथ पर पड़ा, वह अपने बेटे राम के विछोह में तड़पकर कैसे मरे, यह कथा आगे आएगी। पर मातृ-पितृभक्त श्रवण कुमार की कहानी अमर हो गई।

□

चार

श्रीराम का जन्म

पहले कहा जा चुका है कि श्रीराम का जन्म कौसल्या के गर्भ से हुआ, पर दशरथ को राम कैसे मिले, इसकी भी एक कथा है।

किसी समय मनु और उनकी पत्नी शतरूपा ने बड़ी कठोर तपस्या की। ब्रह्मा, विष्णु, महेश ने उन्हें वर देना चाहा; पर वे अडिग रहे और बड़ी लगन से 'ओ३म् नमो भगवते वासुदेवाय' का जप करते रहे। आखिर महाविष्णु का आसन डोल गया। वह बोले—"महाराज! मैं आपकी तपस्या से बहुत खुश हुआ। आप अपनी इच्छानुसार वर माँग लें।"

राजा ने उनसे प्रभु की अमल-विमल भक्ति माँगी। यह वरदान देते हुए भगवान् ने कहा—"और कुछ माँगो। मैं तुमसे बहुत प्रसन्न हूँ। जो वर माँगोगे, मैं खुशी से दे दूँगा।"

राजा बोले—"प्रभु, मैं अब और क्या माँगूँ भला! मेरी समझ में नहीं आता। लेकिन अगर आप कुछ देना ही चाहते हैं तो मेरी विनती है कि मुझको आपके ही समान पुत्र प्राप्त हो।"

सुनकर श्री भगवान् ने कहा—"अच्छी बात है, अगले जन्म में मेरे समान ही आपके संतान होगी। पर मैं अपने समान संतान आपके लिए कहाँ ढूँढ़ने जाऊँ? खैर, तब मैं खुद ही अपने अंशों के साथ धरती के सभी प्राणियों का दुःख दूर करने के लिए अवतार लूँगा। त्रेता युग के अंत में आप सूर्यवंश में जन्म लेकर अयोध्या के राजा होंगे और मैं आपके पुत्र के रूप में अवतार लूँगा।"

देखि प्रीति सुनि बचन अमोले। एवमस्तु करुणानिधि बोले॥
आपु सरिस खोजौं कहँ जाई। नृप तव तनय होब मैं आई॥

इसके बाद भगवान् शतरूपा के पास गए। उनसे भी वर माँगने के लिए कहा। वह बोलीं—"जो वर राजा ने माँगा है, वह मुझे पसंद है, मैं भी वही वर माँगती हूँ।" भगवान् ने 'ऐसा ही होगा' कहा।

इसके बाद राजा-रानी से उन्होंने कहा—"अब आप लोग स्वर्ग जाइए। वहीं बहुत दिन तक रहिए। फिर त्रेता युग के आखिर में, जैसा मैंने कहा है, सूर्यवंश में आपका जन्म होगा। उसी समय मैं आपके यहाँ पुत्र रूप में अवतार लूँगा।" यह कहकर श्री भगवान् वहाँ से गायब हो गए।

भगवान् के जाने के बाद मनु-शतरूपा मुनियों के उस आश्रम में कुछ दिनों तक रहे। इसके बाद योगी की तरह प्राण छोड़कर वे दोनों स्वर्ग सिधार गए। वहाँ त्रेता युग के आखिर तक वे देवताओं के बीच रहे। जब त्रेता युग का अंत पास आया तब राजा दशरथ के रूप में मनु ने और कौसल्या के रूप में शतरूपा ने जन्म लिया।

दशरथ सूर्यवंश के प्रतापी राजा रघु के परपोते और अज के पुत्र थे। अज के बाद दशरथ राजा हुए। दशरथ ने तीन विवाह किए। उनकी पहली रानी का नाम कौसल्या था, जो शतरूपा की अवतार थीं। दूसरी कैकेयी और तीसरी सुमित्रा थीं। तीनों ही रानियाँ अति सुंदर थीं। राजा का सबसे प्रेम था। राजा धर्मात्मा और वीर पुरुष थे। देवताओं के राजा इंद्र राजा दशरथ के बड़े गहरे मित्र थे। दशरथ ने इंद्र देवता को अनेक लड़ाइयों में मदद देकर जिताया था। एक ऐसी ही लड़ाई में कैकेयी ने राजा दशरथ की बड़ी सेवा की थी। इस बात से खुश होकर दशरथ ने कैकेयी को दो वर दिए थे।

कैकेयी को दोनों वर किस कारण मिले थे, इसकी भी मनोरंजक कथाएँ हैं, जो इस प्रकार हैं—

एक बार एक लड़ाई में राजा दशरथ के रथ का धुरा अचानक खराब हो गया। अगर कैकेयी का ध्यान उधर न जाता तो धुरा टूट जाता, रथ बेकार हो जाता और राजा संकट में पड़ जाते। कैकेयी की नई-नई शादी हुई थी। राजा उसे बहुत मानते थे। जहाँ भी जाते, उसे ले जाते। लड़ाई में भी ले गए थे।

कैकेयी ने एकाएक धुरे की हालत देखी तो सब समझ गई। राजा को संकट से बचाने के लिए उसने झट अपना हाथ धुरे की जगह डाल दिया। दशरथ युद्ध कर रहे थे, उन्होंने नहीं देखा। लड़ाई समाप्त होने पर जब उन्होंने कैकेयी की हालत देखी तो बहुत घबरा गए। उसका तुरंत इलाज कराया। कैकेयी का अपने प्रति यह प्रेम देखकर वह खुशी से गद्गद हो गए और उससे वर माँगने को कहा।

कैकेयी बोली—"आपके प्राण की रक्षा ही मेरे लिए सबकुछ है। मैंने आपके लिए जो कुछ किया, वह अपने ही लिए था। यह मेरा कर्तव्य था। इसलिए आपकी लड़ाई में जीत और आपको मुसीबत से बचाने में ही मुझे खुशी है। मैं कोई वर क्या माँगूँ भला! आपका जीवन बना रहे, यही मेरे लिए बहुत है।"

फिर भी राजा ने उससे वर माँगने के लिए कहा। इसपर भविष्य में कुछ माँगने की बात कहकर राजा के पास वर सुरक्षित रख दिया।

एक दूसरी घटना है। राजा एक लड़ाई में गए हुए थे। बड़ी घमासान लड़ाई हो रही थी। लड़ाई में राजा के शरीर में इतने बाण घुस गए कि उनका सारा शरीर छलनी हो गया। सब तीर विषैले थे, इस कारण तुरंत उपचार होना जरूरी था। जितने घाव थे, कैकेयी ने सब पर मुँह लगाकर खून चूस लिया। उसने इस बात की जरा भी परवाह न की कि ऐसा करने से उसकी जान को भी खतरा हो सकता है। उसके सामने तो केवल एक ही आदर्श था, एक ही चिंता थी—किसी तरह उसके पति के प्राण बच जाएँ। राजा दशरथ की जान बचाना उसका धर्म है। उसका जीवन उनसे ही है। पति के बिना स्त्री के जीवन का कोई मोल नहीं, कोई महत्त्व नहीं। अगर राजा को कुछ हो गया तो वह रहकर ही क्या करेगी। बाद में उपचार हो जाने से दशरथ भी अच्छे हो गए और रानी कैकेयी भी। इस बार भी राजा दशरथ ने रानी कैकेयी से वर माँगने को कहा। लेकिन इस बार भी वह बोली—"क्या वर माँगूँ, प्राणेश्वर? आप तो व्यर्थ ही परेशान हो रहे हैं। आपकी दया, कृपा और प्रेम के अलावा मैं कुछ नहीं चाहती।"

लेकिन जब दशरथ ने बहुत ही जिद की तो कैकेयी बोली—"अच्छा,

कैकेयी के वचन

फिर कभी अवसर पाकर माँग लूँगी।'' यही दोनों वर, जो किसी समय दशरथ की प्राण रक्षा का कारण बने थे, आगे चलकर उनकी मौत का कारण बने।

इस प्रकार कैकेयी को दशरथ बहुत मानते थे; पर उनका प्रेम सभी रानियों के साथ समान रूप से था। राजा के पास सबकुछ था। पति की सेवा करनेवाली सुंदर रानियाँ थीं। एकच्छत्र राज्य था। विपुल धन-धान्य था। इंद्र जैसे राजा उनके परम मित्र थे। वसिष्ठ जैसे गुरु थे, फिर भी वह दुःखी और उदास रहा करते थे। जैसे-जैसे उम्र बढ़ने लगी और बुढ़ापा आने लगा, राजा की चिंता बढ़ने लगी। उनको कुछ भी अच्छा न लगता। राजा के साथ रानियाँ भी दुःखी रहने लगीं। पहले का सुखद वातावरण उदासी में बदल गया।

राजा दशरथ रात-दिन निराश-उदास रहने लगे। एक दिन वह खिन्न मन से गुरु वसिष्ठ के पास गए। गुरु ने राजा से उदासी का कारण पूछा। इसपर राजा बोले—''महाराज, आप आगे-पीछे की बातें जाननेवाले हैं। आपसे कौन सी बात छिपी है? अब बुढ़ापा मुझे घेरकर खड़ा है, पर मेरे एक भी संतान नहीं है। दिन-रात यही चिंता लगी रहती है कि मेरे मरने पर क्या होगा! यह सारी दौलत कौन भोगेगा? मरते समय मुँह में दो बूँद गंगाजल कौन डालेगा? हमारे नाम से श्राद्ध-तर्पण न होने से हमें नरक में जाना पड़ेगा। न जाने पिछले जन्म के कौन से पाप उठ खड़े हुए हैं कि यह हालत आ गई। हमारे एक भी संतान नहीं हुई। यही रोग मुझे चौबीसों घंटे खाए जा रहा है।''

गुरु वसिष्ठ समझाकर बोले—''महाराज, आप इतने दुःखी न हों, धीरज धारण करें। आप व्यर्थ ही विचलित हो रहे हैं। आप तो देवताओं के मित्र, महा पराक्रमी योद्धा हैं, फिर भी धैर्य खो रहे हैं! आपके भाग्य में संतान लिखी है और वह जरूर होगी। आप श्रृंगी ऋषि को बुलाकर उनसे पुत्र-प्राप्ति के लिए यज्ञ-हवन कराइए। आपके यहाँ बहुत तेजस्वी संतानें उत्पन्न होंगी।''

गुरु के कहने पर राजा दशरथ ने श्रृंगी ऋषि को बड़े आदर और भक्ति के साथ बुलाया तथा संतान पाने के लिए उनके हाथों एक बहुत बड़े यज्ञ का आयोजन किया।

□

बहुत पहले की बात है। एक घने जंगल में नदी के किनारे पुलस्त्य मुनि के पुत्र विश्वश्रवा मुनि का आश्रम था। इस आश्रम में मुनि अपनी दूसरी पत्नी के साथ रहते थे। एक दिन एक बहुत तेजस्वी और प्रतापी युवक हवा से भी तेज गति से चलनेवाले विमान पर बैठकर विश्वश्रवा मुनि के पास आया तथा कुछ दिनों तक उनके आश्रम में रहा। वहाँ रहकर युवक ने मुनि और उनकी पत्नी की बड़ी सेवा करके दोनों को प्रसन्न किया। उनका आशीर्वाद प्राप्त करके वह अपने विमान पर चढ़कर चला गया। उसके जाने पर मुनि के बड़े पुत्र ने, जिसके दस मुँह थे, अपनी माता से पूछा—"माँ, यह कौन आदमी था, जिसने बेटे की तरह आपकी सेवा की? वह तुमको माता कहता था।"

उसकी माता, जो अपने बेटों के बरताव से ऊब चुकी थी, तुनककर बोली—"वह तेरी सौतेली माँ का बेटा कुबेर था। उसने अनेक वर्षों तक भगवान् शंकर की कठोर तपस्या की थी। शिवजी उसके तप से बहुत खुश हुए। खुश होकर उन्होंने युवक को पुष्पक विमान और अलकापुरी का राज्य दे दिया। अब वह सुख-शांति से राज्य कर रहा है। एक तुम लोग हो, जो किसी काम के नहीं। बेकार इधर-उधर भटकते फिरते हो।"

दशग्रीव को माँ के वचन सुनकर बहुत बुरा लगा। कुछ देर सोचकर वह बोला—"मैं भी साधारण युवक नहीं हूँ, माँ। मुझे बेकार न समझो। कुबेर ने तप करके, शिवजी को प्रसन्न करके पुष्पक विमान तथा अलकापुरी का राज्य प्राप्त कर लिया तो तूने उसे भगवान् समझ लिया। आज मैंने भी फैसला कर लिया है कि ऐसी घोर साधना करके शिवजी को प्रसन्न करूँगा जैसीकि आज तक कोई भी न कर सका हो। हम तीनों तपस्या करके भगवान् शंकर को प्रसन्न करेंगे और अपने भाई कुबेर से अधिक बल प्राप्त करेंगे।"

ऐसा कहकर दशग्रीव, जो आगे चलकर 'रावण' के नाम से प्रसिद्ध हुआ, अपने दो भाइयों (जो बड़े होकर कुंभकर्ण और विभीषण कहलाए) को लेकर तप करने चल पड़ा।

तीनों भाइयों ने कठिन तपस्या की। उस तप से ब्रह्माजी ने प्रसन्न होकर

तीनों से वर माँगने को कहा। रावण बोला—"मुझे यह वर दीजिए कि मैं कभी न मरूँ।"

इसपर ब्रह्माजी ने कहा—"यह कैसे संभव होगा, वत्स! जो प्राणी इस धरती पर जन्म लेता है, उसके लिए मौत अटल है।"

यह सुनकर रावण सोच में पड़ गया और क्षण भर बाद बोला—"तो मुझे ऐसा वर दीजिए कि आदमी और बंदर जाति को छोड़कर मुझे कोई मार न सके—देवता और ऋषि-मुनि तक भी नहीं।"

"तो ऐसा ही होगा, यह वरदान मैं तुम्हें देता हूँ।" फिर कुंभकर्ण को छह महीने तक सोने का और विभीषण को भगवान् के चरणों में प्रेम का वरदान देकर ब्रह्माजी चले गए।

इस तरह वरदान प्राप्त कर रावण अपने भाइयों के साथ लौट आया। सुंदर लंकापुरी को उसने अपनी राजधानी बनाया और राज्य करने लगा। अपने राज्य में उसने राक्षसों को बसाया। सारी दुनिया को जीतकर, सारे देवता, यज्ञ, गंधर्व आदि पर विजय पाकर वह लंका में रहने लगा। उसका लड़का मेघनाद अपने बाप से भी वीर निकला। उसने देवताओं के राजा इंद्र को हराकर नाम कमाया। लेकिन आगे चलकर रावण को अपनी ताकत पर बड़ा घमंड हो गया। अपने को देवताओं से बड़ा समझकर वह लोगों पर मनमाने अत्याचार करने लगा। ऋषि-मुनि उससे तंग आ गए। उसके सेवक जहाँ किसी ब्राह्मण अथवा ऋषि को पाते, उनको मार डालते।

जब रावण के अत्याचारों से धरती डोलने लगी, लोग तंग आकर ऊब गए, तब एक दिन सबने मिलकर भगवान् से बड़ी प्रार्थना की। तब आकाशवाणी हुई—'आप लोग शांत रहें, आप चिंता न करें। रावण के पाप का घड़ा भरता जा रहा है। देवताओं से छीनकर अमृत पीने के कारण वह किसी साधारण आदमी से नहीं मरेगा। इसलिए मैं अयोध्या में राजा दशरथ के घर अपने अंशों के साथ अवतार लेकर आप सबका संकट दूर करूँगा।'

इस आकाशवाणी को सुन सब लोग खुश होकर घर लौटे। अब वे भगवान् के अवतार का इंतजार करने लगे।

□

पुत्र-प्राप्ति के लिए किया गया राजा दशरथ का यज्ञ पूरा हुआ। तभी यज्ञ की लपटों के बीच से अग्निदेव चरु लिये प्रकट हुए। वह चरु राजा दशरथ के हाथ पर रखकर बोले—"महाराज, इसे आप अपनी रानियों को खिला दीजिए। आपके संतानें होंगी।"

राजा ने यज्ञ का प्रसाद वह चरु ले लिया। लेकर वह खुशी से अपनी रानियों के पास गए। राजा को इतना खुश देखकर रानियों की भी खुशी का ठिकाना न रहा। उन्होंने राजा से यज्ञ का समाचार पूछा। राजा ने खुश होकर सारी कथा सुनाई। फिर वह चरु रानियों में बाँट दिया। राजा अभी उसको तीन भागों में करने ही वाले थे कि वह अपने आप दो टुकड़ों में बँट गया। आधा उन्होंने रानी कौसल्या को दे दिया। आधा जो बचा था, उसके अपने आप दो टुकड़े हो गए। एक टुकड़ा राजा ने कैकेयी को दे दिया। दूसरा भाग सुमित्रा को देने ही जा रहे थे कि वह फिर दो टुकड़ों में बँट गया। फिर वे दोनों टुकड़े राजा ने सुमित्रा को दे दिए। इस प्रकार चार टुकड़ों में बँटकर वह चरु तीनों रानियों के पास गया। इस चरु के खाने से रानियों को गर्भ रह गए। गर्भ धीरे-धीरे बढ़ने लगे।

देखते-ही-देखते नौ महीने बीत गए। अंत में चैत सुदी नवमी आ गई। उस दिन चारों ओर सुख-शांति विराज रही थी। ऋतुओं का राजा वसंत अपने पूरे निखार पर था। सबके मन में बेहद खुशी थी। तुलसीदासजी ने उस समय का वर्णन इस प्रकार किया है—

नौमी तिथि मधु मास पुनीता। सुकल पच्छ अभिजित हरिप्रीता॥
मध्यदिवस अति सीत न घामा। पावन काल लोक बिश्रामा॥
सीतल मंद सुरभि बह बाऊ। हरषित सुर संतन मन चाऊ॥
बन कुसुमित गिरिगन मनिआरा। स्रवहिं सकल सरिताऽमृतधारा॥

उस समय—

जगनिवास प्रभु प्रगटे अखिल लोक बिश्राम।

एक तो वैसे ही लोग वसंत ऋतु के सुहावने मौसम से मन में खुश हो रहे थे। दूसरे, एकाएक लोगों ने सुना कि महाराज की बड़ी रानी कौसल्या के गर्भ

से एक ऐसा सुंदर और तेजस्वी बालक पैदा हुआ है, जिसकी समानता सुंदरता में कोई नहीं कर सकता।

इस खबर को सुनते ही रनिवास की सारी औरतें उस ओर दौड़ पड़ीं। महल भर में कोलाहल मच गया। लोग खुशी से झूमने लगे। क्षण भर में यह खबर राजा दशरथ के कानों में भी पड़ी। फिर क्या पूछना था! सारे नगर में राजा ने डौंडी पिटवा दी। राजा दशरथ के महल के दरवाजे पर नौबत बजने लगी। राजा को बधाई देने के लिए लोगों की भारी भीड़ टूट पड़ी। चारों ओर उत्सव का वातावरण था। जिसने जो माँगा, उसको राजा ने वही दिया।

इधर खुशियाँ मनाई जा रही थीं, लोग बधाइयाँ दे रहे थे, उधर अगले ही दिन कैकेयी के गर्भ से भी एक पुत्र के जन्म लेने की सूचना मिली। यह शिशु कौसल्या के जनमे शिशु जैसा ही देखने में सुंदर और स्वस्थ था। यह सुनकर राजा और भी प्रसन्न हुए। वह और भी खुले हाथों से दान देने लगे। बड़े पैमाने पर खुशियाँ मनाई जाने लगीं। तब तक तीसरे दिन सुमित्रा के गर्भ से भी दो पुत्र जनमे। अब क्या पूछना था! राजा दशरथ की खुशी का ठिकाना न रहा। कहाँ एक भी नहीं, और कहाँ चार-चार संतानें—और वे भी सभी पुत्र! ऐसा सौभाग्य भला किसे नसीब होता है। राजा दशरथ की हालत उस कंगले जैसी हो गई थी, जो दाने-दाने को मोहताज रहा हो और एकाएक अलकापुरी का राज पा गया हो। मारे खुशी के राजा दशरथ को कुछ दिखाई न देता था। सारी अयोध्या खुशी से फूली न समा रही थी। क्या देवता, क्या ऋषि, क्या मुनि—सबकी खुशी की कोई सीमा न थी। इसी तरह आनंद के साथ—

कछुक दिवस बीते एहि भाँती। जात न जानिअ दिन अरु राती॥
नामकरन कर अवसरु जानी। भूप बोलि पठए मुनि ग्यानी॥

महल में पधारकर मुनि वसिष्ठ ने कौसल्या के बेटे का नाम 'राम' रखा। कैकेयी के पुत्र को 'भरत' कहकर पुकारा और सुमित्रा के दोनों लड़कों का 'लक्ष्मण' और 'शत्रुघ्न' नाम रखा।

चौथेपन में राजा को चार बेटे मिले, जो एक से बढ़कर एक थे। राम

भगवान् राम का जन्म

तो भगवान् विष्णु के अवतार ही थे। भरत, लक्ष्मण और शत्रुघ्न उनके अंश से पैदा हुए थे। जिन भगवान् विष्णु ने मनु–शतरूपा को वरदान दिया था कि तुम्हारे बेटे के रूप में मैं जन्म लूँगा, उन्होंने ही दशरथ के घर कौसल्या के गर्भ से जन्म लिया।

नील सरोरुह नील मनि, नील नीरधर स्याम।
लाजहिं तन सोभा निरखि, कोटि कोटि सत काम॥

श्री विष्णु के इस रूप को देखकर स्वयं मनु ने कहा था कि मैं आपके ही समान बेटा चाहता हूँ। आगे वे ही श्री भगवान् अपने उसी रूप एवं सुंदरता के साथ दशरथ के घर अवतार लेकर उनका घर खुशी से भरने लगे। यह सौभाग्य भला किसको मिलता है!

□

पाँच

श्रीराम का बचपन

शुक्ल पक्ष के चाँद की तरह चारों भाई दिनोंदिन बढ़ने लगे। जो भी उनको देखता, वही उनकी सुंदरता को देखकर ठगा-सा रह जाता। माता-पिता, गुरुजन, परिजन—सभी उनको चाहते थे। चारों भाई सबकी आँखों के तारे थे। सब उनको दिल से लगाए रहते थे। उनकी हर जिद पूरी की जाती थी; पर वे शांत और गंभीर थे।

चारों भाई लड़कपन में तरह-तरह के खेल खेलकर परिवार के लोगों को रिझाते रहते थे। सबके मन को आनंदित करते थे। कभी भी दूसरे लोगों की नजरों में इन चारों बालकों ने ऐसी बात न आने दी, जो इनके लोकोत्तर चरित्र को व्यक्त करे।

एक बार की बात है। कौसल्या ने बड़े प्रेमभाव से बालक राम को नहला-धुलाकर पालने में लिटा दिया। जब उनको पता चल गया कि राम सो गए हैं, तब वे कुलदेवता की पूजा करने के लिए उधर गईं जहाँ अनेक प्रकार के पकवान तैयार थे। ये सब कुलदेवता को भोग लगाने के लिए थे। वहाँ जाकर कौसल्या ने देखा तो हैरान रह गईं कि जिस राम को क्षण भर पहले ही वे पालने में सुलाकर आई थीं, वे ही वहाँ आराम से बैठे भोजन कर रहे हैं। घबराकर कौसल्या उस जगह गईं जहाँ राम सोए थे। उनके अचरज का ठिकाना न रहा, जब उन्होंने देखा कि पालने में राम पहले जैसे ही सोए हुए हैं। अब वह फिर उस स्थान पर आईं जहाँ राम को बैठकर खाते हुए उन्होंने देखा था। वहाँ भी

राम मिले। यह देख माता कौसल्या बहुत घबरा गईं। फिर भी उनका दिल न माना। मन का भ्रम दूर करने के लिए उन्होंने दोनों जगहों के तीन-चार चक्कर लगाए; पर जहाँ गईं वहीं राम मिले। इस तरह वे कुछ भयभीत सी हो गईं कि क्या बात है ? दो राम हैं कि एक ही यहाँ-वहाँ हो जाते हैं।

श्रीराम ने जब अपनी माँ को इस तरह परेशान देखा तो उनसे रहा न गया। उन्होंने अपना असली रूप उन्हें दिखाया। देखते ही कौसल्या हक्की-बक्की-सी हो गईं। श्रीराम के विराट् रूप को, जिसमें उन्होंने सारे ब्रह्मांड के दर्शन कराए थे, देखकर कौसल्या माता की मति चकरा गई। राम ने अब अपना बाल रूप फिर प्रकट किया। कौसल्या माँ को समझाया-बुझाया और बोले—"इस बात की चर्चा आप किसीसे न करना।" इस तरह लाड़-प्यार में राम बढ़ने लगे।

एक दूसरा किस्सा भी बड़ा मनोरंजक है। यह काकभुशुंडि के बारे में है। राम जब तक बाल क्रीड़ा किया करते थे तब तक शिव, काकभुशुंडि आदि सभी अयोध्या में ही रहा करते थे। बालक राम ही उनके इष्टदेव थे। एक समय की बात है। काकभुशुंडि कौए के वेश में अयोध्या में थे। पक्षी होने के नाते जहाँ-जहाँ राम खेलते, वहीं जाकर रहते। उनके लिए कोई बाधा तो थी नहीं। राम का अधिक समय तक साथ रहे, यही वे चाहते थे। राम खाते-खाते जो कुछ जूठन गिरा देते, उसी पर उनका गुजारा होता। राम भी उनके साथ खेलते थे।

एक बार राम ने खेल में उनको पकड़ना चाहा। वह उड़ गए। राम रोने लगे। तब उनके मन में शक पैदा हुआ कि भला क्या ये ही लोक निरंजन हो सकते हैं ? इस मायामय मोह का पैदा होना था कि उनका ज्ञान लुप्त हो गया। फिर तो राम ने उनको पकड़ने के लिए हाथ बढ़ाया और वह भागे। ब्रह्मांड में कोई ऐसा स्थान न रहा, जहाँ वह भागकर न गए हों। पर जब भी मुड़कर वह देखते तो राम के दोनों हाथ कुछ फासले पर उनको पकड़ने के लिए तैयार रहते। घबराकर काकभुशुंडि राम की शरण में आए। राम ने उन्हें पकड़कर पेट में डाल लिया। वहाँ वह कुछ देर तक भ्रमण करते रहे। अनगिनत ब्राह्मण, शिव, ब्रह्मादि उन्होंने अलग-अलग रूपों में देखे। पर राम सदा एक ही रूप में हर जगह उनको दिखाई पड़े। उनके मन में यह संदेह पैदा हुआ कि मैं यहाँ

चारों भाई शिक्षा ग्रहण करते हुए

कई युगों तक भ्रमण करता रहा। थोड़ी देर में राम ने उनको अपने पेट से बाहर निकाल दिया। अब उन्होंने राम के असली स्वरूप को समझा। भक्तिभाव से वह राम के चरणों पर गिर पड़े। राम ने उठाकर उनके सिर पर हाथ फेरा। उन्हें ज्ञान का उपदेश देकर बिदा किया।

इस प्रकार की लीला करते राम का कुछ समय बीता। दिन बीतते देर नहीं लगती। अब राम की अवस्था उपनयन संस्कार के लायक हो गई। महाराजा दशरथ ने गुरु वसिष्ठ को बुलाकर बेटों का उपनयन कराया। इसके बाद उन्हें पढ़ने के लिए गुरु के आश्रम में भेज दिया। वसिष्ठजी ने मन लगाकर उन्हें शिक्षा दी।

गुरगृहँ गए पढ़न रघुराई। अलप काल बिद्या सब आई॥

कुछ ही दिनों में राम और उनके भाइयों ने वेद, शास्त्र, इतिहास, राजनीति आदि सभी विषयों का अच्छा ज्ञान प्राप्त कर लिया। पढ़-लिखकर वे गुरु के आश्रम से वापस लौट आए। इसके बाद चारों को युद्ध विद्या की शिक्षा दी गई। इसमें भी वे सब निपुण हो गए। फिर राम और उनके भाई अपने मित्रों के साथ जंगल में शिकार खेलने जाने लगे। जंगल में जो अच्छे-अच्छे मृग-हिरण मिलते, उनका शिकार करते और पिता को लाकर दिखाया करते। राजा दशरथ अपने बेटों के कौशल से बहुत खुश होते और अपने को धन्य समझते।

राम, लक्ष्मण, भरत और शत्रुघ्न मिल-जुलकर बड़े प्यार से रहते। राम के साथ लक्ष्मण की और भरत के साथ शत्रुघ्न की अच्छी पटरी बैठती थी। चारों भाइयों के प्रेम, दयालु और शालीन स्वभाव की घर-घर में चर्चा होती थी। सभी लोग उनसे प्यार करते थे। राजा दशरथ के भाग्य की सभी लोग सराहना करते थे। सबका यही विचार था कि जैसे बुढ़ापे में उनको पुत्र मिले, वैसे लायक भी हुए। ये चार बेटे क्या, मानो चार देवताओं ने उनके घर बेटों के रूप में जन्म लिया है। और बात भी सच ही थी। ब्रह्मा, विष्णु, महेश और इंद्र उनके घर में रह रहे थे, लोक-मंगल और लोक-कल्याण के लिए।

□

छह

श्रीराम और विश्वामित्र

असुर समूह सतावहिं मोही। मैं जाचन आयउँ नृप तोही॥
अनुज समेत देहु रघुनाथा। निसिचर बध मैं होब सनाथा॥

महर्षि विश्वामित्र आज के बक्सर के पास ही एक घनघोर जंगल में रहकर तपस्या करते थे। विश्वामित्र बड़े ही तेजस्वी ऋषि थे। उनकी गिनती सप्तर्षियों में होती है। भारत में सात सबसे श्रेष्ठ ऋषि माने गए हैं। इन सप्तर्षियों के नाम इस प्रकार हैं—1. विश्वामित्र, 2. जमदग्नि, 3. भरद्वाज, 4. गौतम, 5. अत्रि, 6. वसिष्ठ, 7. कश्यप।

विश्वामित्र के बारे में बहुत सी कहानियाँ प्रसिद्ध हैं। ब्रह्माजी ने विश्वामित्र को ब्रह्मर्षि कहकर पुकारा। तब से सब लोग उनका बड़ा आदर करने लगे। विश्वामित्र एक बार त्रेता युग के आखिर में एक बहुत बड़ा यज्ञ करने लगे। पर जब भी वे यज्ञ शुरू करते, रावण के दूत आकर उसमें बाधा डाल देते। यज्ञ अधूरा रह जाता। रावण के दूत थे मारीच और सुबाहु नाम के दो भाई। साथ में उनकी माता ताड़का भी रहती थी। ताड़का किसी जमाने में बहुत सुंदर स्त्री थी। एक ऋषि के शाप से उसे राक्षस का जन्म मिला था। उसका आचरण भी राक्षसों जैसा ही था। वह जहाँ भी कहीं आदमी को देखती, उसे मारकर खा जाती। वह केवल ऋषियों से ही डरती थी। इसलिए उनको मार तो न सकती थी, पर उनके

यज्ञ में बाधा अवश्य डालती थी। ऋषि-मुनि जब भी यज्ञ करते तो मारीच और सुबाहु अपने साथियों के साथ आते तथा रक्त-मांस डालकर यज्ञ को अपवित्र कर देते। इस प्रकार यज्ञ न हो पाता था। उस समय यज्ञभूमि में अनुष्ठान करके बैठे रहने के कारण ऋषि लोग उन्हें शाप भी न दे सकते थे।

विश्वामित्र के कई यज्ञ इस तरह खंडित हो गए। तब एक दिन उन्होंने मन में विचार किया कि ये बलवान राक्षस बिना प्रभु के और किसीके मारे नहीं मरेंगे। इनकी मृत्यु किसी देवता के हाथ ही लिखी जान पड़ती है। रघुकुल में महाराज दशरथ के घर श्री भगवान् ने अवतार लिया ही है। चलो, क्यों न एक दिन उनके पास चलें। उनसे ही याचना करें। वे इस काम के लिए राजी हो गए तो मेरा यज्ञ पूरा हो जाएगा।

ऐसा सोचकर विश्वामित्र अपने आश्रम से चलकर सरयू के तट पर आए। संध्या-वंदन से निबटकर उन्होंने अयोध्या में प्रवेश किया। चलते-चलते नगर की शोभा देखते हुए वे महाराज दशरथ के राजमहल के दरवाजे पर आ पहुँचे। विश्वामित्र के आने का संदेश सुनते ही महाराज दशरथ दौड़कर बाहर आए। दिल से उनका स्वागत कर उनको राजदरबार में ले गए। विश्वामित्र को एक ऊँचे आसन पर बैठाया। फिर अपने चारों राजकुमारों से उनके चरणकमल छुआए। चारों भाइयों की सुंदरता और सुशीलता देखकर विश्वामित्र ठगे-से रह गए। राम के लिए उनके मन में विशेष आकर्षण था। बड़ी देर तक वह एकटक उनकी ओर देखते रह गए। इसके बाद चारों भाइयों को आशीर्वाद देकर महाराज से कुशल समाचार पूछा।

यह सबकुछ हो जाने के बाद महाराज दशरथ हाथ जोड़कर बोले—"मुनिवर! आज मुझ जैसा किसका सौभाग्य होगा, जो आपके चरणकमलों के दर्शन घर बैठे मिले। आप ऋषियों में श्रेष्ठ हैं। आपकी महिमा अपरंपार है। कहिए, मैं आपकी क्या सेवा कर सकता हूँ? किस प्रकार मैं आपका स्वागत-सत्कार करूँ? मेरे लायक जो उचित हो, आज्ञा दीजिए।"

महाराज दशरथ के मधुर बरताव और बातें सुनकर विश्वामित्र बहुत प्रसन्न हुए। थोड़ी देर रुककर धीरज धारण करके उन्होंने कहा—

विश्वामित्र महाराज दशरथ से राम और लक्ष्मण को माँगते हुए

''महाराज, मैं याचक के रूप में आपके पास आया हूँ। विश्वास है कि मुझे निराश न होना पड़ेगा। हालाँकि मैं जो कुछ माँगना चाहता हूँ, वह साधारण बात नहीं है; लेकिन आपके अलावा किसी भी आदमी में उस चीज को देने की सामर्थ्य नहीं है। मेरा एक बड़ा भारी काम है। अगर आप उसे कर दें तो मेरा बड़ा लाभ होगा। मैं आपसे राम-लक्ष्मण को माँगने आया हूँ। दरअसल बात यह है कि मैं जहाँ रहता हूँ वहाँ मारीच और सुबाहु नाम के दो राक्षस रहते हैं। वे बहुत उपद्रव करते हैं। उनके डर से लोग थर-थर काँपते हैं। ये राक्षस हमें कोई भी धर्मकार्य नहीं करने देते। इसलिए आप राम-लक्ष्मण को मेरे साथ कुछ दिनों के लिए भेज दें। मन में जरा भी सोच न करें। मेरा काम इनके अलावा किसी दूसरे से न होगा। ये लोग उन दोनों राक्षसों का सफाया कर डालेंगे। दोनों राक्षसों की मौत राम-लक्ष्मण के हाथों ही लिखी है। मेरा यज्ञ पूरा हो जाएगा। आपका भी इससे लाभ होगा।''

देहु भूप मन हरषित तजहु मोह अग्यान।
धर्म सुजस प्रभु तुम्ह कौं इन्ह कहँ अति कल्यान॥

विश्वामित्र की ये बातें सुनकर दशरथ का बुरा हाल हो गया। वे एकदम घबरा गए। उनके तन में काटो तो खून नहीं। तुलसीदासजी ने लिखा है—

सुनि राजा अति अप्रिय बानी। हृदय कंप मुख दुति कुमुलानी॥
चौथेंपन पायउँ सुत चारी। बिप्र बचन नहिं कहेहु बिचारी॥

× × ×

कहँ निसिचर अति घोर कठोरा। कहँ सुंदर सुत परम किसोरा॥

राजा दशरथ की घबराहट कुछ देर बाद शांत हुई। वे ऋषि से हाथ जोड़कर बोले—''मुनिवर! सभी लड़के मेरे लिए जान से भी बढ़कर हैं। लेकिन पुत्र राम को मैं किसी प्रकार भी अपने से अलग नहीं कर सकता। मुझसे और जो कुछ भी चाहें, माँग लें, पर मुझसे मेरे राम को न माँगिए। मेरे ये सुकुमार बालक कैसे उन भयावने और खूँखार राक्षसों से लड़ सकेंगे? अगर आज्ञा हो तो मैं ही सेना लेकर चलता हूँ और उनको मारकर ही लौटूँगा। आप मेरी इतनी विनती स्वीकार कर लीजिए।''

राजा की बात सुनकर विश्वामित्र मन में तो बहुत खुश हुए; दशरथ के पुत्र-प्रेम की उन्होंने मन-ही-मन सराहना की। ऊपर-ऊपर से कुछ रोष दिखाते हुए बोले—"महाराज! आप कैसी बातें कर रहे हैं? अपने पुत्र श्रीराम की शक्ति को आप पहचान नहीं रहे हैं। इसी कारण आप ऐसी बात करते हैं। आप बिना चिंता के राम को हमें सौंप दीजिए, इससे हम सभी का हित ही होगा।"

अंत में गुरु वसिष्ठ ने दशरथ को बहुत समझाया, तब राजा दशरथ राम-लक्ष्मण को ऋषि विश्वामित्र के साथ भेजने के लिए तैयार हो गए।

विश्वामित्र उन दोनों बालकों को अपने साथ लेकर आश्रम की ओर चल दिए। दोनों बालक वीरों की तरह युद्ध की पोशाक पहने हुए थे। वे इतने सुंदर लग रहे थे कि देखनेवाले ठगे-से रह जाते थे।

कुछ देर तक चलने के बाद तीनों सरयू के किनारे पहुँचे। विश्वामित्र ने राम से कहा—"इस सरयू में नहाकर पवित्र हो जाओ, तब मैं तुम्हें कुछ ऐसे मंत्र दूँगा, जिनसे तुम दोनों को कभी थकावट मालूम न होगी। तुम्हारे शरीर का तेज और बल बहुत बढ़ जाएगा। दुश्मन तुमसे लड़ाई में हार मान जाएँगे। तुम्हारा यश चारों ओर फैलेगा।"

राम-लक्ष्मण दोनों नहा-धोकर शुद्ध और पवित्र हो गए। तब विश्वामित्र ने दोनों बाल वीरों को 'बला और अतिबला' नाम के मंत्र दिए। इनको प्राप्त करके राम को अपने अंदर विशेष परिवर्तन मालूम होने लगा। विश्वामित्र ने जो कुछ कहा था, वह सब उन्हें मिल गया।

इसके बाद तीनों ने आगे बढ़कर सरयू को पार किया। आगे बहुत बड़ा और घना जंगल पड़ता था। अब वे जंगल में प्रवेश करके चलने लगे। वे तीनों जंगल में कुछ ही दूर चले होंगे कि मनुष्य की गंध पाकर ताड़का नाम की राक्षसी बड़ी तेजी से उनकी ओर दौड़ी। उनकी ओर वह इतने तेज वेग से मुँह बाए दौड़कर आई मानो वह उन्हें खा जाएगी। आते ही पहले उसने उनके ऊपर धूल उड़ाना शुरू कर दिया। विश्वामित्र ने राम से कहा कि इसे तुरंत मार गिराओ। गुरु की आज्ञा पाकर राम ने एक ऐसा बाण छोड़ा कि उसके

लगते ही ताड़का धड़ाम से धरती पर गिर पड़ी और तड़प-तड़पकर थोड़ी देर में मर गई।

अब विश्वामित्र को पूरा यकीन हो गया कि ये दोनों बाल वीर मेरा काम पूरा करेंगे, राक्षसों से मेरे यज्ञ की रक्षा कर सकेंगे। यह जानकर वह बहुत ही खुश हुए। उन्होंने दोनों भाइयों को तरह-तरह के कई अस्त्र-शस्त्र दिए। गुरु से इन वीरों ने इनके नाम, मंत्र, चलाने का तरीका आदि भली प्रकार सीख लिया। इसके बाद हर एक अस्त्र को प्रणाम कर कहा—"अब अपनी जगह को जाओ, जब मैं बुलाऊँ तो आना।"

रात हो जाने पर कुछ देर वहीं आराम करके तीनों लोग सुबह होने पर जंगल में आगे की ओर चल दिए। कुछ दूर जाने पर दोनों भाइयों को एक बहुत ही रमणीक स्थान दिखाई दिया। मालूम होता था कि ऐसा सुंदर, शांत एवं मनोरम स्थल और कहीं न होगा। राम के यह पूछने पर कि यह जगह किसकी है, विश्वामित्र मुसकराकर बोले—"यही मेरा तपोवन है। मैं यहीं रहकर तपस्या किया करता हूँ। लेकिन दुष्ट राक्षस लोग मेरे काम में बाधा पहुँचाया करते हैं। वे मेरे यज्ञ में बाधा डालते हैं। तुम उनका नाश कर मेरे यज्ञ की रक्षा करो। इससे तुम्हें पुण्य मिलेगा।"

दूसरे दिन सवेरे ही विश्वामित्र अपने यज्ञ के काम में लग गए। मारीच और सुबाहु अपनी माता ताड़का के मारे जाने से आगबबूला हो गए थे। उन्होंने जैसे ही विश्वामित्र के यज्ञ की बात सुनी, राक्षसों की एक बड़ी सेना लेकर यज्ञ को नष्ट करने के इरादे से धावा बोल दिया। राक्षसों के इस विशाल समूह को देखकर राम-लक्ष्मण जरा भी नहीं घबराए। राम ने इन बाधा पहुँचानेवालों को मारने का पक्का इरादा कर लिया। पहले उन्होंने सुबाहु के ऊपर बहुत ही तेज बाण छोड़ा। उसके लगते ही सुबाहु के प्राण-पखेरू उड़ गए। दूसरे बाण का निशाना उन्होंने मारीच को बनाया। बाण के लगते ही मारीच हवा की चाल से चार सौ कोस से भी अधिक दूरी पर जा गिरा। इधर राक्षसों की विशाल सेना को लक्ष्मण ने मारकर खत्म कर दिया। सारे राक्षस दोनों भाइयों के हाथों मारे गए, जो बचे-खुचे थे, वे डरकर भाग गए। फिर डरकर कोई भी राक्षस उनके पास न आया। मुनि विश्वामित्र ने निश्चिंत होकर अपना यज्ञ

ताड़का-वध

पूरा किया। राक्षसों के मारे जाने से वहाँ चारों ओर शांति छा गई। सब लोगों ने राम-लक्ष्मण को दिल से आशीर्वाद दिया।

विश्वामित्र का यज्ञ पूरा होने के बाद राम-लक्ष्मण अयोध्या जाने की तैयारी करने लगे। इसपर विश्वामित्र बोले—"राजकुमारों को देश-विदेश की यात्रा करके सब बातों का ज्ञान प्राप्त करना चाहिए। संसार की हालत देखनी चाहिए। अभी तुम लोग घर जाकर क्या करोगे? चलो, यहाँ से थोड़ी दूर पर मिथिला है, वहाँ चलें। वह महाराज जनक की राजधानी है। मिथिला के राजा जनक की बेटी सीता का स्वयंवर होने वाला है। चलो, उसे भी देख आएँ। वहाँ एक अद्भुत धनुष है, जिसे आज तक कोई न उठा सका। आओ, उसे भी देख लें।"

गुरु की ये बातें सुनकर राजकुमारों की खुशी का ठिकाना न रहा। दोनों वीर बालक विश्वामित्र के साथ चलने को तैयार हो गए। दो-एक दिन ठहरकर दोनों भाई वहाँ यज्ञ में पधारे हुए मुनियों को प्रणाम कर उनका आशीष लेकर विश्वामित्र के साथ मिथिला नगरी के लिए रवाना हुए।

रास्ते में कुछ देर चलकर उन्होंने शोणभद्र (सोन) नदी पार की। उसके बाद गंगा के किनारे पहुँचकर मुनि ने अपने नित्य के काम पूरे किए। राम ने गंगा के बारे में गुरुजी से पूछा। इसपर विश्वामित्र ने गंगावतरण की सारी कथा कह सुनाई। गंगा की महिमा सुनकर राम बहुत खुश हुए। उन्होंने गद्गद होकर प्रेम, आदर और श्रद्धाभाव से गंगाजी को कई बार प्रणाम किया। उसके जल का आचमन किया। उसमें स्नान कर पवित्र और प्रसन्न हुए।

इसी समय गंगा के किनारे से कुछ हटकर उन्हें एक पत्थर की मूरत दिखाई दी। मूरत इतनी सुंदर और आकर्षक थी मानो साक्षात् कोई स्त्री हो, जो पत्थर में बदल गई हो। उस मूरत को देखकर राम और लक्ष्मण को बड़ा अचरज हुआ। उन्होंने ऋषि से पूछा कि क्या बात है, जो यह मूरत गंगा के किनारे पड़ी हुई है। इसका कौन मालिक है?

ऋषि विश्वामित्र ने बताया कि "इस मूरत की भी एक रोचक कहानी है। एक समय ब्रह्माजी ने एक बहुत ही सुंदर लड़की का नाम रखा अहल्या। उसकी खूबसूरती को देखकर सब देवता उसे चाहने लगे; लेकिन ब्रह्माजी ने

अहल्या का उद्धार

उसे किसीको न दिया। गौतम ऋषि, जिनकी गिनती सप्तर्षियों में होती थी, अपने तप के लिए बहुत प्रसिद्ध थे। देवताओं की टेढ़ी नजर से बचाने के लिए ब्रह्माजी ने धरोहर के रूप में अहल्या को उनके यहाँ रख दिया। कुछ दिनों बाद जब ब्रह्माजी ने उस कन्या को वापस माँगा तो गौतम ने उसे ज्यों-की-त्यों वापस कर दिया। इससे ब्रह्माजी बहुत प्रसन्न हुए। उन्होंने उस लड़की का विवाह गौतम ऋषि से ही कर दिया। इंद्र देवता को यह बात बुरी लगी। इसमें उन्होंने अपना अपमान भी अनुभव किया। उन्होंने उस नारी का सतीत्व लूटना चाहा। इसके लिए उन्होंने चंद्रमा से सहायता माँगी। देवों के देव इंद्र को चंद्रमा भला कब मना कर सकते थे। उनके कहने पर चंद्रमा ने एक चाल चली। उसने ऐसा रूप धारण किया कि गौतम मुनि रात में ही सवेरा समझकर उठकर बाहर नदी में नहाने के लिए चले गए। इधर गौतम का वेश धारण कर इंद्रदेव उनके आश्रम में पहुँचे और अहल्या के साथ छल किया। तब तक गौतम नहा-धोकर आश्रम में लौटे। उन्हें देखकर अहल्या अचरज में पड़ गई। उनको आया देखकर इंद्रदेव गायब हो गए। आश्रम में आने पर जब उन्होंने अहल्या की अस्त-व्यस्त हालत देखी तो सारी बात समझ गए। वह बहुत क्रोधित हुए। उन्होंने आँखें बंद कर, ध्यान लगाकर पता लगा लिया कि खुद इंद्र देवता उनका वेश धरकर आश्रम में पधारे थे और अहल्या के साथ छल किया। यह जानकर वह आगबबूला हो उठे। इंद्र को उन्होंने शाप दे दिया कि तुम्हारे सारे शरीर में घाव हो जाएँ और देवी अहल्या को पत्थर होने का शाप दिया। उन्होंने चंद्रमा के ऊपर जोर से मृगछाला फेंकी। कहते हैं कि उसी का दाग चंद्रमा के शरीर पर आज भी है और यह मूरत वही अहल्या है। राम, तुम इसे अपने चरणों से छू दो तो इसका उद्धार हो जाएगा।''

राम ने तुरंत गुरु की आज्ञा का पालन किया।

राम के छूते ही पत्थर की वह मूरत हिलने लगी। थोड़ी ही देर में उसमें प्राण आ गए। कुछ देर बाद वह मूरत वहाँ से गायब हो गई। उसकी जगह पर एक बहुत ही सुंदर स्त्री दिखाई देने लगी। राम ने लक्ष्मण के पूछने पर उन्हें समझाया कि इसमें अचरज की कोई बात नहीं है, तपस्या में बहुत बड़ा बल होता है।

अहल्या का उद्धार कर वे लोग गंगा पार हुए। वहाँ से मिथिला बहुत नजदीक ही है। दिन भर रास्ता चलकर वे लोग मिथिला की राजधानी जनकपुर में दाखिल हुए। जनक की राजधानी की सुंदरता देखकर वे बहुत प्रसन्न हुए। विश्वामित्र ने बतलाया कि जिस तरह सूर्यकुल में प्रधान अयोध्या का राजवंश है, उसी प्रकार चंद्रकुल में प्रधान मिथिला का राजवंश है। राजा जनक की उस नगरी की शोभा देखते हुए ये लोग आगे बढ़ते गए। रास्ते में इन्हें जनक की यज्ञभूमि का भी पता चला। उसे देखकर वे अचरज से भर गए। अनगिनत जगहों से बड़े-बड़े ऋषि-मुनि उस यज्ञ में शामिल होने के लिए आए हुए थे। दूर-दूर से राजा-महाराजा सीताजी के स्वयंवर के सिलसिले में आए थे। बड़ा आनंद था, बड़ी चहल-पहल थी। बहुत भीड़ थी। बड़ा उत्सव था। अनेक लोग स्वयंवर की तैयारी में जुटे हुए थे। आगे बढ़कर तीनों लोग राजमहल के समीपवाली फुलवारी में पहुँचे। वहाँ पर विश्वामित्र ने अपना डेरा डाल दिया।

इस प्रकार विश्वामित्र के यज्ञ की रक्षा कर वे लोग उस जगह पर पहुँच गए, जिसे आगे चलकर उनकी ससुराल होने का गौरव प्राप्त हुआ।

□

सात

श्रीराम का विवाह

विश्वामित्र के साथ राम-लक्ष्मण के जनकपुरी में पहुँचने की खबर हवा की तरह सारे नगर में फैल गई। जब यह समाचार राजा जनक को मिला तो उन्होंने अपने गुरु शतानंद को उनके स्वागत-सत्कार के लिए भेजा। शतानंद तुरंत उस जगह पर पहुँच गए। उन्हें एक तो विश्वामित्र से मिलने की लालसा थी, दूसरे राम के दर्शनों की अभिलाषा भी थी। बात यह थी कि शतानंद गौतम ऋषि के सबसे बड़े बेटे थे। जब उन्होंने सुना कि राम के हाथों से उनकी माता अहल्या तर गई हैं तो राम के प्रति उनके हृदय में आदर और श्रद्धा उमड़ पड़ी। इसलिए जैसे ही जनक ने उनसे कहा कि ऋषि विश्वामित्र आए हैं और उनके साथ राम-लक्ष्मण भी पधारे हैं, तो यह समाचार पाते ही वह दौड़कर उनसे मिलने गए। राम को देखकर उनका चित्त बाग-बाग हो गया।

विश्वामित्र से हालचाल पूछकर अभी शतानंद बैठे ही थे कि जनक भी स्वयं वहाँ आ पहुँचे। इस समय राम-लक्ष्मण वहाँ नहीं थे। वे जनक की फुलवारी देखने गए थे। जनक ने ऋषि विश्वामित्र के चरणों में दंडवत् प्रणाम किया। कुशल समाचार का प्रसंग चल ही रहा था कि तभी घूम-फिरकर दोनों भाई वहाँ आ पहुँचे। राम-लक्ष्मण की सलोनी सूरत देखकर सभी लोग अपने मन की सुध-बुध खो बैठे। ठगे-से खड़े रहकर बड़ी देर तक वे लोग उन्हीं की ओर देखते रहे। जनक ने अपने जीवन में अब तक ऐसे तेजस्वी और सुंदर

युवक नहीं देखे थे। श्रीराम के पीछे प्रकाश का गोल घेरा चमक रहा था, जो सूरज का प्रभामंडल मालूम पड़ता था। उनको देखकर राजा जनक से न रहा गया। अचरज में भरकर वे विश्वामित्र से पूछ ही बैठे—"मुनिवर, मोम के गुड्डों जैसे सुंदर ये दोनों बालक कौन हैं? ये मुनिकुल अथवा राजकुल में पैदा हुए मालूम पड़ते हैं? इन दोनों का रूप-सौंदर्य, लावण्य और तेज देखकर तो मैं इनकी ओर खिंच गया हूँ। मेरा वैरागी मन भी इनकी रूप-माधुरी की ओर सहज ढंग से आकृष्ट हो गया है। आँखें इनकी रूप-छटा का सतत पान करते रहना चाहती हैं। आप बतलाइए कि ये कौन हैं? मैं इनका परिचय पाने के लिए तरस रहा हूँ।"

विश्वामित्र ने हँसकर कहा—"आपका अंदाजा ठीक है, महाराज। आपने सही कहा है, ये दोनों बालक राजकुल में पैदा हुए हैं। रघुवंश में श्रेष्ठ महाराज दशरथ इनके पिता हैं। मेरे आश्रम में राक्षसों ने बहुत ऊधम मचा रखा था। मेरे जप-यज्ञ आदि धार्मिक कामों में ये राक्षस हमेशा बाधा डाला करते थे। हमेशा पड़नेवाली इन बाधाओं से ऊबकर मैं राजा दशरथ के पास गया और उनसे इन वीर बालकों को माँग लाया। मेरे आश्रम में रहकर इन बालकों ने मेरी मदद की; सभी उत्पाती राक्षसों को इन्होंने मार डाला। उनके मरते ही उनके साथ रहनेवाले शेष राक्षस भाग खड़े हुए। मेरा यज्ञ पूरा हो गया। इसके बाद शंकर का वह धनुष, जो आपके यहाँ है, देखने की इच्छा इनके अंदर जागी। इसी उद्देश्य से मेरे साथ ये लोग यहाँ आए हैं। रास्ते में इन्होंने ऋषि गौतम की पत्नी अहल्या को भी तार दिया है। उसे मोक्ष मिल गया है। बड़े बालक का नाम राम है और छोटे का लक्ष्मण।"

यह सुनते ही जनक के आनंद की सीमा न रही। वह विश्वामित्र को लेकर एक दूसरी बहुत सुंदर जगह पर गए। यहाँ ऋषि ने अपना डेरा डाल लिया। तब राजा जनक अपने राजमहल में चले गए। दिन भर भोजन-विश्राम में गया। शाम होने को आई तो राम ने विश्वामित्र से कहा—"गुरुवर! लक्ष्मण की इच्छा जनकपुर की शोभा देखने की है। यदि आपकी आज्ञा हो तो मैं इसको घुमा ले आऊँ।"

विश्वामित्र ने खुशी से राम को जाने की अनुमति दे दी।

अनुमति पाकर राम लक्ष्मण को साथ लेकर जनकपुरी देखने के लिए

चले। उन्होंने तो कम देखा, पर लोगों ने उनको अधिक देखा। जहाँ-जहाँ वे दोनों भाई जाते थे, लोग उनको देखकर चित्रलिखित-से हो जाते। कोई उनको छूकर आनंद का अनुभव करता था तो कोई प्रसन्नता से किसी दूसरे से राम-लक्ष्मण का परिचय पूछता था। उनके नेक कामों की चर्चा हाट-बाजार सब जगह थी। जहाँ देखो, लोग यही कहते थे कि अगर सीता का विवाह राम से हो जाए तो बहुत अच्छा होगा। दोनों की जोड़ी अपूर्व रहेगी। बहुत से लोगों का यह विचार हुआ कि राम को देखने के बाद राजा जनक अब अपनी प्रतिज्ञा की बात भूलकर सीता का विवाह राम के साथ कर देंगे। कुछ लोगों का यह कहना था कि राजा जनक अपने प्रण से नहीं हटेंगे। कुछ लोगों में यह भी चर्चा थी कि राम शिव का धनुष आसानी से तोड़कर सीता को ब्याह लेंगे। सभी लोगों की एकमात्र इच्छा थी कि राम के साथ सीता का विवाह होना चाहिए।

लेकिन राम का इन बातों की ओर तनिक भी ध्यान न गया। नगर में घूम-फिरकर दोनों भाई सायंकाल होते ही गुरु के समीप लौट आए। दूसरे दिन सुबह, सब कामों से निबटकर राम-लक्ष्मण विश्वामित्र के पास बैठे तो राम ने ऋषि से कहा—"गुरुवर! आपने जिस धनुष को दिखाने की बात कही थी, उसको देखने की हमारी लालसा है। हम धनुष को एक बार अपनी आँखों से देखना चाहते हैं।"

राम की इस विनम्र प्रार्थना को सुनकर विश्वामित्र बहुत खुश हुए। वह बोले—"अच्छा, अभी इंतजाम करता हूँ।"

थोड़ी देर बाद राजा जनक भी वहाँ आ पहुँचे। बातचीत के सिलसिले में विश्वामित्र ने कहा—"महाराज! आपके यहाँ शंकरजी का जो धनुष है उसे राम-लक्ष्मण देखना चाहते हैं। शिव-धनुष की चर्चा जब से इन्होंने सुनी है तब से ये बालक धनुष को देखने के लिए तड़प रहे हैं। इनकी इच्छा यह भी जानने की है कि वह धनुष किस तरह आपको प्राप्त हुआ। इसके बारे में जनाकारी दें तो अच्छा होगा।"

राजा जनक बोले—"ऋषिवर, आप मुझे शर्मिंदा कर रहे हैं। आप तो खुद ही सारी बातें जाननेवाले हैं। भूत, भविष्य और वर्तमान की बातों के जानकार हैं। भला आपसे कौन सी बात छिपी हुई है? पल भर आँखें बंद करते ही सारी बातें आपकी नजरों के सामने घूम जाती हैं। आपकी तप:शक्ति को कौन नहीं जानता!

पर आपकी आज्ञा है तो मैं राजकुमारों को उस धनुष के मिलने की कथा सुनाता हूँ। वह धनुष जैसाकि आप लोग जानते ही हैं, भगवान् शंकर का है।

"एक बार शिवजी देवताओं पर गुस्सा हो गए। उन्होंने धनुष हाथ में लेकर देवताओं को दंड देना चाहा। सभी देवता बहुत घबराए। वे सब शिवजी को मनाने के लिए भक्तिभाव से उनकी स्तुति करने लगे। भोले शिव बाबा तो अवढर दानी के नाम से प्रसिद्ध ही हैं। उन्होंने पूछा कि आप लोग क्या चाहते हैं? देवताओं ने कहा कि यह धनुष आप हमें दे दीजिए। भगवान् शंकर ने उनकी प्रार्थना स्वीकार कर ली। देवताओं ने वह धनुष उनसे लेकर हमारे पुरखा महाराज देवराज को दे दिया। तब से वह धनुष हमारे ही यहाँ है। यह धनुष बहुत भारी और एक हाथ से न उठनेवाला है।"

थोड़ी देर रुककर राजा जनक बोले—"कुछ दिन पहले मेरे राज्य में बड़ा भारी अकाल पड़ा। बारह साल तक वर्षा ही नहीं हुई। लोग अन्न और जल के बिना कीड़ों की तरह मरने लगे। प्रजा में हाहाकार मच गया। तब मेरे मंत्रियों ने मुझे सलाह दी कि वर्षा होने के लिए बड़ा भारी यज्ञ कीजिए। धरती को सोने के हल से जोतिए, इससे बारिश जरूर होगी। उनके कहने के अनुसार मैंने धरती को सोने के हल से जोता। हल जोतते समय—हल की नोक पर, जिसको संस्कृत में 'सीत' कहते हैं—एक कन्या निकल आई। वह कन्या बहुत सुंदर और सुलक्षणा, अर्थात् स्त्री जाति के सभी गुणों से युक्त है। उसका नाम मैंने सीता रखा और अपनी लड़की की तरह उसका पालन-पोषण करने लगा। वह मेरी बड़ी लड़की बनकर रहने लगी। उसके बाल खूब घने, काले, चमकीले, रेशम जैसे मुलायम और एड़ी से भी नीचे उतरकर धरती को छूते हैं। उसके नाक-नक्श स्वर्ग की परी जैसे मोहक और सुंदर हैं। ऐसा लगता है मानो किसी देवी ने उसके रूप में अवतार लिया है।

"मैं रोज शिव के इस धनुष की पूजा किया करता था। मेरी पत्नी उस स्थान की प्रतिदिन सफाई किया करती थी। एक दिन वह न जा सकी। उसने सीता को भेज दिया। सीता ने जाकर देखा कि उस जगह पर बहुत घास जमी हुई है। उसने धनुष को हटाकर जगह को खूब अच्छी तरह साफ कर दिया। मैं जब पूजा करने के लिए गया तो उस व्यवस्था को देखकर मेरे मन में बड़ा अचरज

हुआ। पता लगाने पर सबकुछ मालूम हुआ। तभी से मैंने फैसला कर लिया कि इस लड़की का विवाह उसी युवक से होगा, जो शिव के उस धनुष को उठाकर चढ़ाए। साथ ही, जिसके बाहुओं में इसको प्रयोग में लाकर चलाने की ताकत हो। आइए, मैं वह धनुष आपको और इन राजकुमारों को दिखाऊँ।''

इसके बाद राजा जनक विश्वामित्र आदि को लेकर उस जगह पर गए। वह अद्‌भुत धनुष देखकर उन लोगों के अचरज की सीमा न रही। उस समय धनुष देखकर तथा उसकी प्रशंसा करके तीनों लौट आए। इसके बाद और दूसरी बातों में दिन बीता।

अगले दिन सुबह दोनों भाई राजा की फुलवारी में गुरु के लिए फूल तोड़ने गए। संयोग से उसी समय सीता भी अपने सहेलियों के साथ गौरी की पूजा करने के लिए फुलवारी में आई थीं। सखियों ने राम-लक्ष्मण को देखकर पहचान लिया कि ये राजकुमार विश्वामित्र के साथ जनकपुरी में पधारे हैं। उनकी सुंदरता को देखकर वे सभी ठगी-सी रह गईं। ऐसा लगता था मानो स्वर्ग से दो देवता धरती पर उतरकर आए हों। मन-ही-मन में वे भगवती से प्रार्थना करने लगीं कि राम के साथ ही सीता का विवाह हो। सीता ने राम को देखा और राम की नजर सीता पर पड़ी। दोनों की आँखें चार हुईं। अनजाने में ही दोनों एक-दूसरे की ओर आकर्षित हुए। दोनों के मन में एक-दूसरे के प्रति प्रेम की भावना पैदा हो गई। राम ने अधिक देर तक फुलवारी में रहना उचित न समझा। वहाँ से जल्दी ही लक्ष्मण को लेकर राम अपने गुरु के आश्रम में लौट गए। इधर सीता भी गौरी की पूजा कर अपने राजमहल की ओर चली गईं। पूजा करते समय उन्होंने गौरी से प्रार्थना की थी कि मेरा विवाह श्रीराम के ही साथ हो। उनका अलौकिक प्रेम देखकर गौरी बहुत प्रसन्न हुईं। स्वयं प्रकट होकर उन्होंने सीता को आशीर्वाद दिया—

मनु जाहिं राचेउ मिलिहि सो बरु सहज सुंदर साँवरो।
करुना निधान सुजान सीलु सनेहु जानत रावरो॥

अगले दिन सुबह स्वयंवर की तैयारी होने लगी। देश-विदेश के राजा एकत्रित होने लगे। यज्ञ मंडप में अपने बताए गए आसन पर जाकर सब लोग बैठ गए। राजा जनक ने ऋषि विश्वामित्र को भी बुलावा भेजा। विश्वामित्र

बुलावा पाकर दोनों राजकुमारों के साथ आए और अपने लिए निश्चित स्थान पर बैठ गए। यह सब तैयारी हो जाने पर राजा जनक ने राजाओं को धनुष की प्रत्यंचा चढ़ाने के लिए कहा। कई राजा बारी-बारी से गए; पर धनुष को कोई न उठा सका। इसके बाद सैकड़ों राजाओं ने एक साथ ही उसमें हाथ लगाया, फिर भी कोई परिणाम न हुआ।

यह देखकर राजा जनक को बड़ा दु:ख हुआ। आवेश में उन्होंने कहना शुरू किया—"अब मैं समझ गया कि संसार में कोई वीर नहीं बचा है। जितने लोग यहाँ बैठे हैं, सब कापुरुष हैं। अगर मैं जानता कि धरती पर कोई वीर नहीं है तो मैं ऐसा प्रण न करता। पर अब क्या करूँ, लाचारी है! सीता कुमारी ही रहेगी, ऐसा ही जान पड़ता है।"

राजा जनक की ये जली-कटी बातें सुनते ही लक्ष्मण के मन में जैसे आग लग गई। उनके पौरुष ने उन्हें ललकारा। गुस्से से तड़पकर वे बोल उठे—"महाराज, भारत अभी वीरों से हीन नहीं हुआ है। एक-से-एक बढ़कर वीर और महाबली इस धरती पर विद्यमान हैं। रघुवंशियों को देखकर भी ऐसी बातें करना आपको शोभा नहीं देता। यह छोटा सा धनुष क्या चीज है? यदि भगवान् श्रीराम की इजाजत मिले तो मैं समूचे ब्रह्मांड को गेंद की तरह उछाल सकता हूँ। उसे लेकर सैकड़ों मील बगैर रुके तेजी से दौड़ सकता हूँ। कमल के नाल की तरह शंकर के इस धनुष को पल भर में तोड़ सकता हूँ। मैं प्रतिज्ञा करके कहता हूँ कि अगर इस धनुष को तोड़कर टुकड़े-टुकड़े न कर दूँ तो धनुष-बाण हाथ में कभी न लूँगा।"

लक्ष्मण की रोष भरी ललकार सुनकर सभी लोग सन्न रह गए। विश्वामित्र ने जनक को इस तरह परेशान देखा तो श्रीराम से बोले—"बेटा, जरा हाथ तो लगाओ। शिव के इस धनुष को चढ़ाकर जनकजी की चिंता दूर करो।"

गुरु की आज्ञा पाकर राम सहज चाल से चलते हुए धनुष के पास जा पहुँचे। सभी लोग बड़े सोच में पड़ गए कि जो धनुष रावण और बड़े-बड़े बलवानों से न हिल सका, उसकी प्रत्यंचा राम जैसा सुकुमार राजकुमार कैसे चढ़ा सकेगा? राम ने पहले धनुष की ओर एक बार देखा। इसके बाद आसानी के साथ उसको उठा लिया। अभी ठीक ढंग से राम उसकी प्रत्यंचा चढ़ा भी न

श्रीराम का विवाह

पाए थे कि वह एकाएक भयंकर आवाज के साथ टूटकर दो टुकड़े हो गया। यह सारा काम राम ने इस फुरती के साथ किया कि लोगों को कुछ पता ही न चला कि कब धनुष उठाया गया और कब कसा गया। लोगों को तभी पता चला जब वह टूट गया।

धनुष टूटते ही चारों तरफ उत्साह दौड़ गया। चारों ओर जय-जयकार होने लगी। बधावे बजने लगे। स्त्रियाँ मंगल के गीत गाने लगीं। देवता लोग फूल बरसाने लगे। सीता का मन आनंदित हो उठा। उनकी अभिलाषा पूरी हुई। शतानंद ने उचित अवसर देखकर सीता से कहा कि राम के गले में जयमाल डालो। गुरु का आदेश पाकर सीता को उनकी सखियाँ राम की ओर लिवा ले चलीं। राम के पास पहुँचकर सीता ने राम को मन-ही-मन प्रणाम किया और धीरे से उनको माला पहना दी। बड़ी देर तक तालियों की गड़गड़ाहट होती रही। चारों ओर प्रसन्नता छा गई। वातावरण बहुत सुखद हो गया था। राजा जनक की तो खुशी का ठिकाना ही न था।

इधर यह सब हो रहा था उधर भगवान् शंकर के धनुष टूटने की आवाज परशुरामजी के कानों में पड़ी। आवाज सुनते ही मन के समान तेज चाल से वे जनकपुर पहुँचे। उनके आते ही मारे डर के सब लोग दुबक गए। परशुराम किसी जमाने में क्षत्रियों के बड़े वैरी थे। इसलिए उनका गुस्सा भरा चेहरा देखकर लोग परशुरामजी को दंडवत् प्रणाम करने लगे। विश्वामित्र ने परशुराम से भेंट की और राम-लक्ष्मण से बोले— "मुनि के चरणों में गिरकर प्रणाम करो।" इसके बाद दोनों भाइयों का परिचय दिया। महाराज जनक ने भी ऋषि को प्रणाम किया। सीता ने भी उनके चरण स्पर्श किए।

यह सब हो चुकने पर परशुराम ने जनक से कहा—"यहाँ इतने लोग किस कारण एकत्र हैं? कोई उत्सव है क्या?" जनक ने तब सीता के स्वयंवर की सारी कथा कह सुनाई। सुनते ही परशुराम गरज उठे। वे कहने लगे—"किस दुष्ट ने मेरे गुरु का धनुष तोड़ा है? उसे तुरंत दिखाओ, नहीं तो यहाँ खड़े सब लोगों को मैं अभी मार डालूँगा।"

लोगों को गहरी चिंता में पड़े देखकर श्रीरामजी ने आगे बढ़कर कहा— "मुनिवर! यह धनुष तो मुझसे टूटा है। मैंने इसको तोड़ने का विचार नहीं

किया था। मैं तो इसकी प्रत्यंचा चढ़ा ही रहा था कि एकाएक यह टूट गया। अब आप जो कहें, मैं करूँ। आप जो आज्ञा करें, वही होगा।''

इतना सुनना था कि परशुराम गुस्से के कारण आगबबूला हो गए। आँखों में आग भरकर वह बोले— ''धनुष जिस किसीने भी तोड़ा हो, उसको मेरे इस फरसे का शिकार होना पड़ेगा।''

लक्ष्मण को यह सुनकर हँसी आ गई। उन्होंने परशुराम को उकसाना शुरू किया। जैसे-जैसे हँस-हँसकर वे परशुराम से बातें करते थे वैसे-वैसे परशुराम का गुस्सा बढ़ता जाता था। जब राम ने देखा कि बात बहुत बढ़ रही है तो उन्होंने लक्ष्मण को शांत किया और नम्रतापूर्वक परशुराम से कहा— ''प्रभो! मुझे क्षमा कीजिए। मुझसे भूल हुई; पर इसमें किसीका वश भी क्या था? यह संयोग की बात थी, जो यह टूट गया। आपका क्रोध जैसे शांत हो वह करने के लिए मैं तैयार हूँ।''

राम की निडरता भरी बातों का परशुराम पर बहुत असर पड़ा। उन्होंने मन में सोचा—'मेरी बातों का इस तरह जवाब देना मामूली आदमी के बस की बात नहीं। जरूर कोई विशेष बात है, कहीं भगवान् ने अवतार तो नहीं लिया है। उनको छोड़कर शिव के इस धनुष को कौन उठा सकता था?'

मन में यह विचार आते ही उन्होंने परीक्षा लेने का विचार किया। परशुराम भी भगवान् के एक अवतार थे। अब उनका काम पूरा हो चुका था। आगे का काम उनसे न हो सकता था। इसलिए भगवान् का अवतार एक और बड़े अंश के साथ हुआ। परशुराम के हाथ में एक धनुष था, जो शिव के धनुष के समान था। उस धनुष को परशुराम ने राम को देकर कहा—''तुम वीर हो तो इस धनुष की प्रत्यंचा को चढ़ाओ। अगर तुम इसकी प्रत्यंचा चढ़ा दोगे तो मैं तुम्हारा लोहा मान लूँगा।''

ऐसा कहकर परशुराम ने अपना धनुष राम को दिया। श्रीराम ने उसी फुरती से उस धनुष को भी लेकर प्रत्यंचा चढ़ा दी, जिस फुरती से पहले धनुष की चढ़ाई थी। उसपर बाण रखकर राम बोले—''मेरा यह तीर बेकार नहीं जाएगा। आप ब्राह्मण हैं, मेरे लिए गुरु के समान हैं। मैं आपका वध नहीं कर सकता; लेकिन तीर उतारकर रख भी नहीं सकता। अब आप बतलाइए, क्या

करूँ ? कहिए तो आपके तप करने की भूमि को जलाकर राख कर दूँ और कहिए तो आकाश मार्ग से आपका चलना रोक दूँ।''

इतना सुनकर परशुराम का क्रोध शांत हो गया। वे समझ गए कि राम के रूप में श्रीहरि का ही अवतार हुआ है। वे बड़ी नम्रतापूर्वक बोले—''हे राम, मैं तुमको और तुम्हारी ताकत को समझ गया। तुम्हारी जय हो! तुम सबकुछ कर सकते हो। तुमसे मेरी प्रार्थना है कि तुम मेरा चलना-फिरना बंद मत करो, भले ही मेरी तपोभूमि को जलाकर चौपट कर दो।''

राम ने उनके कहने के अनुसार ऐसा ही किया। इसके बाद परशुराम राम का गुणगान करते चले गए—

जय रघुबंस बनज बन भानू। गहन दनुज कुल दहन कृसानू॥
जय सुर बिप्र धेनु हितकारी। जय मद मोह कोह भ्रम हारी॥
बिनय सील करुन गुन सागर। जयति बचन रचना अति नागर॥
सेवक सुखद सुभग सब अंगा। जय सरीर छबि कोटि अनंगा॥
करौं काह मुख एक प्रसंसा। जय महेस मन मानस हंसा॥
अनुचित बहुत कहेउँ अग्याता। छमहु छमामंदिर दोउ भ्राता॥
कहि जय जय जय रघुकुलकेतू। भृगुपति गए बनहि तप हेतू॥

परशुराम के जाते ही सबके जी में जी आया। जनक ने विश्वामित्र से पूछा कि अब क्या हो ? विश्वामित्र ने कहा—''विवाह की शर्त धनुष का टूटना था। धनुष टूट गया, राम-सीता का रिश्ता जुड़ गया। पर विधि-विधान से विवाह होना जरूरी है, इसलिए आप राम के पिता महाराज दशरथ के पास दूत भेजिए। वह आएँ और ठाट से विवाह हो।'' जनक ने तुरंत एक पत्र लिखकर दूत के हाथ महाराज दशरथ के पास भेजा।

इधर जनकपुर में कई दिनों तक उत्सव होता रहा। लोगों के आनंद की सीमा न रही। कुछ समय बाद महाराज दशरथ बारात सजाकर पहुँचे। रास्ते में जनक ने दशरथ का स्वागत करने के लिए बहुत बढ़िया इंतजाम कई जगह कर रखा था। महाराजा दशरथ को अयोध्या से जनकपुर आने में चार दिन लगे। जनकपुर पहुँचने पर दोनों राजा आपस में बड़े प्रेम से मिले। बड़ी धूम मची। अब श्रीराम के विवाह की तैयारी होने लगी।

एक दिन शुभ मुहूर्त देखकर बड़ी धूमधाम से विवाह हुआ। राम-सीता का विवाह हो जाने पर एक और बात होने लगी। महाराज जनक ने राजा दशरथ से कहा—"अगर आपकी अनुमति हो तो अन्य तीनों भाइयों का विवाह भी मैं अपने यहाँ करना चाहता हूँ। मेरी एक और लड़की है, उसका नाम है उर्मिला। दो लड़कियाँ मेरे भाई कुशध्वज की हैं। उनके नाम मांडवी और श्रुतकीर्ति हैं। इनके साथ ही मैं लक्ष्मण, भरत और शत्रुघ्न का विवाह करना चाहता हूँ।

राजा जनक की बात सुनकर महाराज दशरथ बहुत खुश हुए। उन्होंने वसिष्ठ और विश्वामित्र से सलाह करके राजा जनक की बात मान ली। तब शुभ लग्न में भरत का विवाह मांडवी, शत्रुघ्न का श्रुतकीर्ति और लक्ष्मण का उर्मिला के साथ कर दिया गया। राजा जनक ने दास-दासी, धन-दौलत बहुत कुछ दहेज में दिया। महीनों दशरथ वहीं रहे। जब भी दशरथ चलने को कहते, जनक रोक लेते। अंत में विश्वामित्र के कहने पर जनक राजा दशरथ को जाने देने के लिए तैयार हुए।

राजा दशरथ को पहुँचाने के लिए जनक बहुत दूर तक आए। राजा दशरथ ने अपने चारों लड़कों और बहुओं के साथ अयोध्या में प्रवेश किया। अयोध्या में भी चारों भाइयों के विवाह की खुशी में जलसे हुए, उत्सव हुए। नगर और महलों में बड़ी धूमधाम रही। कुछ दिन रहकर विश्वामित्र तपस्या करने के लिए लौट गए। महाराज दशरथ आनंदपूर्वक अपने लड़कों के साथ रहने लगे।

□

दूसरा खंड

एक

राजगद्दी की तैयारी

अयोध्या नगरी में चारों ओर खुशहाली थी। लोगों के मन में आनंद और उमंगों की पावन गंगा बहती रही। सारी प्रजा जिस तरह चारों भाइयों को मानती थी वैसे ही चारों बहुओं को भी मानने लगी। उनके गुण, शील, रूप-रंग की हर घर में चर्चा और प्रशंसा होने लगी। बहुएँ इतनी खूबसूरत और मोहक थीं, मानो साँचे में ढली मोम की गुड़िया हों। बहुओं से उनकी सासुएँ बहुत ही प्रसन्न थीं। वे कहती फिरती थीं कि हर सास को ऐसी ही बहुएँ मिलें। नौकर-चाकर, दास-दासियाँ सभी नई मालकिनों के शील और व्यवहार से बहुत प्रसन्न हुईं। सब भाइयों में राम सबसे बढ़े-चढ़े थे। जैसे राम उम्र में सबसे बड़े थे वैसे ही रूप, गुण, शील में भी। राम की तरह सीता भी अपनी सब बहनों में सबसे आगे थीं। उनकी सेवा से उनकी सास कौसल्या भी प्रसन्न थीं।

राम के इन्हीं गुणों के कारण महाराज दशरथ, जो अब काफी बूढ़े हो चले थे, उनको अपने पास बैठाते थे और राज्य के कामों में उनकी मदद लेते थे। इस प्रकार कुछ ही दिनों में रामचंद्रजी राज-काज में चतुर हो गए। अब महाराज दशरथ के मन में आया कि राम को युवराज बना दिया जाए। राम सबसे बड़े थे, इसलिए उनका हक भी था। रोजाना राजा के साथ दरबार में बैठकर राज्य का काम करने से उनको इसका अच्छा ज्ञान भी हो गया था। इसके अलावा प्रजा को भी पता चल गया था कि राज्य का काम दशरथ

के बाद राम भली प्रकार सँभाल लेंगे। इधर दशरथ की आखिरी इच्छा राम को युवराज बनाकर खुद वैराग्य ले लेने की थी। उनके वंश में सदा ऐसा ही होता आया था। यह सब सोचकर एक दिन उन्होंने गुरु वसिष्ठजी से जाकर कहा—"महाराज!

श्रवन समीप भए सित केसा। मनहुँ जरठपनु अस उपदेसा॥
नृप जुबराजु राम कहुँ देहू। जीवन जनम लाहु किन लेहू॥

इसलिए हे गुरुदेव!

मोहि अछत यहु होइ उछाहू। लहहिं लोग सब लोचन लाहू॥
प्रभु प्रसाद सिव सबह निबाहीं। यह लालसा एक मन माहीं॥
पुनि न सोच तनु रहउ कि जाऊ। जेहिं न होइ पाछें पछिताऊ॥

इसलिए प्रभो! आज्ञा दीजिए कि राम का राजतिलक जल्द-से-जल्द हो। आपके केवल आदेश मात्र से मेरे मनोरथ पूरे हो जाते हैं। किसी शुभ मुहूर्त का विचार कीजिए, जिससे यह शुभ काम हो सके।"

राजा दशरथ की बातें सुनकर वसिष्ठ के भी आनंद का ठिकाना न रहा। प्रसन्न होकर वह बोले—"महाराज, आप जरूर राम का राजतिलक कीजिए। इससे बढ़कर भला और अच्छी बात क्या होगी? राम राजा हों और सीता रानी! इससे बढ़कर कोई काम ही संसार में नहीं हो सकता। देर मत कीजिए, तुरंत राजतिलक करने का इंतजाम करिए।

बेगि बिलंबु न करिअ नृप साजिअ सबुइ समाजु।
सुदिन सुमंगलु तबहिं जब रामु होहिं जुबराजु॥"

गुरु की ऐसी उत्साहपूर्ण बातें सुनकर महाराज राजमहल में आए। आते ही उन्होंने सबसे पहले राजमंत्री से इसकी चर्चा की। वे बोले—"गुरु महाराज ने अपनी सहमति दे दी है। अगर आप लोगों की इच्छा हो तो राम को राजा बनाकर मैं सब झंझटों से छुट्टी पा जाऊँगा।"

राजा की अमृत से भरी मीठी बातें सुनकर लोगों के आनंद की सीमा न रही। सब लोग राजा के विचारों की सराहना करने लगे। यह समाचार रनिवास में भी पहुँचा। कौसल्या को लोगों ने तुरंत यह शुभ समाचार सुनाया। सुनकर वह बहुत खुश हुईं। जो-जो लोग उनके पास गए, उनको बहुत सा इनाम

मिला। राजा ने महल के लोगों से सब प्रकार की तैयारियाँ करने को कहा। सुमंत्र ने कहा कि गुरुदेव की जैसी आज्ञा हो वैसा इंतजाम करो।

इधर यह सब काम हो रहा था। राजा दिन-रात इन्हीं सब कामों का इंतजाम करने में लगे रहते थे। उनको तनिक भी अवकाश न मिलता था। यहाँ तक कि वह रनिवास में जाकर रानियों को यह समाचार भी न सुना सके।

□

दो

मंथरा की कुटिलता

राजाओं के राजमहलों में काम करनेवाले सेवकों को सारा दिन काम करना पड़ता है। दास-दासियों को इतना समय नहीं मिलता कि वे महल के बाहर आ-जा सकें। नगर या हाट-बाजार में घूम-फिरकर हालचाल मालूम करना तो नामुमकिन ही था। उन्हें आठों पहर रानियों की सेवा में रहना पड़ता था।

एक दिन महारानी कैकेयी के मायके से आई हुई दासी, जिसको कैकेयी बहुत मानती थीं, को संयोग से महल के बाहर जाना पड़ गया। बाहर आने पर उसने नगर में बड़ी धूमधाम और उत्सव की तैयारियाँ होते देखीं। अब उसके अचरज का ठिकाना न रहा; पर फिर भी उसकी समझ में न आया कि यह सब क्या है। श्रीराम और उनके भाइयों का विवाह हुए काफी समय हो गया था। भरत और शत्रुघ्न दोनों भाई भी इन दिनों अपने ननिहाल चले गए थे। फिर एकाएक ऐसी क्या बात हो गई कि यह जलसा होने लगा। उसकी समझ में जब कुछ भी न आया तो उसने पास ही खड़े एक आदमी से पूछा—"भाई, यह सब क्या हो रहा है? यह धूमधाम क्यों है? क्या कोई खजाना हाथ लग गया है? अगर नहीं, तो फिर ऐसी कौन सी नई बात हुई है, जिसके कारण इतनी तैयारियाँ हो रही हैं।"

उस आदमी को यह सुनकर उससे भी अधिक अचरज हुआ। बड़ी देर तक उसकी ओर देखने के बाद वह बोला—"तुम कौन हो जी, जो इस

मंथरा की कुटिलता

तरह के सवाल पूछ रही हो? क्या तुम इस नगर में नई आई हो? क्या तुमको यह भी पता नहीं कि कल श्रीरामचंद्रजी का राजतिलक किया जा रहा है? उन्हें युवराज पद मिलने वाला है। वह ही अयोध्या के राजा बनेंगे। तुम कैसी अनजानी सी बातें कर रही हो?''

मंथरा काली और बदसूरत थी। उसकी पीठ पर एक बड़ा सा कूबड़ उठा हुआ था। वह कूबड़ उसकी कुटिलता की निशानी था। वह जितनी काली थी, उतना ही काला उसका दिल भी था। श्रीरामचंद्रजी के राजतिलक की बात सुनकर उसका जी जल उठा। क्रोध में भरी वह उसी समय दौड़ती हुई कैकेयी के पास गई और मुँह बनाकर लगी कैकेयी के सामने रोने। अपने मायके से साथ आई हुई इस कुबड़ी को कैकेयी बहुत मानती थीं। उसको रोते देखकर कैकेयी का दिल पसीज गया। उन्होंने आश्चर्य से पूछा—''अरी मंथरा, बात क्या है? तू एकाएक इस तरह रोने क्यों लगी? लगता है, इस समय तेरा मन बहुत दुःखी है। बतला, तुझको किसीने कुछ कहा है क्या? बता तो सही, तुझको किसने क्या कहा है? मैं अभी चलकर उसको ठीक करती हूँ।''

महारानी कैकेयी ने इतना कहा, पर वह कुटिला चुप रही; जैसे उसने सुना ही न हो। बहुत देर तक कैकेयी उसको मनाती रहीं। जब वह नहीं बोली तो रानी ने कहा—''मैं समझ गई, तेरा मन अब अयोध्या के इस राजमहल में नहीं लग रहा होगा। अब तू मुझे छोड़कर कहीं और जाना चाहती है। इसीलिए तूने यह सब तमाशा मचा रखा है। पर यह समझ लेना कि तुझे कैकेयी जैसी रानी और कहीं न मिलेगी। आज नहीं तो कल तेरी आँखें खुलेंगी। जा, जैसी तेरी इच्छा हो, कर।''

कैकेयी की बात सुनकर मंथरा को काठ मार गया। उसने सपने में भी ऐसी आशा न की थी कि कैकेयी पर इसका ऐसा असर होगा। घबराकर वह बोली—''आप कैसी बातें कर रही हैं, रानीजी! मैं कहाँ कहती हूँ कि मैं अयोध्या छोड़कर चली जाऊँगी। मुझे तो आपके लिए दुःख हो रहा है, इसलिए मैं बहुत चिंतित हूँ। आपको कुछ पता भी है कि आपके विरुद्ध कितनी बड़ी चाल चली जा रही है? अगर आपके दुश्मनों की यह चाल सफल हो गई तो आपका भविष्य अंधकारमय हो जाएगा। आप कहीं की न रहेंगी। मैं इसी

बात को सोचकर बड़ी दु:खी हूँ और आप ऊटपटाँग सोच रही हैं। आपको छोड़कर मैं भला कहाँ जाऊँगी?''

महारानी कैकेयी यह सुनकर क्रोध से बरस पड़ीं—''क्या अमंगल बकती है। मेरा अंधकारमय भविष्य सोचकर तुझे बड़ा दु:ख हो रहा है। लेकिन मैं उस अंधकार की बात नहीं जानती। बतला तो, वह कौन सी बात है जिसने तेरे मन में इतनी चिंता पैदा कर दी है?''

इसपर मंथरा ठसके से बोली—''इतनी बेखबर रहती हो, तभी तो कहती हूँ कि आपके लिए मुझे चिंता हो रही है। खाली खाने-पीने-सोने से काम नहीं चलेगा। आप समझती हो कि राजा आपके वश में हैं, इसलिए जो चाहोगी, करा लोगी। पर यह आपकी भूल है। आपकी सौत ने राजा पर रंग जमा लिया है। वह जो चाहती है, करा लेती है और आप बकती रह जाती हैं। सोचें तो भला कि राम को कल राजगद्दी मिलने वाली है और आपको इसका पता तक नहीं। आज पंद्रह दिन से राजगद्दी की तैयारी हो रही है, पर राजा या और किसीने आपसे यह समाचार कहा भी? बतलाया तो मैंने। राजा अगर आपसे प्रेम करते तो आपसे कुछ भी छिपा न रखते। महारानी कौसल्या के महल में इतना बड़ा उत्सव हो रहा है और इसकी आपको सूचना तक नहीं दी गई। इसका मतलब यह हुआ कि उनको इसका पता है। राजा दशरथ ने उनसे कहा, पर आपसे छिपाया। अब आप खुद ही अंदाजा लगाइए कि क्या बात हो सकती है?''

महारानी कैकेयी सुनकर बिगड़ीं और बोलीं—''चुप रह! इस तरह की बातें बोली तो जबान खींच लूँगी। घर में झगड़ा कराना चाहती है। बल्कि तुझे तो खुश होना चाहिए कि कल राम को राजगद्दी मिलने वाली है। सूर्यवंश में सदा से यह होता आया है कि बड़ा भाई राजगद्दी पर बैठे और छोटा भाई उसकी सेवा करे। राम बड़े हैं, उनको राजा बनाना चाहिए। भरत, लक्ष्मण और शत्रुघ्न का धर्म है कि उनकी सेवा करें। इसमें तुझे कौन सी बुराई दिखती है? अब ऐसी बातें फिर न बकना। महाराज को अवकाश न मिला होगा, इसलिए न कहा होगा। मेरे लिए जैसे भरत वैसे राम।''

मंथरा ने कैकेयी की यह फटकार सुनी तो वह बेचैन हो उठी। उसने

रोकर कहा—"आप निरी भोली हैं। मैं तो आपकी भलाई की बात कह रही हूँ। आप इसके विपरीत मुझपर ही बिगड़ रही हैं। मैं आपको क्या समझाऊँ? जरा सोचें और आँखें खोलकर देखें, तब आपको पता चलेगा कि आपके साथ कितनी बड़ी चाल खेली गई है। कितना खूबसूरत कपट नाटक खेला गया है। इसीलिए तो रानी कौसल्या के कहने पर महाराज ने भरत को पहले ही ननिहाल भेज दिया। अब मैदान साफ है। आपको महाराज ने पता तक नहीं लगने दिया कि कल राम का राजतिलक होने वाला है। राजतिलक होने के बाद राम राजा बनेंगे और रानी कौसल्या राजमाता! आप और आपके लड़के भरत को राम और उनकी माता कौसल्या की सेवा करते रहना पड़ेगा। अगर सेवा को तैयार हुए तो ठीक है, नहीं तो निकाल बाहर किए जाएँगे। राम के राजा बन जाने पर भला आप कर ही क्या सकती हैं?"

कैकेयी बड़ी भोलीभाली और सीधी थीं। वह जितनी रूपवती थीं, उतनी ही दिल की साफ थीं। छल-कपट, प्रपंच उन्होंने कभी जाना ही नहीं था। राम और भरत को वह समान समझती और मानती थीं। कौसल्या का वह बड़ी बहन की तरह आदर करती थीं। पर हाय! कुटिल मंथरा ने उनकी मति बिगाड़ दी। उसके कूबड़ के भीतर बुराई ही भरी हुई निकली। उसने हर तरह से दशरथ का घर बिगाड़ा। कैकेयी पर उसकी बातों का असर न पड़ा। कैकेयी ने पूछा—"तो तू चाहती क्या है?"

मंथरा ने जवाब दिया—"मैं क्या चाहती हूँ! एक बार कहने पर आपने जीभ निकलवाने की धमकी दी। दूसरी बार कुछ कहूँगी तो सिर ही कटवा देंगी। ना बाबा, मैं कुछ नहीं चाहती।" अब मंथरा कुछ बनने लगी।

इसपर कैकेयी ने तुनककर कहा—"बहुत अभिनय न दिखा, सीधे तरीके से बातें कर। मान लिया, तेरी बातें सच ही हों, तो बता, मुझे उस हालत में क्या करना चाहिए।"

मंथरा बोली—"मान लेने से क्या मतलब? मेरी यह खबर बिल्कुल सच है। और वह न होने पावे, उसके लिए आपको कुछ उपाय करना होगा। मैं आप ही के फायदे की बात कह रही हूँ। मेरा क्या बनता-बिगड़ता है। राम राजा बनें या भरत, मैं सदा दासी ही रहूँगी। भरत राजा होकर कोई मुझे रानी

थोड़े ही बना देंगे। हाँ, भरत के राजा होने से आपको आराम मिलेगा। इज्जत, मान-सम्मान बढ़ेगा। आपकी सौत, जिसने आपका अमंगल चाहा था, चारों खाने चित जा गिरेगी। उसकी चालाकी धूल में मिल जाएगी। उसे हाथ मलकर रह जाना पड़ेगा।''

भरत राजा होंगे, यह बात सुनकर कैकेयी की आँखें चमक गईं। इस घटना के पहले किसीके दिमाग में भी यह बात न आई होगी कि राम को छोड़कर भरत आदि में से भी कोई राजा हो सकता है। ललचाकर कैकेयी ने पूछा—''भला भरत भी राजा हो सकते हैं ? यह कैसे संभव होगा ? बड़े तो राम हैं, राजनियम के अनुसार राम ही राजा होंगे और कोई नहीं।''

मंथरा ने गंभीर होकर कहा—''मैं उसका उपाय जानती हूँ। आप चाहें तो कल राम राजा नहीं हो सकते। अयोध्या की राजगद्दी पर भरत को ही बैठाया जा सकता है। इसका उपाय है तो कठिन, लेकिन असंभव नहीं। और वह उपाय आपके हाथ में है। बतला भी सकती हूँ, करना-धरना आपके ऊपर है। अगर मेरे बतलाए ढंग से ठीक काम करें तो कल राम का राजा बनना रुक जाएगा और आपकी मनोकामना पूरी होगी।''

कैकेयी ने पूछा—''मैं क्या कर सकती हूँ ? मुझे क्या करना होगा ? कोई उचित उपाय बतला। इधर कई दिनों से बराबर मेरी दाहिनी आँख फड़क रही है। रोज ही बुरे सपने देखती हूँ; पर इस ओर मेरा कभी ध्यान नहीं गया था। सीधा-सरल स्वभाव होने के कारण कभी इन बातों का खयाल न करती थी। सौतिया डाह मैंने कभी नहीं किया। मैं नहीं जानती थी कि मेरे खिलाफ यह सब छिपे-छिपे हो रहा है। भगवान् तेरा भला करे, तूने मुझे संकट से उबार लिया। राजा और रानी द्वारा फैलाए हुए मायाजाल से अगर मैं बच जाऊँगी, तू जो कहती है अगर वह हो जाएगा, तो मैं तुझे खुश कर दूँगी। बता, मुझे क्या करना होगा ? ऐसा उपाय बता कि तीर निशाने पर बैठे।''

सुनकर अब मंथरा की बन आई। उसने देखा कि कैकेयी पर उसका जादू पूरा चल गया है। वह बोली—''देखिए, उपाय तो बहुत सरल है। अगर आप अकलमंदी से काम करें तो कल ही राम को वन भेज सकती हैं। तब जल्दी ही भरत राजा हो सकते हैं। आपको याद है न, अपने दोनों वरदानों की ?

आपको राजा दशरथ ने दो अलग-अलग अवसरों पर दो वर दिए हैं। इस समय राजा दशरथ के महल में जाकर आप उनसे अपने वे ही दो वर माँगिए। एक वर के द्वारा आप राम के लिए चौदह वर्ष का वनवास माँगें और दूसरे वर से भरत के लिए युवराज पद। इतने दिनों तक राम वन में रहेंगे और भरत राज-काज सँभालेंगे तो प्रजा राम को भूल जाएगी, कोई ऊधम भी न होगा। इसलिए पहले राम को वन भेजना बहुत जरूरी है।

मंथरा की चाल भरी चिकनी-चुपड़ी बातों में कैकेयी आ गईं। मंथरा ने उन्हें भलीभाँति लिखा-पढ़ाकर पक्का कर दिया। चाल समझाते हुए मंथरा बोली—"महाराज दशरथ जब आएँ तो आप कोपभवन में चली जाना। वह आपको मनाने की कोशिश करेंगे; लेकिन आप उनकी बातों में न आना। जब तक आपको दोनों वर प्राप्त न हों तब तक आप राजा की कोई बात न मानना। जब तक राजा राम की कसम न खाएँ तब तक उनका विश्वास भी न करना।"

इस प्रकार कैकेयी राजी हो गईं। अयोध्या को शोक में डुबानेवाली मंथरा अपनी कुटिलता का भयंकर नाटक खेल गई। विधि की लिखी को कौन टाल सकता है भला!

□

तीन

कैकेयी के दो वर

कैकेयी मंथरा की बातों में आ चुकी थीं। उन्होंने फैसला कर लिया कि राम को किसी भी हालत में राजगद्दी पर न बैठने दूँगी। अगर राजगद्दी पर कोई बैठेगा तो उनका बेटा भरत ही। यह विचार धारण कर, मंथरा के कहने पर सब तैयारी करके वह कोपभवन में चली गईं। कैकेयी का उस समय का अमंगल वेश देखकर मन में भय-सा मालूम होता था। उन्होंने अपने सारे गहने उतारकर फेंक दिए थे, फटे-पुराने कपड़े पहन रखे थे, जूड़ा खोलकर अपने लंबे काले बाल बिखेर दिए थे और फर्श पर ही लेट गई थीं। उन्हें उस हालत में देखकर ऐसा लगता था मानो कोई डाकिनी रौद्र रूप धारण कर पड़ी हुई हो। ऐसे शुभ अवसर पर ऐसा अशुभ वेश देखकर मन में बेचैनी पैदा होती थी।

इतने में शाम होने को आई। राजा दशरथ राम के राजतिलक का सारा इंतजाम पूरा करके कैकेयी को खबर देने के लिए महल में पहुँचे। लेकिन उन्होंने रानी कैकेयी को उनके कमरे में न पाया। इसपर उनको कुछ अचरज हुआ। दासी से पूछने पर मालूम हुआ कि महारानी कैकेयी कोपभवन में हैं। सुनते ही राजा दशरथ एकबारगी काँप उठे। सोचने लगे—'महारानी कैकेयी कोपभवन में जाकर क्यों बैठी हैं?' कारण उनकी समझ में न आ सका। उनके मन में आया कि इधर बहुत दिनों से समय न मिलने के कारण वह यहाँ न आ सके, इसीलिए शायद रानी मुझसे रूठकर कोपभवन में चली गई हैं। सोचकर अपने मन से बोले—'चलो, कोई बात नहीं। जब कोपभवन में जाकर राम

के राजतिलक की बात कहूँगा तब वह सारा क्रोध भूलकर एकदम खुशी से पागल होकर मेरे पास चली आएँगी।'

यह सोचते-सोचते राजा कोपभवन में चले गए। वहाँ जाकर उन्होंने कैकेयी की जो दशा देखी तो उनके दिल को गहरी ठेस लगी। वह बहुत दुःखी हुए। उन्होंने बड़े प्रेम से रानी से क्रोध का कारण पूछा। हर तरह से उन्हें समझाने की कोशिश की। वह बोले—"कैकेयी, तुम नाराज क्यों हो? किसने तुम्हें नाराज करने का साहस किया? मुझे तुरंत बताओ, मैं अभी उसका सिर लाकर तुम्हारे चरणों पर डाल देता हूँ। देवताओं को भी मैं दंड दे सकता हूँ। तुम मुझे सब बात समझाकर बताओ। तुम यह जानती ही हो कि मैं तुमको कितना चाहता हूँ। मैं तुम्हारी कही हुई हर बात को पूरा करता हूँ। अब भी तुम जो चाहोगी, वही होगा। यह अमंगल वेश छोड़ो, यह अशुभ है। नए कपड़े पहनो। कल राम का राजतिलक होने वाला है। सारी तैयारियाँ पूरी हो चुकी हैं। वही सब दिखाने के लिए मैं तुम्हें बाहर ले जाना चाहता हूँ। राम की शपथ खाकर मैं कहता हूँ कि जो तुम चाहोगी, वही होगा।"

महाराज दशरथ को राम की शपथ खाते देख कैकेयी को विश्वास हो गया कि राजा सबकुछ दे सकते हैं। इसलिए उन्होंने उठकर तुरंत अपने को सजाना-सँवारना शुरू कर दिया। राजा चुपचाप उनका श्रृंगार देखते रहे। कैकेयी फंदा कसती रहीं। राजा चुपके से उसमें अपनी गरदन डालते रहे। कैकेयी सबकुछ समझती रहीं; पर राजा दशरथ की तो मति मारी गई थी। कैकेयी तैयार होकर जब राजा के पास आईं तो राजा ने कहा—"कैकेयी, आज मैंने तुमको बहुत सुखद और शुभ समाचार सुनाया है। शायद तुम भी यही चाहती थीं, सो वही हुआ। कल राम युवराज बनेंगे। तुम इस खुशी में राजमहल में उत्सव की तैयारियाँ करो।"

सुनते ही कैकेयी का दिल दहल उठा; पर उन्होंने अपने को सँभाल लिया। राजा कुछ जान न सके। थोड़ा सँभलकर कैकेयी ने राजा से कहा—"आप सदा कहा करते हैं कि तुमको मैं सबसे अधिक चाहता हूँ। तुम जो चाहती हो, वह होता है। तुम जो माँगती हो, मैं देता हूँ। लेकिन मैं देखती हूँ

कि आप कहकर ही रह जाते हैं। काम निकालने के लिए केवल बातें बनाते हैं। मैं आपकी चाल समझ गई। अब मैं आपकी बातों में नहीं आ सकती।''

सुनकर राजा दशरथ बड़े प्यार से उनकी ठुड्डी थोड़ी ऊँची उठाते हुए बोले—''देखो रानी, किसीको झूठा दोष कभी नहीं लगाना चाहिए। एक भी उदाहरण तुम ऐसा नहीं दे सकती हो जब तुम्हारी बात खाली गई हो।''

इसपर कैकेयी ने थोड़े तेज स्वर में कहा—''झूठ! आपको शायद याद नहीं है, किन्हीं अवसरों पर मुझे आपने दो वरदान देने को कहा था। आज इतने दिन बीत गए, पर उनमें से एक भी नहीं दिया। अब बतलाइए, बातें आप बनाते हैं कि नहीं? मैं गलत थोड़े ही कह सकती हूँ। आप मेरे साथ भी राजनीति खेलना चाहते हैं! पर मैं इतनी भोलीभाली नहीं हूँ।'' कैकेयी ने राजा दशरथ को अच्छी तरह फँसा लिया। उनकी बातें रंग लाने लगीं।

राजा बोले—''अब मैं समझा! तुम्हें छोटी-छोटी बात पर भी नाराज होना खूब आता है। नारी जाति का ऐसा स्वभाव ही है। मेरे पास बहुतेरे काम रहते हैं। इस कारण मैं कोई बात याद ही नहीं रख पाता। फिर मैं तो वे दोनों वरदान दे ही रहा था, तुमने ही कहा था कि जब जरूरत समझूँगी तो माँग लूँगी। मैंने कब इनकार किया! अब माँगो, और दो के बदले चार माँग लो। देखो, मैं जरा भी इधर-उधर नहीं करूँगा।''

यह सुनकर कैकेयी बोलीं—''वचन दे रहे हैं! पीछे तो न हटेंगे, देने से मुकर तो न जाएँगे!''

दशरथ ने हँसकर कहा—''तुम भी कैसी बालकों जैसी बातें कर रही हो। मेरे स्वभाव को जानती हो। तुमको पता ही है कि—

रघुकुल रीति सदा चलि आई। प्रान जाहुँ बरु बचनु न जाई॥

और इसपर भी मैंने शुरू में ही कहा कि राम की शपथ खाकर कहता हूँ कि आज इस खुशी के अवसर पर जो भी कुछ माँगोगी, सो दूँगा। तुम उन दो वरों के अलावा भी जो चाहोगी।''

कैकेयी ने अपने आपको सँभाला, फिर बहुत ही प्रेमपूर्ण ढंग से मीठी वाणी में बोलीं—

''सुनहु प्रानप्रिय भावत जी का। देहु एक बर भरतहि टीका॥
मागउँ दूसर बर कर जोरी। पुरवहु नाथ मनोरथ मोरी॥
तापस बेष बिसेषि उदासी। चौदह बरिस रामु बनबासी॥''

कैकेयी के ये वचन सुनते ही राजा दशरथ को काठ मार गया। उन्होंने क्या सोचा था और क्या हो गया। उनके चेहरे की रंगत उतर गई, मुँह लटक गया। आँखों के आगे अँधेरा छा गया। हथेली पर सिर रखकर राजा सोचने लगे कि रानी ने मेरे साथ मजाक तो नहीं किया है। पर यह बात राजा के लिए एक बहुत बुरा मजाक था। वह मारे शोक के बेसुध हो गए। जब मन थोड़ा शांत हुआ तब उन्होंने कैकेयी से पूछा—''तुमने सचमुच मुझसे ये दो वर माँगे हैं या मुझसे ठिठोली की है? मुझे तो विश्वास ही नहीं होता कि तुम ऐसी बातें कहोगी। इसकी तो तुमसे आशा ही नहीं की जा सकती। बतलाओ, सच बात क्या है? मैं तो पागल जैसा हो गया हूँ। मजाक छोड़कर अपने दो वर माँगो। मैं खुशी से तुम्हें दे दूँगा। कल आनंद से अपने राम को राजगद्दी पर देखो।''

दशरथ की बातें सुनकर कैकेयी क्रोधित हो गईं। गुस्से में भरकर वह बोलीं—''वाह रे दानी और आपका दानीपन! बात पूरी नहीं करनी थी तो कहा ही क्यों? क्या समझा था कि मैं कुछ गहना-कपड़ा भर माँग लूँगी और आप सहर्ष देकर अपने को बड़े भारी दानी कहने का मौका पा जाएँगे? मैंने इस समय जो कुछ माँगा है, देना हो तो दे दीजिए अथवा इनकार कीजिए। कहलाने को दानी और करने को कंजूसी। आप ही के कुल के शिवि और दधीचि आदि रहे हैं। ऐसे औघड़ दानी कि मुँह से निकलते ही बात को पूरा किया, चाहे इसके लिए उनको जान ही क्यों न देनी पड़ी हो! फिर मैं आप पर कोई जोर-जबरदस्ती नहीं करती, आप न देंगे तो मैं कर ही क्या लूँगी?''

राजा ने रोते हुए कहा—''ये दो विचित्र वर माँगकर मुझपर अन्याय न करो, रानी। मैं तुम्हारी सारी बातें मानने के लिए तैयार हूँ। मैं भरत को राजगद्दी देने के लिए तैयार हूँ; पर रानी, राम को वनवास देनेवाली बात मुझसे न करो। मैं तुम्हारे आगे हाथ जोड़ता हूँ। देखो, रानी, अब मैं बूढ़ा हो चला। कुछ दिनों का मेहमान हूँ। ऐसी हालत में मुझको राम के वियोग में तड़पाकर मत मारो। मैं राम और भरत को एक ही समान समझता हूँ। मेरे मन

राजा दशरथ से दोनों वरदान माँगती कैकेयी

में इन दोनों के प्रति कोई भेदभाव नहीं है। राम राजा बनें या भरत, मेरे लिए दोनों बराबर हैं। मैं तो राजनीति का विचार कर राम को राजा बनाना चाहता था; लेकिन तुम्हारी इच्छा नहीं है तो न सही। अब राम की जगह भरत ही राजा होंगे। मैं कल ही भरत को बुला लाने के लिए आदमी भेजता हूँ। भरत के आ जाने पर शुभ मुहूर्त में उसका राजतिलक कर दिया जाएगा; लेकिन दूसरे वर की बात मत चलाओ। बेचारे राम ने तुम्हारा क्या बिगाड़ा है, जो तुम उसे इतनी कठोर और घोर सजा देना चाहती हो ? मेरा संबंध तो तुमसे है। तुमने वर माँगकर भी लिये नहीं, इसमें मेरा क्या दोष ? और राम तो बिल्कुल निर्दोष है। न जाने तुम उससे किस जन्म का बदला लेना चाहती हो। अब तक तुम राम की प्रशंसा करते नहीं थकती थीं, फिर आज एकाएक तुम्हें क्या हो गया ? मेरा मन बेचैन हो रहा है।''

इस प्रकार दशरथ ने कैकेयी को बहुत समझाया। उन्होंने यह भी बता दिया कि अगर राम वन को गए तो मैं एक दिन भी जिंदा नहीं रह सकता। लेकिन कैकेयी के दिमाग में एक बात भी न आई। राजा की बातों का उनपर कुछ भी असर न हो सका। जैसे-जैसे राजा रोकर उनको समझाते, उनसे दीन होकर विनती करते वैसे-वैसे वह और भी बिगड़तीं। अंत तक उन्होंने दशरथ की कोई बात न सुनी। वह अपनी ही जिद पर अड़ी रहीं। अब राजा दशरथ की कुछ न चली और वे निराश हो गए। वह राम का नाम लेकर विलाप करने लगे—''हाय राम! तुम्हारे बिना मैं कैसे जीऊँगा ? प्यारे बेटा! तुम कैसे इतने दिनों तक वन में रह सकोगे ?'' ऐसे ही कहते-कहते राजा दशरथ बेहोश होकर धरती पर गिर पड़े। जब उनको होश आता तो इसी प्रकार विलाप करने लगते। बीच-बीच में उन्होंने कैकेयी से रोकर कहा—''राम को वन में जाने से रोक लो, नहीं तो तुम्हारा सुहाग उजड़ जाएगा। क्यों अपनी ही बरबादी का खुद कारण बनती हो ?''

पर कैकेयी का पत्थर दिल न पसीजा। वह अपनी ही जिद पर अड़ी रहीं।

□

चार

राम का वनवास

सवेरा हो चला। राजा अब तक बाहर न आए। और दिन तो रात रहते ही राजा उठकर बाहर चले आते थे। आज जलसे के दिन तो उनको और भी पहले आ जाना चाहिए था; पर दिन निकलने का समय हो आया और राजा राजमहल में ही रहे। राजमहल के द्वार पर लोगों की अपार भीड़ लगी थी। राजा के दर्शन करने के लिए लोग आतुर थे। बिना वजह देर होने से लोगों को चिंता भी होने लगी। इतने में उधर के इंतजाम की देखभाल करते हुए राजा के प्रधानमंत्री सुमंत आ पहुँचे। लोगों ने बड़े उतावले होकर सुमंत से कहा—''मंत्रीजी! आज महाराज को देर हो गई। देखिए, मामला क्या है? अब तक तो अवश्य आ जाते थे, लेकिन आज अभी तक नहीं आए, इसलिए हमें बड़ी चिंता हो रही है। जाइए, जल्दी कीजिए। पता लगाकर आइए कि बात क्या है?''

राजा को महल से बाहर आने में देर होने के कारण मंत्री सुमंतजी भी परेशान थे। वह उनको पूछते हुए कैकेयी के राजमहल में गए। यहाँ का रंग-ढंग देखकर सुमंतजी के तो होश ही उड़ गए। उन्होंने देखा कि राजा बिल्कुल बेहोश और बेसुध पड़े हैं। उनके चेहरे का तेज गायब हो गया है। आँखें आँसुओं से भरी होने के कारण लाल हो गई हैं। राजा का शरीर जैसे बेजान-सा पड़ा हुआ था। देखते ही सुमंत डर गए। उनको कैकेयी के कुचक्र का पता तक न था। उनकी समझ में न आया कि एकाएक यह क्या हो गया है।

राजा शाम को इतने खुश थे कि कुछ पूछो नहीं, पर रात में ही अचानक क्या हो गया? कुछ सोच न सकने के कारण सुमंतजी वहीं चुपचाप बैठ गए। मगर उनको कुछ कहने का साहस न हुआ। तब कैकेयी बोलीं—"मंत्रीजी! आप राम को तुरंत बुला लाइए। पता नहीं क्यों राजा रात भर 'राम-राम' रटते रहे हैं। सारी रात इन्होंने जागकर बिताई है। राम के आने पर ही इसका भेद खुलेगा। "

सुनते ही मंत्रीजी राम को बुलाने चले गए। राम उस समय सीता के पास बैठकर बातचीत कर रहे थे। पिता का बुलावा सुनकर राम तुरंत चल पड़े। राम को इस प्रकार सुमंत के साथ जाते देखकर लोग सोच में पड़ गए; लेकिन किसीने कुछ पूछा नहीं। किसीको बोलने का साहस नहीं हुआ। श्रीराम सुमंत के साथ कैकेयी के महल में पहुँचे। वहाँ जाकर उन्होंने अपने पिता की जो हालत देखी, उससे वे विकल हो गए। श्रीराम ने आज तक दुःख न देखा था। उनको इसका पता ही न था कि दुःख कैसा होता है। राजा की हालत देखकर वे रुआँसे हो गए, कुछ ही समय में उन्होंने अपने को सँभाल लिया। माता-पिता को प्रणाम करने के बाद उन्होंने कैकेयी से पूछा—"माताजी! पिताजी की आज यह कैसी हालत है? मुझसे कोई बड़ा भारी अपराध हो गया है क्या, जो पिताजी मुझसे बोलते नहीं? मुझे जल्दी बताइए कि पिताजी को क्या हुआ है?"

इधर राम कैकेयी से यह सब पूछ रहे थे, उधर राम के सुकुमार शरीर को देखकर और यह सोचकर कि दुलारे राम को अब वन जाना है, राजा दशरथ का कलेजा फटा जा रहा था। उनके मुख से बहुत दुःख के साथ एक बार 'राम' शब्द निकला। राम और भी घबरा गए। वह सोचने लगे कि जरूर मुझसे कोई गलती हो गई है, नहीं तो पिताजी केवल 'राम' कहकर चुप नहीं हो जाते। राम ने अपनी माता से फिर डरकर पूछा—"माताजी, क्या बात है?"

कैकेयी बोलीं—"बेटा! तुम कोई अपराध कर ही नहीं सकते हो। इतना उज्ज्वल तुम्हारा चरित्र और मधुर स्वभाव है, इस कारण राजा तुमसे बिल्कुल भी नाराज नहीं हैं। बात कुछ और है। राजा ने मुझे दो वर देने को कहा था। मैंने कल रात में वे ही दोनों वर राजा से माँगे। एक वर मैंने यह माँगा कि भरत राजा हो, राम नहीं। दूसरा वर मैंने यह माँगा कि—

तापस बेष बिसेषि उदासी। चौदह बरिस रामु बनबासी॥

लेकिन राजा तुमको बहुत चाहते हैं, इसलिए वे अपने मुख से तुम्हें वन जाने की बात नहीं कह पा रहे। अगर तुम चाहते हो कि तुम्हारे पिता का धर्म न जाए तो तुम आज ही वन के लिए प्रस्थान करो। बोलो, तुम वन जा सकोगे?''

राम ने कहा—''माताजी, पिताजी की आज्ञा से मैं सबकुछ कर सकता हूँ। और फिर इसपर आपकी भी यही इच्छा है। माता-पिता की आज्ञा से किया गया कोई भी काम मनुष्य के लिए कल्याणदायक ही होता है। यदि मैं ऐसे शुभ कार्य में देर करूँ तो मुझसे बढ़कर पापी कौन होगा! पर मुझे मालूम होता है कि मुझसे और भी कोई बहुत बड़ा अपराध हुआ है, इसीलिए पिताजी मुझसे नहीं बोल रहे हैं।''

रानी कैकेयी बोलीं—''बेटा! और कोई दूसरी बात नहीं है। तुमसे राजा तनिक भी नाराज नहीं हैं, केवल यही बात है। राजा को इससे बहुत गहरा दुःख हुआ है। इसीलिए शायद वह तुमसे कुछ बोल नहीं पा रहे हैं। उनके दिल को सदमा पहुँचा है।''

इतने में राजा को फिर एक बार होश आया। वह 'राम-राम' कहकर विलाप करने लगे। राम तुरंत उनके पास गए और उनको प्रणाम करके बोले—''पिताजी! मैंने माताजी से सभी बातें सुन ली हैं। आप मन में जरा भी चिंता न करें। मैं बड़ी खुशी से चौदह वर्ष वन में बिताकर आपके चरणों में सही-सलामत लौट आऊँगा। वन में मुझे बिल्कुल तकलीफ न होगी। आप मुझे खुशी-खुशी वन जाने के लिए बिदा करें। आपकी आज्ञा का पालन करने से मेरा जीवन सफल हो जाएगा।''

श्रीराम एक साँस में ही सारा कुछ कह गए। दशरथ ने यह सबकुछ न सुना। उन्होंने राम को प्रणाम करते देखा और लपककर अपने सीने से लगा लिया। फिर वह 'हाय राम!' कहने लगे। उनकी आँखों से झर-झर आँसू गिरने लगे।

अपने पति की यह हालत देखकर महारानी कैकेयी बोलीं—''राम, जब तक तुम यहाँ रहोगे, इनका यही हाल रहेगा। इसलिए अगर तुम सचमुच राजा

की तकलीफ कम करना चाहते हो तो जल्दी करो। देर करने से राजा की बेचैनी और बढ़ेगी।''

तब राम ने कहा—''अच्छा माँ! मैं जाता हूँ। एक बार माताजी से मिलकर आऊँ, तो यहाँ से चल दूँगा।''

यह कहकर राम कौसल्या माता के पास चले गए। सुमंत भी श्रीराम के साथ बाहर आए। उन्होंने दरबार में जमा हुए सब लोगों से इस दारुण प्रसंग की चर्चा की।

यह सुनकर सभी लोग हैरान रह गए। यह सुनकर हर एक दरबारी का मुँह उतर गया। सबने दुःख के साथ सोचा—'होनी होकर ही रहती है।'

□

पाँच

दशरथ की मृत्यु

कैकेयी के महल से निकलकर राम अपनी माता कौसल्या के महल में पहुँचे। कौसल्या को इन सब बातों का कुछ पता नहीं था। राम को देखकर वह बोलीं—"बेटा! बहुत देर हो गई है। वहाँ लोग तुम्हारी राह देख रहे होंगे। जल्दी से तैयार होकर कुछ खा-पी लो। राजतिलक के काम में बहुत देर लगती है। मैं तुम्हारी मंगल-कामना करती हूँ। भगवान् तुम्हारी आयु लंबी करें। भली प्रकार राजा का धर्म निभाओ, प्रजा गुणगान करे।"

माता की ये मीठी बातें सुनकर भी राम का मन विचलित न हुआ। उन्होंने बहुत धीरे-धीरे और सरल वाणी में माता से सब बातें कह सुनाईं। अंत में कहा—"माँ! मन में कोई दूसरी बात न लाइए। चौदह वर्ष भला होते ही कितने हैं। देखते-ही-देखते यह समय बीत जाएगा। तब लौटकर मैं आपके इन पवित्र चरणों के दर्शन करूँगा। आपके आशीष से मुझे जरा भी तकलीफ न होगी। जंगल ही मेरे लिए मंगल का कारण बनेगा।"

श्रीराम की बातें सुनकर माता कौसल्या को तो जैसे काठ मार गया। वह एकदम सूख गईं। क्या सोचा था और क्या हो गया! वे अचेत होकर धड़ाम से धरती पर गिर पड़ीं। कहाँ तो उन्होंने सोचा था कि राम घंटे-दो घंटे में युवराज बनेंगे और कहाँ अब राम को चौदह वर्ष का वनवास मिला। थोड़ी देर बाद जब उन्हें होश आया तो वह रोकर कहने लगीं—"बेटा, तुमने यह कैसा समाचार सुनाया। हाय! मैं तुम्हारे वियोग में कैसे जी सकूँगी? किस पाप

का फल आज मुझे मिला। मैंने तो आज तक किसीका कभी बुरा न चाहा, फिर आज दैव मेरे ऊपर इतना क्यों रूठ गए? मैं भी तुम्हारे साथ चलूँगी। मैं अयोध्या में एक क्षण नहीं रह सकती।''

कौसल्या को बेचैन देखकर राम का कलेजा फटने लगा। सदा गंभीर रहनेवाले और धीर-वीर राम के मुँह पर भी उदासी का भाव झलकने लगा। पर उन्होंने अपने आपको सँभाला। बहुत ही शांत भाव से वे अपनी माता से बोले—''आप बिल्कुल न घबराएँ, माँ। मैं तो जल्द ही लौट आऊँगा। दिन बीतते क्या देर लगती है? आप खुशी से मुझे बिदा कीजिए। आपके आशीर्वाद से मैं बहुत ही आनंद से यह समय काट लूँगा। आप मन में किसी तरह की चिंता न करें। माता-पिता की आज्ञा का पालन करना ही बेटे का धर्म है। मैं जाने का निश्चय कर चुका हूँ।''

इस तरह राम ने जब अपनी माता कौसल्या को बहुत समझाया तो वह कुछ शांत हुईं। धीरे-धीरे उनका चित्त ठिकाने पर आया। उन्होंने भी सारी बातों पर विचार किया और सोचा कि राम को वन में जाने देना ही ठीक है। सोचकर वे बोलीं—

''जौं केवल पितु आयसु ताता। तौ जनि जाहु जानि बड़ि माता॥
जौं पितु मातु कहेउ बन जाना। तौ कानन सत अवध समाना॥

और अंत में कहा—

जाहु सुखेन बनहि बलि जाऊँ। करि अनाथ जन परिजन गाऊँ॥''

इधर राम और कौसल्या में यह सब बातें हो रही थीं उधर किसी ने सीताजी से यह समाचार कह सुनाया। सीता को जब यह मालूम हुआ कि उनके पति को वन जाने की आज्ञा हुई है और वह माता कौसल्या से बिदा लेने के लिए उनके महल में गए हैं तो वह भी वहाँ आ पहुँचीं। वहाँ उन्होंने अपने पति को सास से बातें करते पाया। उन्होंने सास को प्रणाम किया। सास ने आशीष दिया। सीता बैठकर नख से जमीन को कुरेदने लगीं। वह सोचने लगीं—'पतिदेव वन जा रहे हैं। अब मेरा यहाँ क्या काम है। सुहागिन को पति की सेवा में ही रहना चाहिए। मेरे पतिदेव जब वन में जाएँगे तो मैं यहाँ अकेले अयोध्या में रहकर क्या करूँगी? पति के बिना मैं जीवित न

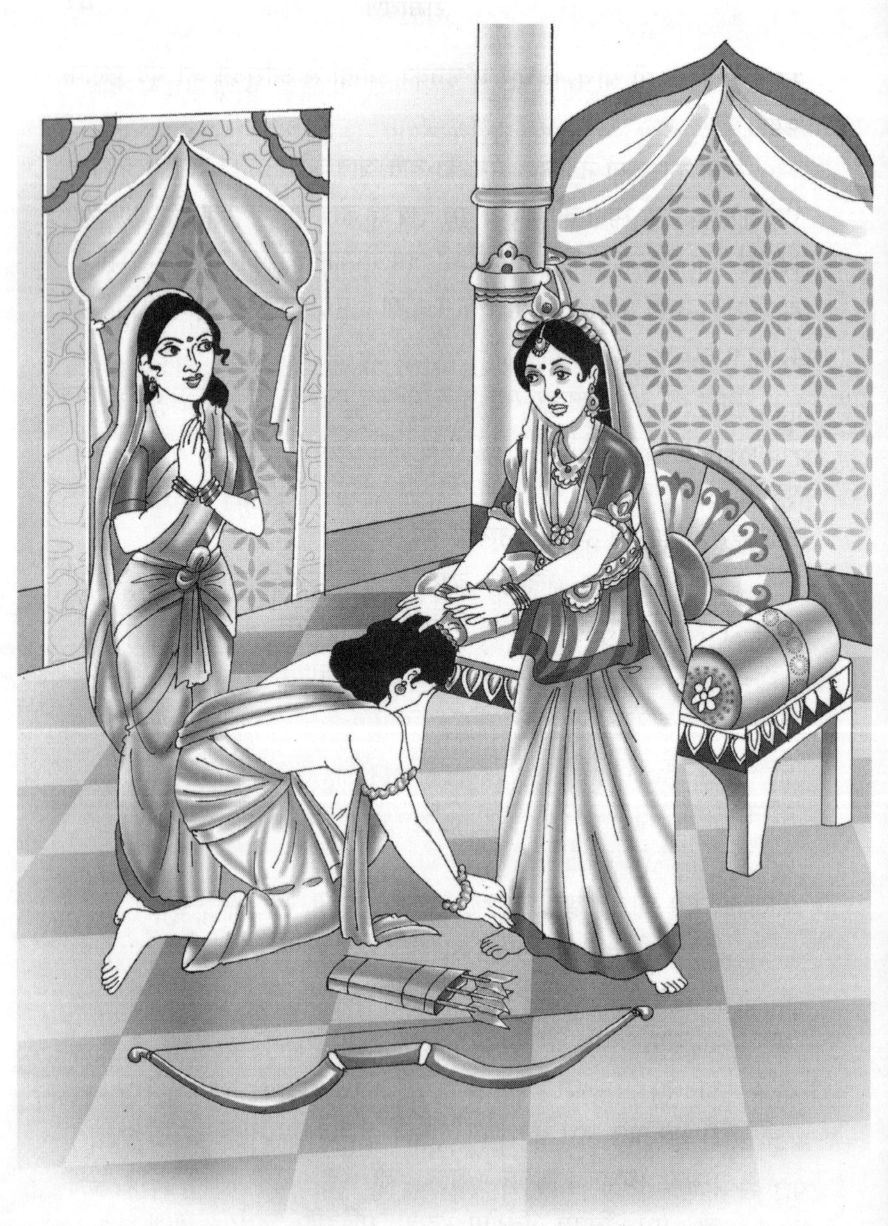

माता कौशल्या से विदाई लेते श्रीराम

रह सकूँगी।' इसी सोच-विचार में उनकी आँखों से आँसुओं की बूँदें छलक पड़ीं।

माता कौसल्या ने उनके मन की बात जान ली। उन्होंने राम से कहा—"बेटा! सुकुमारी सीता की हालत तुम देख रहे हो। जाने के लिए यह भी तैयार दिखाई देती है। जो सीता सपने में भी जंगली जानवरों को देखकर डरती है, वह वन में उन्हीं पशुओं के बीच कैसे रहेगी? मेरी समझ में तो सीता का वन में जाना उचित नहीं है।"

माता की बातें सुनकर राम सोच में पड़ गए। वे खुद भी सीता को वन में ले जाने के पक्ष में नहीं थे। वन में होनेवाली तकलीफों से राम परिचित थे। इसलिए वह समझते थे कि सीता को कष्ट होगा। यह सोचकर उन्होंने सीता को बहुत समझाया। उन्होंने बतलाया कि—

भूमि सयन बलकल बसन असनु कंद फल मूल।
ते कि सदा सब दिन मिलहिं सबुइ समय अनुकूल॥

राम ने सीता को हर तरह समझाया। पर सीता के मन में कोई बात नहीं बैठी। तब राम बोले कि वन जाने से अत्यधिक कष्ट सहने पड़ेंगे। मेरा कहना मानकर वन में चलने का विचार छोड़ दो। यहाँ रहकर सास-ससुर की सेवा करना। कभी मन न लगे तो बीच-बीच में मिथिला चली जाया करना। लेकिन वन चलने की बात मन से निकाल दो। मेरा इतना कहना मान लो। लेकिन सीता पर राम की इन बातों का कोई असर न हुआ। वह कहने लगीं—

"प्राननाथ तुम्ह बिनु जग माहीं। मो कहुँ सुखद कतहुँ कछु नाहीं॥
जिय बिनु देह नदी बिनु बारी। तैसिअ नाथ पुरुष बिनु नारी॥
राखिअ अवध जो अवधि लगि रहत न जनिअहिं प्रान।
दीनबंधु सुंदर सुखद सील सनेह निधान॥
मैं सुकुमारि नाथ बन जोगू। तुम्हहि उचित तप मो कहुँ भोगू॥
ऐसेउ बचन कठोर सुनि जौं न हृदउ बिलगान।
तौ प्रभु बिषम बियोग दुख सहिहहिं पावँर प्रान॥"

यह कहते-कहते सीताजी बहुत विकल हो गईं। राम ने देखा कि सीता को हठपूर्वक यहाँ रखने से वह जीवित न रह सकेंगी। कोई उपाय नहीं था।

वह बोले—"अच्छा, ठीक है। मैं तुम्हें अपने साथ ले चलने के लिए तैयार हूँ।"

यह सुनकर सीताजी बहुत खुश हुईं और अपने पति के साथ चलने के लिए उठकर खड़ी हो गईं। उन्हें देखकर राम ने कहा—"इस राजसी वेशभूषा में कैसे चलोगी?"

यह सुनते ही सीता ने सभी कीमती गहने-वस्त्र शरीर से उतारकर रख दिए। केवल सुहाग के कुछ मामूली गहने और सादे वस्त्र पहनकर वह तैयार हो गईं। राम और सीता ने रानी कौसल्या को हर तरह से समझा-बुझाकर प्रणाम किया और कहा कि हम लोग चौदह वर्ष वन में बिताने के बाद जल्दी ही लौटकर आपके चरणों की सेवा करेंगे।

माता कौसल्या से बिदा लेकर पिता से आज्ञा लेने के लिए राम कैकेयी के महल की ओर चल दिए। लक्ष्मण को भी तब तक इस समाचार का पता चल गया था। वह भागते हुए माता कौसल्या के महल में सारी बातें जानने के लिए आ रहे थे। रास्ते में राम मिल गए। राम और सीता को सादे वेश में देखकर लक्ष्मण सबकुछ समझ गए। उनको कुछ पूछने की जरूरत न रही। वास्तविकता जानकर उन्होंने अपना कर्तव्य पहचान लिया। उन्होंने सोचा कि राम के बिना अयोध्या में रहना व्यर्थ है। लड़कपन से ही वह राम के साथ रहते थे। अब इस समय वह कैसे राम का साथ छोड़ देते! वह आगे से ही हाथ जोड़कर राह में खड़े हो गए। निकट आने पर राम ने लक्ष्मण को देखकर कहा—"क्या है, लक्ष्मण? इस तरह मुख पर चिंता लिये क्यों खड़े हो? बात क्या है, भाई?"

लक्ष्मण बोले—"प्रभो! आप सबकुछ जानते हैं। सबके मन का हाल आप जानते हैं। मेरा आपसे क्या छिपा हुआ है? मुझे आप क्या आज्ञा दे रहे हैं? मैं जानने के लिए अधीर हूँ।"

लक्ष्मण की बात सुनकर राम बोले—"देखो लक्ष्मण! इस समय तुम विचलित न हो, समय का खयाल करो। पिताजी की ऐसी हालत है, उधर भरत-शत्रुघ्न में से कोई भी महल में नहीं है। ऐसी दशा में तुम्हारा चलना ठीक न होगा। मुझसे बिछुड़कर प्रजा भी परेशान होगी। पिताजी को भी सँभालना

जरूरी है—और फिर राज-काज कौन देखेगा? एकदम मंत्रियों के भरोसे तो प्रजा को छोड़ा नहीं जा सकता। प्रजा-पालन में थोड़ी सी भी गलती होने से राजा को नरक भोगना पड़ता है। इसलिए मेरा कहना मानो, तुम राजधानी में रहकर राज-काज सँभालो, पिताजी की सेवा करो। भरत आ जाएँ तो सबकुछ उनके हवाले कर देना।''

राम ने इस प्रकार लक्ष्मण को समझाने की कोशिश की; पर लक्ष्मण पर इसका प्रभाव न पड़ा। हाथ जोड़कर वह बोले—

''गुर पितु मातु न जानउँ काहू। कहउँ सुभाउ नाथ पतिआहू॥
मोरें सबइ एक तुम्ह स्वामी। दीनबंधु उर अंतरजामी॥
धरम नीति उपदेसिअ ताही। कीरति भूति सुगति प्रिय जाही॥

मैं आपको छोड़कर नहीं रह सकता। चाहे कुछ भी हो, मुझे साथ चलने की आज्ञा दीजिए।''

राम लाचार हो गए। कहते या करते भी क्या? कुछ सोचकर उन्होंने कहा—''अच्छा जाओ, माता सुमित्रा से आज्ञा लेकर आओ और हमारे साथ चलो।''

अपने बड़े भाई की बात सुनकर लक्ष्मण बहुत खुश हुए। वह दौड़कर अपनी माता के पास गए और सुमित्रा से सारी बातें कह सुनाईं। सुमित्रा सुनकर बहुत दु:खी हुईं। साथ ही उनको यह जानकर समाधान भी हुआ कि लक्ष्मण भी राम के साथ जाने के लिए तैयार हैं। धीरज धरकर वह लक्ष्मण से बोलीं—''बेटा! तुम राम के साथ जाओ। जहाँ राम और सीता रहें, वहीं तुम भी रहो। उनको अकेला मत छोड़ना। उनको अपना माता-पिता समझो, उनकी सेवा करो, इससे ही तुम्हारा कल्याण होगा। मैं तुम्हें आशीर्वाद देती हूँ कि भगवान् तुम्हारे अंदर राम और सीता के प्रति भक्ति पैदा करें।''

खुशी के साथ माता से आज्ञा लेकर, उनसे आशीष पाकर लक्ष्मण ने चरणों में सिर झुकाकर प्रणाम किया और राम के पास लौट आए। राम अब तक सीता को लेकर कैकेयी के महल तक पहुँच चुके थे। महल के बाहर लोगों की अपार भीड़ लगी हुई थी। राम के वन-गमन का समाचार सुमंत से सुनकर सभी लोग उदास थे। सब लोग कैकेयी को बुरा-भला कह रहे थे।

राम-लक्ष्मण-जानकी को अंदर जाते देख सुमंत भी उनके साथ हो लिये। महाराज दशरथ वहाँ पर अचेत पड़े हुए थे। मंत्री ने महाराज को उठाकर बैठाया। उनको राम के आने की सूचना दी। दशरथ होश में आए और सीता के साथ दोनों भाइयों को वन जाने के लिए तैयार देखा। उन्हें देखकर वह फिर बहुत व्याकुल हो गए। वह बार-बार दोनों बेटों को हृदय से लगाने लगे। दुःख के कारण उनके मुख से बात नहीं निकलती थी। पिता को इस तरह दुःखी देखकर श्रीरामचंद्रजी ने गद्गद भाव से उनके चरणों में सिर रख दिया और बहुत प्रेम से उनसे वन जाने की आज्ञा माँगी। राजा उठ बैठे। उन्होंने राम को रोकने के लिए बहुत उपाय किया। पर राम ने रुकने का नाम न लिया। वह जानते थे कि मोह-माया में पड़कर अगर थोड़ी देर भी रुके तो फिर जा न पाएँगे। उधर महाराज दशरथ ने सीता को समझाना शुरू किया। राजमहल के दूसरे लोगों ने भी सीता को समझाया। पर संकोच के कारण सीताजी ने कोई जवाब न दिया। कैकेयी ने सोचा कि कहीं सीता-राम वन जाने का विचार न छोड़ दें। इसलिए वह तुरंत राम से बोलीं—''बेटा राम! महाराज तुमको बहुत मानते हैं, इस कारण तुम्हें वन भेजने की अनुमति नहीं दे पा रहे हैं। लेकिन तुम्हारा धर्म है कि ऐसा काम करो जिसमें राजा का धर्म न बिगड़े। उनको नीचा देखने की नौबत न आए।''

कैकेयी की बात सबको अप्रिय लगी; पर लोग चुप रह गए। राम खुश हो गए। उन्होंने तुरंत माता-पिता के चरणों में सिर झुकाया। फिर भाई और मंत्री सुमंत के साथ तैयार होकर बाहर निकल पड़े। रास्ते में उन्होंने गुरु को प्रणाम कर आशीर्वाद लिया। उन्होंने सबकी देखभाल के लिए उनसे प्रार्थना की, फिर आगे बढ़े।

राम के जाते ही दशरथ बेहोश होकर गिर पड़े। जब होश आया तो वह सुमंत से बोले—''राम-लक्ष्मण पैदल गए हैं। तुम तुरंत रथ लेकर जाओ और उनको घुमा-फिराकर वापस ले आओ। यदि सब लोग न आवें तो कम-से-कम सीता को ले आना, नहीं तो मेरा बचना कठिन है। मैं जिंदा न रह सकूँगा।''

सुमंत रथ तैयार कर जल्दी ही चले गए। राम आदि उसपर बैठ गए। रथ

आगे बढ़ा। इधर अयोध्या के लोग श्रीराम के विरह में तड़पने लगे। लोग कहने लगे कि जब यहाँ राम ही न रहेंगे तो हम रहकर क्या करेंगे? हजारों-लाखों आदमी रथ के पीछे दौड़ने लगे। राम ने यह देखकर रथ की चाल धीमी करवा दी। शाम को रथ तमसा के किनारे पहुँचा। रात में वे लोग वहीं रहे। अभी कुछ रात बाकी ही थी कि राम ने सुमंत से कहा—"मंत्रीजी, आप रथ को इसी समय इस तरह ले चलिए कि लोगों को पता न चले कि रथ किस दिशा में गया है, नहीं तो लोग साथ न छोड़ेंगे और हम वन में न जा सकेंगे।"

सुमंत ने ऐसा ही किया। वह रथ को इस खूबी से ले गए कि लोगों को कानोकान पता तक न लग पाया। सवेरा होते-होते रथ कई कोस आगे निकल गया। लोग सोकर उठे तो रथ का कहीं पता न था। यह भी नहीं मालूम पड़ता था कि रथ किधर गया। लोग रोने-कलपने लगे। चारों ओर हाय-हाय मच गई। आखिर में कोई उपाय न देख लोग अयोध्या लौट आए।

राम का रथ गंगा के किनारे पहुँचा। वहाँ निषादराज गुह से राम की मित्रता हुई। रात वहाँ बिताकर सवेरे राम ने सुमंत को किसी प्रकार बिदा किया। निषादराज की मदद से तीनों जन गंगा पार करके प्रयाग पहुँचे। वहाँ भरद्वाज मुनि के यहाँ कुछ समय तक रहकर उन्होंने यमुना पार की और वन की तरफ चल पड़े। आगे बढ़कर महामुनि वाल्मीकि का आश्रम मिला। उनकी सलाह से राम ने चित्रकूट में रहने का फैसला किया। वहाँ पास ही अत्रि वगैरह कितने ही ऋषि-मुनि रहकर तप करते थे। राम को वह जगह बहुत पसंद आई। उन्होंने लक्ष्मण से वहीं पर कुटी बनाने के लिए कहा। वहीं पर कुटी बनाकर वे तीनों रहने लगे।

उधर अयोध्या में राम के चले जाने के बाद दशरथजी और अधिक छटपटाने लगे। उनकी हालत दयनीय हो गई। जब कभी थोड़े होश में आते तो कैकेयी से कहते—"अभागी! तू जो चाहती थी वही हुआ। तू अपने मन में वैधव्य चाहती थी, अब तुझे वही मिलेगा। राम जैसे पुत्र को तूने जब वन में भेज दिया तो तू सभी कुछ कर सकती है। अब मैं समझा कि तेरा कोई दीन-ईमान नहीं है। तू मेरी आँखों के सामने से दूर हो जा। मैं तुझे नहीं देखना चाहता। तुझ जैसी स्त्री किसीको भी भगवान् करे न मिले।"

शोकाकुल अयोध्यावासी

यह कहते-कहते राजा दशरथ बेहोश होकर गिर पड़े। होश आने पर उन्होंने रानी कौसल्या को अपने पास खड़े रोते देखा। वहीं पर आँखों में आँसू समेटे सुमित्रा भी थीं। राजा ने उन दोनों से कहा—"मैं अब यहाँ नहीं रहना चाहता। मुझे इस महल से जल्दी हटाओ। मैं यहाँ रहने पर जिंदा न बचूँगा।"

राजमहल में जमा लोगों ने आपस में सलाह करके महाराज दशरथ को कैकेयी के महल से निकाला और उन्हें रानी कौसल्या के महल में ले गए। वहाँ आकर राजा बिछौने पर जो लेटे तो फिर न उठ सके। वे राम का नाम ले-लेकर विलाप करने लगे। राजा को बहुत पहले गुजरा हुआ श्रवणकुमार का प्रसंग याद हो आया। साथ ही श्रवण के पिता द्वारा दिए गए शाप की याद भी ताजा हो गई। दशरथ समझ गए कि अब उनके जीवन का अंत निकट आ गया है। फिर भी उनको आशा थी कि सुमंत के साथ राम-लक्ष्मण नहीं तो कम-से-कम सीता तो जरूर ही लौट आएगी। पर अगले दिन सुमंत अकेले वापस आए। यह जानकर दशरथ बेहद उदास हो गए। सुमंत ने उदास मन से राम के गंगा पार होने तक की सारी कथा कह सुनाई। सुनते ही महाराज बेहोश होकर जमीन पर गिर पड़े। लोगों ने उठाकर फिर पलंग पर सुलाया। थोड़ी देर बाद राजा की हालत और भी बिगड़ गई।

सुबह होते-होते महाराज दशरथ के प्राण-पखेरू उड़ गए। अंतिम समय उनके मुख पर राम का ही नाम था—

राम राम कहि राम कहि राम राम कहि राम।
तनु परिहरि रघुबर बिरहँ राउ गयउ सुरधाम॥

□

छह

भरत का आगमन

महाराज दशरथ स्वर्गवासी हुए। अयोध्या में शोक के बादल छा गए। सभी घरों में कुहराम मच गया। गुरु वसिष्ठ ने धीरज से काम लिया। उन्होंने सबको समझा-बुझाकर शांत किया। महाराज के पुत्रों में से सभी बाहर थे। कोई दाह-संस्कार करनेवाला न था। राम-लक्ष्मण आ ही नहीं सकते थे, इसलिए भरत और शत्रुघ्न को ननिहाल से बुलाए जाने का विचार किया गया। दशरथ की देह सड़े नहीं, इसलिए एक बड़ी सी नाव में तेल भरकर शव को गुरु वसिष्ठ ने उसीमें रखवा दिया। इसके बाद दूतों को बुलाकर कहा कि भरत-शत्रुघ्न को लिवा लाओ। यहाँ का कोई समाचार उनसे न कहना। केवल यही कहना कि दोनों भाइयों को गुरु ने बुलाया है। दोनों फौरन साथ ही चले आएँ।

आदेश लेकर दूत भरत के ननिहाल पहुँचे। इधर जब से अयोध्या में महाराज दशरथ की मृत्यु हुई थी, भरत को रात में डरावने और अशुभ सपने दिखाई पड़ते थे। तभी से भरत बहुत सोच में थे कि क्या बात है! उनके मन में तरह-तरह के अशुभ विचार आने लगे। इतने में दूतों ने वहाँ पहुँचकर गुरु की आज्ञा सुनाई और वापस अयोध्या लौटने का संदेश दिया। यह सुनते ही दोनों भाई रथ पर चल पड़े। रास्ते में हर जगह अपशकुन हो रहे थे। रास्ते में भरत ने दूतों से कुछ भी नहीं पूछा।

जब भरत अयोध्या के बाहर पहुँचे तो अधिक अपशकुन होने लगे।

सियार और कुत्ते रोने लगे। बिल्ली बार-बार रास्ता काटने लगी। इस तरह की बातें देखकर भरत बहुत डरे। नगर में प्रवेश करने पर उन्होंने उसको उजड़ा-सा पाया। सब जगह उदासी ही दिखाई पड़ रही थी। नगर की श्री और समृद्धि का कहीं पता न था। डरते-डरते भरत सीधे अपनी माता के महल में गए। वहाँ महारानी कैकेयी पहले से ही बेटे की अगवानी की तैयारी कर चुकी थीं। उन्होंने भरत की आरती उतारी। फिर अपने पिता और भाइयों की कुशल पूछी। आँखों में बनावटी आँसू भरकर कैकेयी ने कहा—"बेटा, मंथरा की मदद से मैंने सारा काम बना लिया। लेकिन साथ ही एक बुरी बात भी हो गई। वह यह कि तेरे पिताजी महाराज स्वर्ग सिधार गए।" फिर उन्होंने राम के राजतिलक की तैयारी से लेकर दशरथजी के मरने तक का सारा समाचार भरत को कह सुनाया और बोलीं—"भगवान् को धन्यवाद दो, बेटा, कि मंथरा हमारी मदद के लिए उचित समय पर मौजूद थी, वरना दुश्मन की बन आती। अपनी सेवा से मंथरा ने हमें तार दिया।"

माँ की बात सुनकर भरत के सिर पर मानो बिजली गिर पड़ी। गंभीर भरत एक बार तो उफ कर गए। उनकी हालत उस समय पागल जैसी हो गई। थोड़ा सँभलने पर वह अपनी माँ को कोसने लगे। राम का वन-गमन उनके लिए बड़े दुःख की बात हुई। माँ की क्रूरता पर वह मन-ही-मन रो उठे—

भरतहि बिसरेउ पितु मरन सुनत राम बन गौनु।
हेतु अपनपउ जानि जियँ थकित रहे धरि मौनु॥

भरत अपनी माँ को कोस ही रहे थे, तब तक मंथरा खूब बन-ठनकर आई। उसे बाजी जीतने का घमंड हो गया था। मंथरा को सामने देखते ही भरत आगबबूला हो गए; पर बोले कुछ नहीं। उन्होंने अपने मन पर काबू रखा। तब तक शत्रुघ्न की नजर उसपर पड़ी। वह बरस पड़े—"तेरी ही काली करतूतों से हमारे पिता की मौत हुई और हमारे भाई वन गए। आज मैं तेरी अच्छी तरह आवभगत करूँगा।" यह कहकर शत्रुघ्न ने खूब कसकर एक लात उसके कूबड़ पर जमाई। वह बिलबिलाने लगी। तब शत्रुघ्न ने उसके बाल पकड़कर

शत्रुघ्न द्वारा मंथरा की दुर्दशा

उसको आँगन में घसीटा। वह लगी रोने और शोर मचाने। यह देख भरत को उसपर दया आई और उसे छुड़ाया।

इसके बाद दोनों भाई माता कौसल्या के पास गए। कौसल्या जानती थीं कि भरत को इन बातों का पता तक नहीं था, इसलिए वह भरत को पहले जैसा ही मानती रहीं। वहाँ पहुँचकर भरत ने खूब रो-धोकर अपने दिल का गुबार निकाला, अपने जी को हलका किया। बाद में कौसल्या ने भरत को समझाया—"बेटा, जो होना था वह हो गया। विधि का लेख टल नहीं सकता। उसके लिए अब शोक करना बेकार है। बीती बातें तो अब लौट नहीं सकतीं, इसलिए धैर्य धारण करो। अब सबसे पहला काम यह है कि अपने पिता का दाह-संस्कार करो, नहीं तो उनकी आत्मा को तकलीफ होगी।"

माताजी की आज्ञा सुनकर भरत गुरु वसिष्ठ के यहाँ पहुँचे। गुरु ने भी भरत को हर तरह से समझाया। इसके बाद राजा के दाह-संस्कार की तैयारी शुरू हो गई। महाराज दशरथ का शव चंदन की अरथी पर रखकर लोग सरयू तट पर पहुँचे। महाराज की अरथी के पीछे अपार जन समुदाय आँखों में आँसू लिये उमड़ पड़ा था। सारा नगर उनके अंतिम दर्शन पाने के लिए अधीर हो उठा था। सरयू के तट पर विधिपूर्वक से उनका अंतिम संस्कार कर दिया गया। चिता को अग्नि देने का कार्य भरत ने ही किया। सूतक के दस दिन बीत जाने पर राजसी ठाट-बाट से उनका श्राद्ध हुआ।

इन सब कार्यों के पूरा होने के बाद कौसल्या और गुरु वसिष्ठ ने आपस में विचार-विमर्श किया। एक शुभ मुहूर्त देखकर दोनों ने भरत से कहा—"बेटा भरत! महाराज दशरथ राज्य तुमको ही दे गए हैं। इसलिए राजगद्दी पर तुम्हारा बैठना उचित है। राम के आने पर तुम जैसा उचित समझना, वैसा करना।"

माता और गुरु के कथन पर कुछ देर विचार करके भरत ने जवाब दिया—"बड़े भाई के रहते हुए छोटे भाई का गद्दी पर बैठना कहाँ तक उचित होगा, गुरुजी! गद्दी पर मेरा क्या अधिकार है भला? आप लोग मोह के वश में मुझे राजा बनाना चाहते हैं; पर मैं बड़े भाई के सिंहासन पर कैसे

बैठूँ ? क्या अधिकार बनता है मेरा उस सिंहासन पर बैठने का ? मेरी इच्छा है कि एक बार भैया राम के पास जाकर उनको मनाने की कोशिश करूँ। वह बड़े दयालु हैं, मेरी प्रार्थना ठुकराएँगे नहीं। आप लोग काम सँभालिए, मैं उनके पास जाता हूँ।'' भरत की यह बात सुनकर उनके विचारों पर सभी लोग खुश हुए।

सभी उनके साथ चलने के लिए तैयार हो गए।

□

सात

चित्रकूट की ओर

भरत की इच्छा राम के पास अकेले जाने की थी, पर उनके जाने की बात सुनकर सभी लोग साथ चलने के लिए तैयार हो गए। भरत किसी को मना न कर सके। अंतत: सभी लोग तैयारी करने लगे। यह देख भरत ने विचार किया कि सबका चलना ठीक नहीं। भरत ने विश्वस्त सेवकों को बुलाकर कहा—"इस सारे राज्य का खजाना श्रीराम का है। उनकी अनुपस्थिति में हमारा धर्म है कि उसकी रक्षा करें। अगर सब लोग साथ चलेंगे तो यहाँ कौन रहकर इन सब चीजों की रक्षा करेगा? इसलिए आप लोग यहीं रहें।"

भरत की बात मानकर कुछ लोग मन मसोसकर रह गए। इन स्वामीभक्त सेवकों ने अयोध्या में रुकना ही उचित समझा। इसके बाद भरत अपनी माताओं, गुरु वसिष्ठ, राज्य के मंत्रियों, सेनापतियों और प्रजा के मुखिया आदि लोगों के साथ वन की ओर चले। भरत पैदल चल रहे थे। उनको देखकर सब लोग पैदल चलने लगे। इसपर कौसल्या ने उनको समझाया, तब भरत भी रथ पर बैठ गए। लोगों का यह विराट् दल शांति से आगे बढ़ने लगा।

दूसरे दिन भरत निषादराज गुह के प्रदेश में पहुँचे। भरत को सेना के साथ आते देख निषादराज के मन में संदेह हुआ कि भरत राम को मारकर अपना रास्ता साफ करने के लिए जा रहे हैं। यह बात गुह को बुरी लगी। वह श्रीरामचंद्र का मित्र था। उसने राम की सहायता करना अपना धर्म समझा, इसलिए रास्ते में सेना लेकर भरत से लड़ने की तैयारी कर खड़ा हो गया। इतने

में एक बूढ़े ने पूछा कि भरत कहीं राम को मनाने तो नहीं जा रहे हैं? कहीं ऐसा न हो कि हम लोग बेवकूफी कर बैठें। पता लगाकर तभी कुछ करना चाहिए। उसकी बात सभी को भा गई। गुह ने अपने दूतों से जब असली बात का पता लगा लिया तो वह शर्म से पानी-पानी हो गया। उसने हर प्रकार से भरत का स्वागत-सत्कार किया। उसकी सहायता से ये लोग आसानी से गंगा पार कर गए।

गंगा पार कर भरत ने प्रयाग में प्रवेश किया। वहाँ सभी लोग भरद्वाज मुनि के आश्रम में रहे। अगले दिन यमुना पार करके सब लोग आगे बढ़े। पता तो चल ही गया था कि श्रीरामचंद्रजी चित्रकूट में हैं, इसलिए भरत लोगों के साथ सीधे उधर ही चल दिए। यमुना पार कर ये लोग कुछ ही दिनों में चित्रकूट के निकट पहुँच गए। सब राम को देखने के लिए बेचैन थे।

हजारों लोगों के चलने से रास्ते में बहुत धूल उड़ रही थी। आकाश में चारों ओर अँधेरा छा गया था। सब लोग घबरा गए थे कि क्या बात है! राम-लक्ष्मण भी सोच में पड़ गए। इतने में कोल-किरातों ने आकर समाचार दिया कि एक बहुत बड़ी सेना इस ओर आ रही है। राम ने लक्ष्मण से पता लगाने के लिए कहा। लक्ष्मण पास के एक ऊँचे वृक्ष पर चढ़ गए। धूल के बादलों के बीच बहुत ध्यान से देखने पर उन्हें पता चला कि भरत आ रहे हैं और उन्हीं के साथ यह सेना आदि भी है। लक्ष्मण वृक्ष से नीचे उतर आए। आकर उन्होंने राम से क्रोध में कहा—"भरत ने सोचा होगा कि चौदह साल के बाद राम आकर फिर अपना राज्य माँगेंगे, इसलिए राम को मिटा ही दिया जाए। न रहेगा बाँस, न बजेगी बाँसुरी। सदा के लिए रास्ता साफ हो जाएगा; पर यह भरत की भूल है। उस समय तो केवल बदनामी होकर रह गई, इस बार भरत को जान से हाथ धोड़ा पड़ेगा। इस बार मैं भरत को पाठ सिखाना चाहता हूँ। सभी देवता अगर भरत की सहायता करना चाहें तो भी उन्हें नहीं बचा सकते। मैं भरत को मजा चखा ही दूँगा।" इतना कहते-कहते लक्ष्मण के होंठ फड़कने लगे। उनकी आँखें लाल हो गईं और उनसे चिनगारियाँ निकलने लगीं।

राम ने लक्ष्मण को समझाया और बोले—"लक्ष्मण, तुम व्यर्थ में क्रोध करते हो। भरत-सा भाई संसार में बड़ी कठिनाई और पुण्य से मिलता है। तुमने

भरत को अभी समझा ही नहीं है। साधारण राज्य के पद की तो क्या बात है, तीनों लोकों का राज्य पाकर भी भरत के मन में विकार नहीं हो सकता। थोड़ा धीरज रखो और देखो, क्या होता है।''

राम-लक्ष्मण इस प्रकार की बातें कर रहे थे कि भरत दल-बल के साथ आ पहुँचे। दूर से ही श्रीराम को देखकर भरत ने जमीन पर लेटकर उनको साष्टांग दंडवत् किया। राम ने तो न देखा, पर लक्ष्मण की नजर भरत पर पड़ी। भरत को उस हालत में देखकर लक्ष्मण कुछ झेंप गए। तुरंत ही सँभलकर उन्होंने राम से निवेदन किया कि भरत आपको प्रणाम कर रहे हैं। सुनते ही राम भावुक मन से दौड़ कर गए और भरत को अपने सीने से लगा लिया। दोनों भाइयों के मन में प्रेम की बाढ़ आ गई। कोई किसीसे कुछ बोल न सका। बड़ी देर तक इसी तरह भरत को लिये श्रीराम खड़े रहे। फिर भरत, लक्ष्मण और सीता आदि ने बड़े प्यार से भरत से भेंट की। शत्रुघ्न भी सब लोगों से मिले। भरत के साथ निषादराज गुह भी वहाँ पधारे थे। वह श्रीराम से बोले कि गुरु वसिष्ठ के साथ सब माताएँ तथा नगर के बहुत से लोग भी आए हैं। सुनते ही राम उस ओर दौड़ पड़े। सबसे प्रेमपूर्वक मिले। फिर सबके साथ लौटकर अपनी कुटी तक आए। इसके बाद राम ने सबको रहने के लिए यथायोग्य स्थान बतलाया। श्रीराम को वन में इस हालत में देखकर सभी लोग रोने लगे। पेड़ों की छाल पहने, सिर पर जटा धारण किए दोनों भाई ऋषिकुमारों की तरह लगते थे। सीताजी की वेशभूषा भी ऐसी ही थी। इनको इस हालत में देखकर लोगों को बहुत दुःख हुआ।

थोड़ी देर बाद श्रीराम ने पिता का समाचार पूछा। पिता का नाम सुनते ही भरत रोने लगे। रोते हुए वह बोले—''भैया! आपका वियोग पिताजी सह न सके। मेरे ननिहाल से लौटने के पहले ही वह स्वर्ग सिधार गए। मैं तो आपको घर वापस लिवा चलने के लिए आया हूँ। आप अब अयोध्या लौट चलिए।''

पिता की मृत्यु का समाचार सुनकर राम फूट-फूटकर रोने लगे। दबा हुआ दुःख फिर उमड़ आया। तब वसिष्ठ ने सबको समझा-बुझाकर शांत किया। इसके बाद राम के हाथों पिता का श्राद्ध-तर्पण कराया गया। उस दिन लोग शोक में ही डूबे रहे। दो दिन बाद गुरु वसिष्ठ ने भरत को बुलाकर कहा

कि तुम राम से सबकुछ कह तो चुके ही हो, क्या किया जाए, बतलाओ? भरत ने कहा कि जो आप आज्ञा दें, वही हो। अंत में यह तय हुआ कि चलकर राम से कहा जाए और फिर सबकुछ उनपर ही छोड़ दिया जाए।

अगले दिन सवेरे ही श्रीराम की कुटी के सामने सभा जुड़ी। भरत ने श्रीराम से अपनी प्रार्थना दोहराई। यह सुनकर श्रीराम ने कहा—''भाई भरत! पिताजी को देखो कि अपने वचन से नहीं हटे, वरन् मर जाना ही उन्होंने बेहतर समझा। इसलिए हमारा भी यह कर्तव्य है कि चाहे कुछ भी हो, अपना धर्म न छोड़ें और इसका अंतिम समय तक पालन करते रहें। पिताजी का उदाहरण हमारे सामने है। प्राण देकर भी हम अपने धर्म की रक्षा करेंगे—और करनी चाहिए। मैं आप लोगों के साथ नहीं लौट सकता।''

□

आठ

राम और जनक

सभा में यह सब चर्चा चल ही रही थी कि महाराज जनक के दूत आ पहुँचे। गुरु वसिष्ठ ने उनका स्वागत किया और समाचार पूछा। दूतों ने बतलाया कि राजा जनक श्रीराम को देखने के लिए आ रहे हैं। फिर उन्होंने जनक के पधारने का सारा हाल बतलाया। थोड़ी ही देर में शोर मच गया कि महाराज जनक पधार रहे हैं। सभा समाप्त कर दी गई। लोग महाराज जनक की अगवानी करने के लिए उठ खड़े हुए। श्रीराम अपने गुरु वसिष्ठ के साथ आगे बढ़ चले। उधर से महाराज जनक आ गए। दोनों ओर के लोग एक-दूसरे से बड़े प्रेम और आदर से गले मिले। श्रीराम मुनि वेश धारण किए हुए थे। उन्हें देखकर राजा को बहुत दुःख हुआ।

महाराज जनक का स्वागत कर श्रीराम ने उन्हें अपनी कुटी के पास ही ठहराया। इसके बाद आपस में विचार-विमर्श होने लगा। कोई कहता, भरत श्रीराम के साथ वन जाएँ और लक्ष्मण रह जाएँ। कोई कहता, राम अयोध्या लौट चलें। भरत, लक्ष्मण और शत्रुघ्न—ये तीनों भाई वन चले जाएँ। इस प्रकार की बातचीत में ही दो दिन और बीत गए। राम ने देखा कि लोग इस तरह तो वापस अयोध्या लौटेंगे नहीं। जनक आदि को भी यहाँ रहने में तकलीफ होगी, इसलिए कोई उपाय सोचना ही चाहिए। यह सोचकर राम अपने गुरु वसिष्ठ के पास गए और हाथ जोड़कर विनीत स्वर में बोले—"गुरुदेव! यहाँ लोगों को तकलीफ सहते कई दिन बीत गए, इसलिए आप कुछ इंतजाम करें तो बेहतर होगा।"

गुरु ने कहा—"राम, तुमको देखकर लोग अपना दुःख भूल जाते हैं। तुम्हें लोगों की चिंता करने की जरूरत नहीं है। तुम्हारे पास रहकर तो हम सभी लोग अयोध्या में रहने से अधिक आनंद पा रहे हैं।"

श्रीराम के आग्रह और गुरु वसिष्ठ के बुलाने पर राम की कुटी के सामने अगले दिन सुबह फिर सभा हुई। महाराज जनक भी मौजूद थे। गुरु वसिष्ठ के पास ही उनका आसन लगा था। लोगों ने तरह-तरह के सुझाव दिए। अंत में सबकुछ फिर श्रीराम पर छोड़ दिया गया। जनक बोले—"इस समय घर में सबसे बड़े राम हैं, इसलिए इनपर ही सारा मामला छोड़ दो। भरत यह कभी नहीं चाहेंगे कि राम वन में रहें। पर भरत पर राज्य का इतना बड़ा बोझ डालना भी उचित न होगा। राम की जो सलाह हो, वही भरत आदि सबको माननी चाहिए।"

महाराज जनक की सलाह सबको पसंद आई। सब लोगों ने भी यही राय दी कि श्रीरामचंद्र जो कहें, वही हो। श्रीराम ने कहा—"मुझे तो पिताजी की आज्ञा का पालन करना ही सच्चा धर्म प्रतीत होता है। भरत के प्यार में मैं इतना बँधा हूँ कि यह जो कहेंगे, वही होगा। लेकिन सच्चे धर्म की दृष्टि से मेरी यही राय है कि जैसा पिताजी कह गए हैं वैसा ही किया जाए। जब तक मैं अयोध्या वापस नहीं लौटता हूँ तब तक भरत वहाँ का राज-काज सँभालें। पिताजी की आज्ञा का पालन कर चौदह वर्ष पूरे होते ही मैं लौट आऊँगा। तब आप सब कहेंगे तो राज-पाट सँभाल लूँगा, पर अभी नहीं। विश्वास है कि भरत मान जाएँगे।"

यह सुनकर भरत बोले—"भैया! आपकी आज्ञा मेरे सिर-माथे पर! परंतु मैं राज-काज के नियम भी नहीं जानता। कैसे क्या होगा, इसका मुझे कुछ पता नहीं।"

राम शांत भाव से बोले—"भैया भरत! तुम सबकुछ कर सकते हो, लेकिन अगर तुम मेरे मुँह से राजा का धर्म कार्य सुनना चाहते हो तो मैं तुमसे यही कहूँगा कि—

मुखिआ मुखु सो चाहिऐ खान पान कहुँ एक।
पालइ पोषइ सकल अँग तुलसी सहित बिबेक॥

फिर तुम्हें चिंता किस बात की है? तुम्हारे साथ गुरु वसिष्ठ और मिथिला के महाराज जनक हैं ही। सारा काम ये लोग खुद कर लेंगे, तुम्हें घबराने की बिल्कुल जरूरत नहीं है।''

राम का ऐसा अनमोल उपदेश सुनकर सब लोग बेहद खुश हुए और उनकी प्रशंसा करने लगे। भरत ने हाथ जोड़कर कहा—''मैं यहाँ के तीर्थों का दर्शन करना चाहता हूँ। आपके अभिषेक के लिए जो जल यहाँ लाया था, उसको रखना चाहता हूँ। जो आज्ञा हो, करूँ।''

राम बोले—''इस बारे में अत्रि मुनि जैसा चाहें वैसा तुम करो।'' उनके कहने पर भरत ने वह जल एक कुएँ में डाल दिया, जो आज भी 'भरत कूप' के नाम से प्रसिद्ध है। महाराज जनक आदि के साथ भरत ने वहाँ के सभी तीर्थों के दर्शन किए।

□

नौ

भरत की वापसी

चार-पाँच दिनों में सब तीर्थों के दर्शन करके भरत हाथ जोड़कर राम के सामने खड़े हुए। राम ने कहा—"भरत! अब तुम घर जाओ। देखो, अयोध्या सूनी पड़ी है। सब काम शांतिपूर्वक प्रसन्न मन से करना। मन में कोई चिंता भाव न ले आना। चौदह वर्ष बीतते ही मैं आ जाऊँगा।"

राम ने जो कुछ कहा, उसे भरत ने मंजूर किया; पर उनके मन को शांति न मिली, संतोष न हुआ। वह कुछ सहारा चाहते थे। उसके बिना उनके मन की अशांति दूर नहीं हो रही थी। वह बोले—"भैया, आपकी बात मैंने मान ली, पर मुझे कोई सहारा चाहिए। बिना आधार के मेरा मन ठिकाने नहीं आएगा। इसलिए अपनी कोई निशानी दीजिए, ताकि मेरा साहस बना रहे।"

भरत का इतना आग्रह देखकर राम ने अपनी खड़ाऊँ भरत को दे दीं। भरत की खुशी का ठिकाना न रहा। उन्होंने उन पादुकाओं को सिर से लगाया और कहा—"भैया, ये खड़ाऊँ ही आपके आने तक सिंहासन पर विराजमान रहेंगी। मैं इनको ही श्रीराम मानकर इनकी सेवा करता रहूँगा। आपके आने तक मैं भी पेड़ों की छाल (वल्कल) धारण कर राज्य का काम सँभालूँगा। आप मुझे आशीष दें कि मैं अपनी प्रतिज्ञा निभा सकूँ। नियम-संयम के साथ आपके आने तक मैं अपना धर्म पालन कर सकूँगा, इसका मुझे विश्वास है।"

श्रीराम ने खुशी-खुशी भरत को बिदा किया। गुरु वसिष्ठ, महाराज जनक आदि सबके चरणों पर गिरकर राम ने क्षमा माँगी। उन्होंने सबसे प्रार्थना

श्रीराम द्वारा भरत को खड़ाऊँ देना

की कि भरत को राज्य के काम में सब प्रकार की सहायता करना। माताओं को बार-बार प्रणाम कर राम ने उनसे आशीर्वाद लिया। सीता और लक्ष्मण ने भी सबको प्रणाम किया। भरत ने सीता के चरणों में गिरकर उनको प्रणाम करके आशीर्वाद पाया।

इस प्रकार बिदा लेकर भरत गुरु वसिष्ठ और मिथिला के महाराज जनक के साथ अयोध्या के लिए रवाना हुए। उन्होंने चार दिनों में अपना रास्ता तय किया और पाँचवें दिन अयोध्या पहुँच गए। यहाँ आकर भरत ने महाराज जनक, गुरु वसिष्ठ और मंत्रियों से विचार-विमर्श किया। फिर एक दिन शुभ मुहूर्त निकालकर राम की खड़ाऊँ को राजसिंहासन पर स्थापित किया। महाराज जनक ने भरत और मंत्रियों को राज्य के काम की विशेष बातें सिखलाईं। सबका इंतजाम किया। दो-चार दिनों में सबकुछ ठीक-ठाक कर महाराज जनक मिथिला वापस लौट गए।

भरत ने शत्रुघ्न को बुलाकर कहा—"भैया शत्रुघ्न! मुझे तो गुरु और श्रीराम से आज्ञा मिल चुकी है कि नंदीग्राम में रहकर तपस्या करूँ। अपनी तीनों माताओं की सेवा करना मेरा कर्तव्य है। राज्य-शासन का जो काम मैं न कर सकूँ, वह सब तुम्हारे सुपुर्द रहा। मैं इधर से चिंता छोड़ देता हूँ। देखो, यह बड़े भाई श्रीराम की खड़ाऊँ राजसिंहासन पर विराज रही हैं। हमें इनको राम की तरह ही मानकर चलना चाहिए। हर हालत में इनकी आज्ञा लेकर ही कोई काम करना चाहिए।"

शत्रुघ्न को समझाकर भरत नंदीग्राम में अपने लिए अलग से कुटिया बनाकर रहने लगे। राज-काज से समय मिलने पर वह तपस्या और व्रत किया करते थे। राम वन में रहकर तपस्या करते थे और नंदीग्राम में भरत घर पर ही रहकर ऋषि-मुनियों का-सा जीवन बिताने लगे।

देह दिनहुँ दिन दूबरि होई। घटइ तेजु बलु मुखछबि सोई॥
लखन राम सिय कानन बसहीं। भरतु भवन बसि तप तनु कसहीं॥

□

तीसरा खंड

एक

पंचवटी के पथ पर

चित्रकूट में श्रीराम कुछ दिन और रहे। एक दिन की बात है कि श्रीरामचंद्र ने सीता का फूलमालाओं के आभूषण बनाकर अपने हाथों से श्रृंगार किया। उस समय सीताजी की सुंदरता देखते ही बनती थी। इसी समय देवराज इंद्र का बेटा जयंत कहीं से घूमते हुए आ गया। उसके मन में विकार पैदा हुआ। उसने श्रीराम को मामूली राजकुमार समझा था, इसलिए सीता के प्रति उसके मन में बुरी भावना पैदा हुई। उसने श्रीराम के बल की परीक्षा लेने का विचार किया। कौए का रूप धारण कर उसने अपनी चोंच से सीता के चरणों में ठोकर मारी। उसने जहाँ चोंच मारी थी वहाँ से खून बह निकला। सीताजी ने श्रीराम का ध्यान कौए की दुष्टता की ओर तुरंत खींचा। श्रीराम को जब उसकी दुष्टता का पता चला तो वह बहुत क्रोधित हो उठे। उन्होंने यह भी जान लिया कि वह कौन है। उन्होंने तुरंत तीर छोड़ा। जयंत भागा। भागते-भागते उसने सारे ब्रह्मांड का चक्कर लगा डाला; लेकिन उसकी रक्षा के लिए कोई भी तैयार न हुआ। नारदजी ने जब उसे बहुत घबराए हुए देखा तो वह भी बोले—''तुझे बचाने की हिम्मत दुनिया के किसी भी देवता में नहीं है। सारे देवता श्रीराम के दास हैं और उनकी ताकत को पहचानते हैं। इसलिए तुम जाकर उन्हीं श्रीराम के चरणों में गिरो।''

जयंत मजबूर होकर श्रीराम की ही शरण में आया और अपने प्राणों की भीख माँगने लगा। यह देख श्रीराम को दया आई। उन्होंने उसकी एक आँख फोड़कर उसे छोड़ दिया। तब से कौआ काना हो गया।

अत्रि मुनि के आश्रम में श्रीराम, माता अनसूया द्वारा सीताजी को पातिव्रत्य धर्म का उपदेश

इसी तरह कुछ दिन और बीत गए। राम की कुटी में रोज आने-जानेवालों की भीड़ लगी रहती थी। दूर-दूर से ऋषि-मुनि और संसारी लोग उनके दर्शन करने बराबर आया करते थे। इससे श्रीराम को जप-तप करने में बहुत बाधा होती थी। उन्होंने अनुभव किया कि लोग उनको जान गए हैं। अयोध्या के लोगों को भी पता चल गया है, इसलिए भीड़ लगी रहेगी। ऐसा सोचकर श्रीराम ने लक्ष्मण से विचार-विमर्श किया। बाद में उन्होंने तय किया कि वे चित्रकूट छोड़कर किसी दूसरी जगह चले जाएँगे। वहाँ से चलकर श्रीराम सीता और लक्ष्मण के साथ दंडक वन में पहुँचे। वहाँ उनकी भेंट अत्रि मुनि से हुई। अत्रि और उनकी पतिव्रता स्त्री अनसूया ने उनकी बड़ी आवभगत की। अनसूया को सीताजी ने बहुत श्रद्धा और भक्ति से प्रणाम किया। उनको आशीर्वाद देने के बाद अनसूया ने बहुत सी शिक्षाप्रद बातें बतलाईं। नारी धर्म के बारे में भी उपदेश दिया। सीताजी सुनकर बहुत खुश हुईं।

उस दिन श्रीराम अत्रि मुनि के आश्रम में रहे। दूसरे दिन आज्ञा लेकर तीनों ने और भी घने वन में प्रवेश किया। यहाँ पर बहुत से ऋषियों के आश्रम थे। राम आगे बढ़ते ही जा रहे थे। रास्ते में उनको एक बड़ा भयंकर राक्षस मिला। उसे देखकर सीताजी घबरा गईं। राक्षस भोजन कर रहा था। उसने जब उन लोगों को देखा तो उसे अठखेली सूझी। भोजन छोड़कर वह सीताजी की ओर लपका और उनको लेकर भाग चला। श्रीराम बहुत सोच में पड़ गए। लक्ष्मण को भी क्रोध आया। इसके बाद दोनों भाई लगे उसपर तीर चलाने। पर तीर का उसपर कोई असर न हुआ। उसके शरीर से टकराकर तीर ऐसे गिर पड़ते थे जैसे दीवार से लगकर गेंद अलग जा पड़ती है। उनकी बाण वर्षा देखकर उसे बड़ा क्रोध आया। उसने डाँटकर कहा—"तुम लोग कौन हो? तुम्हें पता नहीं कि मैं विराध नाम का राक्षस हूँ। ब्रह्माजी से मुझे वरदान मिला है। उस वरदान के प्रभाव से तुम्हारा कोई अस्त्र-शस्त्र मुझपर असर न करेगा। तुम लोग यहाँ से भाग जाओ, नहीं तो मृत्यु को प्राप्त करोगे।" यह कहकर वह राक्षस एक शूल लेकर उन लोगों की ओर दौड़ा। सीताजी को उसने अलग बैठा दिया था।

राम-लक्ष्मण ने तीर मारकर उसके हाथ का शूल काट डाला। इसपर

राक्षस राम-लक्ष्मण को अपने कंधे पर बैठाकर चलता बना। सीताजी रोने लगीं। वह कह उठीं—"अरे, तुम इन लोगों को कहाँ लिये जा रहे हो? इनको छोड़ दो, चाहे मुझे मार डालो।" इसी समय राम-लक्ष्मण ने उसके दोनों हाथ मरोड़कर तोड़ डाले। हाथ टूटने के दर्द से उसका बुरा हाल हो गया। वह अचेत होकर गिर पड़ा।

गिरने पर राम-लक्ष्मण उसको बुरी तरह से मारने लगे; पर वह मरता ही न था। यह देखकर अंत में श्रीराम बोले—"यह राक्षस ऐसे न मरेगा, चलो, इसे गड्ढा खोदकर गाड़ दें।"

अब राक्षस को ज्ञान हुआ। उसने समझ लिया कि उसकी मृत्यु नजदीक है। ब्रह्मा की वरदानवाली बात भी उसकी समझ में आ गई। बात यह थी कि वह पिछले जन्म में तुंबरु नाम का गंधर्व था। कुबेर के शाप से वह राक्षस हुआ। उसकी तपस्या से खुश होकर ब्रह्माजी ने उसे वर दिया था कि वह किसी प्रकार के अस्त्र-शस्त्र से न मरेगा। कुबेर ने कहा था कि राम-लक्ष्मण से भेंट होने पर तू फिर गंधर्व हो जाएगा। उसने अब राम-लक्ष्मण को पहचान लिया। सारी कथा दोनों भाइयों को सुनाने के बाद उसने कहा—"भगवन्! मेरा समय पूरा हो गया। आप लोगों की कृपा से मैं फिर अपनी पिछली योनि में वापस आ जाऊँगा।"

लक्ष्मण ने अब तक गड्ढा खोद डाला था। विराध को बड़े आदर के साथ गाड़ दिया गया।

वहाँ से चलकर दोनों भाई अनेक मुनियों के आश्रम में रुकते-ठहरते ऋषि शरभंग के आश्रम में पहुँचे। शरभंग ने संकल्प लिया था कि श्रीराम का दर्शन करने के बाद ही शरीर छोड़ दूँगा। श्रीराम के दर्शन हो चुके तो शरभंग ने अपना शरीर त्याग दिया और स्वर्ग चले गए। इसके बाद और बहुत से ऋषि-मुनियों के दर्शन दोनों भाइयों ने किए। उन लोगों से राम को पता चला कि राक्षस उनको बहुत सताया करते हैं। यह सुनकर श्रीरामचंद्रजी ने प्रतिज्ञा की—

निसिचर हीन करउँ महि भुज उठाइ पन कीन्ह।
सकल मुनिन्ह के आश्रमन्हि जाइ जाइ सुख दीन्ह॥

आगे चलने पर उन लोगों को सुतीक्ष्ण मुनि मिले। सुतीक्ष्ण के यहाँ कुछ

समय तक रहकर उनके साथ ही वे लोग उनके गुरु अगस्त्य मुनि के दर्शन करने के लिए चले। अगस्त्य बहुत बड़े ऋषि थे। उनका सभी काम अचरज से भरा हुआ होता था। जो काम किसीसे नहीं हो सकता था वह भी वे कर डालते थे। एक बार सागर पर नाराज होकर अगस्त्य ने उसका सारा जल एक-दो चुल्लू में ही पी लिया। वह श्रीराम को देखकर बहुत खुश हुए। उन्होंने उन लोगों का खूब स्वागत-सत्कार किया। अगस्त्य ने राम को एक अक्षय तूणीर दिया, जिसके बाण कभी खत्म न होते थे। राम ने उनसे रहने के लिए स्थान पूछा। अगस्त्य बोले— ''यहाँ से कुछ ही दूरी पर दक्षिण दिशा में गोदावरी के तट पर पंचवटी नामक जगह बहुत ही उत्तम और दिव्य है, वहाँ आप लोग रहिए। गोदावरी का जल बहुत मीठा है। वहाँ आपका मन भी लगेगा।''

ऋषि अगस्त्य से बिदा लेकर दोनों भाई सीता सहित उस स्थान पर पहुँचे। लक्ष्मण ने वहीं कुटी बना ली और वे लोग आनंदपूर्वक रहने लगे।

□

दो

शूर्पणखा की माया

पंचवटी में राम-सीता और लक्ष्मण सुख से रहने लगे; पर सब दिन एक-से नहीं होते। उन लोगों के भी बुरे दिन आ रहे थे। एक दिन की बात है। रात का पिछला पहर शुरू हो गया था। ऐसे समय में राक्षसराज रावण की बहन शूर्पणखा कहीं से घूमते हुए वहाँ आ गई। कुटी में राम और सीता सो रहे थे। लक्ष्मण बाहर पहरा दे रहे थे। उनके हाथ में धनुष-बाण था। इस समय उनकी सुंदरता देखते ही बनती थी। शूर्पणखा ने दूर से ही लक्ष्मण को देखा। वह उस तेजस्वी वीर की सुंदरता पर मुग्ध हो गई और बड़ी देर तक एकटक उनको देखती रही। फिर सामने आई। लक्ष्मण उसको देखकर चौंके। मायाजाल का ताना-बाना बुनकर शूर्पणखा ने एक बहुत सुंदर नारी का रूप धारण किया था। उसे देखकर लक्ष्मण को बड़ा अचरज हुआ। वह मन में सोचने लगे—'रात का समय है और ऐसी सुंदर स्त्री इस घने वन में अकेली क्या कर रही है? यहाँ किसलिए आई है?' लक्ष्मण को अचरज में देखकर वह नारी मीठी वाणी में बोली—"वीरवर! आप कौन हैं और इस समय किसकी पहरेदारी कर रहे हैं?"

लक्ष्मण ने बतलाया कि वह महाराज दशरथ के पुत्र हैं। कुटी में उनके बड़े भाई और भाभी सो रहे हैं। इससे आगे और कुछ कहना लक्ष्मण ने उचित न समझा और चुप ही रहे।

कुछ देर दोनों चुप रहे। जब शूर्पणखा ने देखा कि लक्ष्मण का ध्यान उसकी ओर बिल्कुल नहीं है तब वह बोली—"मैं राक्षसराज रावण की

शूर्पणखा की माया

लक्ष्मण द्वारा शूर्पणखा की नाक काटना

बहन हूँ। मेरा नाम शूर्पणखा है। अभी मेरा विवाह नहीं हुआ है। मेरे मन के लायक कोई वर आज तक मुझे नहीं मिला, इसलिए मैंने विवाह ही नहीं किया। आपको देखकर मुझे बड़ी खुशी हो रही है। ऐसा लगता है कि ब्रह्माजी ने मेरा और आपका जोड़ा बनाकर भेजा है। आप जवान हैं, बहुत सुंदर हैं; मानो कामदेव ही धरती पर आए हैं। आप मेरे मन को भा गए हैं। मैं आपको छोड़कर दूसरे किसी नौजवान से शादी न करूँगी।'' और भी उसने बहुत विनय की, पर लक्ष्मण ने उसकी ओर कोई ध्यान न दिया।

उसके बार-बार आग्रह करने पर अंत में लक्ष्मण बोले—''मैं सेवक हूँ। स्वामी की आज्ञा के बगैर मैं कुछ नहीं कर सकता, इसलिए तुम मेरे बड़े भाई राम के पास जाओ। वे जो भी कहेंगे, मैं वही करूँगा।''

अब तक सवेरा हो चुका था। राम भी उठकर कुटी के बाहर आ चुके थे। सीताजी भी बाहर आ गईं। राम की ओर लक्ष्मण ने संकेत किया। शूर्पणखा राम के पास गई। सभी बातें जो उसने लक्ष्मण से कही थीं, वही राम से भी कहीं। राम से वह बोली—''मैं आपसे शादी करने के लिए आई हूँ। आप सो रहे थे, इसलिए मैं आपके भाई लक्ष्मण से बातें करने लगी। आप मुझे बहुत भा गए हैं।''

लक्ष्मण को उसका हाल मालूम हो गया था, पर वे चुप रहे। राम ने उससे कहा—''मैं तो विवाहित हूँ, इसलिए मैं तो विवाह कर नहीं सकता, लेकिन अगर तुम्हारी यही मंशा है तो लक्ष्मण के पास जाओ। वे अकेले हैं, इसलिए उनसे ही कहो।''

अब शूर्पणखा फिर लक्ष्मण के पास गई। पर उन्होंने उसे वापस कर दिया। अब उसे बड़ा क्रोध आया। उसे अपना अपमान मालूम पड़ा। नारी इस प्रकार अपने रूप का घोर अपमान सहन नहीं कर सकती। आगबबूला होकर उसने अपना असली रूप धारण किया और सीता को खाने के लिए दौड़ी। सीताजी भय के कारण थर-थर काँपने लगीं। शूर्पणखा औरत थी, इसलिए उसको मारा तो जा नहीं सकता था। यह सोचकर लक्ष्मण ने तलवार लेकर उसके नाक और कान काट लिये। अब तो वह चिंघाड़ मारकर रोने और चिल्लाने लगी। रोते-कलपते वह वन में चली गई।

□

तीन

खर-दूषण वध

दंडक वन में शूर्पणखा के दो भाई रहते थे। उनका नाम खर और दूषण था। वे दोनों बड़े वीर और बलवान थे। उनके साथ चौदह हजार राक्षस थे। वे सभी एक-से-एक बढ़कर लड़नेवाले थे। दंडक वन के ऋषि-मुनियों को उन्होंने ही मारकर खा लिया था। वैसे तो ये लंका के राजा रावण के अधीन थे, लेकिन यहाँ वे ही उस वन के राजा थे।

नाक-कान कटी शूर्पणखा दहाड़ मार-मारकर रोते हुए उस वन में घुसी। उसके रोने-चिल्लाने से सारा वन गूँज उठा। वन में उसकी भेंट खर-दूषण से हुई। दोनों उसकी ऐसी बुरी हालत देखकर अचरज में रह गए। उनकी आँखें एकदम लाल अंगारे जैसी हो गईं और भुजाएँ फड़कने लगीं। क्रोधित होते हुए उन्होंने पूछा—"बहन, आज यह अचानक तुझे क्या हो गया? किसने तुम्हारी ऐसी बुरी हालत बना डाली? किसने यह हिम्मत की? तुरंत बताओ, हम उससे अभी बदला लेंगे। उस दुष्ट को आज हम किसी भी हालत में नहीं छोड़ेंगे।" शूर्पणखा दर्द से बेहोश होकर गिर पड़ी। जब उसे होश आया तो दोनों भाइयों ने फिर पूछा।

शूर्पणखा ने कहा—"वन में अयोध्या के महाराज दशरथ के दो बेटे हैं—राम और लक्ष्मण। उनके साथ एक स्त्री भी है, जिसका नाम सीता है। सीता अति सुंदर है। लक्ष्मण ने ही मेरी यह दशा की है। तुम लोग उन्हें मारकर उनका खून ला दो। उनका खून पीने से ही मेरे कलेजे को ठंडक पहुँचेगी। जाओ, जल्दी करो।"

शूर्पणखा की बात खर-दूषण ने मान ली। राम-लक्ष्मण को जिंदा पकड़ लाने का दोनों ने वादा किया। इसके बाद वे अपने सभी अनुचरों के साथ चल पड़े। साथ में उनका प्रधान सेनापति त्रिशिरा भी था। वह तो और भी अधिक वीर और चतुर था। तरह-तरह के हथियारों के साथ रथों पर सवार होकर खर-दूषण सबसे आगे-आगे चले। उनके चलने से आकाश में धूल उड़ने लगी। वृक्ष टूटकर गिरने लगे। पशु-पक्षी डरकर भागने लगे।

राक्षसों की सेना को सामने आते देखकर राम ने लक्ष्मण से कहा—"भाई लक्ष्मण, तुम सीता को लेकर गुफा में चले जाओ। यहाँ सीता डर जाएगी। हो सकता है, इससे हमारा भी मन विचलित हो जाए। यह सेना कौन बड़ी भारी चीज है, मैं इसको दम भर में मार गिराता हूँ।"

बड़े भाई की आज्ञा सुनकर लक्ष्मण जानकी को वहाँ से ले गए। उनके जाने के बाद राम ने युद्ध की तैयारी पूरी कर ली।

खर ने सीता को देख लिया था। उसका मन डोल गया था। राक्षस तो था ही! एक दूत के द्वारा उसने राम से कहला भेजा—"हम तुम्हें मारना नहीं चाहते। हालाँकि तुम लोगों ने हमारी बहन शूर्पणखा के कान-नाक काटकर उसे बदसूरत बना दिया है; पर हम तुम्हारी जान छोड़ देंगे, अगर तुम अपनी स्त्री को हमारे हवाले कर दो।"

खर का संदेश सुनकर राम क्रोध से लाल हो गए। उन्होंने दूत से कहला भेजा—"अपने स्वामी से जाकर कह दो कि युद्ध करने में अगर डर मालूम हो रहा हो तो लौट जाएँ। शरण में आए हुए को हम नहीं मारते।"

दूत पैर पटकता हुआ वापस लौट गया। उसने खर-दूषण को राम का जवाब सुना दिया। सुनकर दोनों भाई क्रोध से लाल-पीले हो उठे। उन्होंने सब राक्षसों के साथ आगे बढ़कर राम को चारों ओर से घेर लिया, फिर लगे सभी ओर से उनपर अस्त्र-शस्त्र बरसाने। राम ने भी ऐसी कुशलता से युद्ध किया कि खर की सेना भाग खड़ी हुई। राम के बाणों की मार खर की सेना सह न सकी। खर ने जब सेना की बुरी हालत देखी तो अपने सैनिकों को डाँटते हुए बोला कि जो युद्ध से अपनी जान बचाकर भागने की कोशिश करेगा, उसको हम मार डालेंगे। लाचार होकर सब राक्षस वापस लौट आए और दूने वेग से

राम पर आक्रमण करने लगे। पर राम जरा भी भयभीत न हुए। उनके पास अगस्त्य मुनि का दिया हुआ अक्षय तरकस था, जिसके बाण कभी चुकते नहीं थे। वे लगातार राक्षसों को मार रहे थे। ऐसी हालत देखकर दूषण बहुत तेजी से राम की ओर बढ़ा। दोनों वीर जी-जान से लड़ने लगे। अंतत: दूषण मारा गया। दूषण के बाद त्रिशिरा आया। वह भी मारा गया और उसकी सेना भी। खर अभी भी बचा रहा।

खर युद्ध करने में निपुण था। उसने एक बार तो राम को हैरान कर दिया। उसने राम के धनुष की डोरी भी काट दी। दूसरी डोरी चढ़ाकर राम ने उसके रथ और घोड़ों को चकनाचूर कर दिया। दूसरे बाण से उसका काम भी तमाम हो गया। इस प्रकार दंडक वन के तमाम राक्षसों का राम ने सफाया कर दिया।

□

चार

सोने का हिरण

खर और दूषण दोनों मारे गए। उस लड़ाई में दंडक वन में रहनेवाले प्राय: सभी राक्षस काल के गाल में समा गए। अब उस जंगल में ऋषियों को तंग करनेवाला कोई न रह गया; पर एक राक्षस बच गया। उसका नाम अकंपन था। जिस समय राम और खर-दूषण की लड़ाई हो रही थी वह जान बचाकर भाग निकला और जाकर राक्षसराज रावण की शरण ली। डरता-काँपता किसी तरह वह रावण के दरबार में पहुँचा। उसको घबराया हुआ देखकर रावण ने पूछा—"अकंपन! कहो, क्या बात है? तुम इतने घबराए क्यों दिखाई देते हो? खर-दूषण आदि आनंद से हैं न?"

अकंपन बहुत डरा हुआ था। उसके मुख से बात नहीं निकलती थी। कुछ देर ठहरकर उसने साहस जुटाया। फिर उसने कहना शुरू किया—"महाराज, मैं क्या कहूँ! खर-दूषण की आपने कुशलता पूछी है, पर मैं क्या बतलाऊँ? मेरी तो मति चकरा गई है। कुछ समझ में नहीं आता कि क्या होगा? अयोध्या के राजा दशरथ के दो बेटे इस समय पंचवटी में ठहरे हुए हैं। उनके साथ एक स्त्री भी है। उसकी सुंदरता का वर्णन करना किसीके बस की बात नहीं। उन्होंने शूर्पणखा को देखा। यह मालूम होने पर कि वह आपकी बहन है, उन्होंने उसके नाक-कान काट लिये। शूर्पणखा रोती हुई खर-दूषण के पास आई। उन्होंने कहा कि चलो देखें, वे कैसे राजकुमार हैं। मनुष्य तो हमारे भोजन हैं। उनको ऐसा साहस कैसे हुआ कि हमारी बहन का अंग भंग करें।

यह सोचकर दंडक वन के सभी राक्षसों को लेकर महाराज खर और दूषण राम को पकड़ने गए। बहुत भयंकर युद्ध हुआ; मगर अचरज की बात यह है कि एक अकेले राजकुमार ने देखते-देखते सभी राक्षसों का संहार कर डाला। दंडक वन में अब एक भी राक्षस नहीं रह गया है। मैं किसी तरह जान बचाकर भाग निकला और आपको समाचार देने के लिए चला आया।''

अकंपन की बात सुनकर रावण सोच में पड़ गया। वह सोचने लगा कि खर-दूषण दोनों मेरे ही समान बलवान थे। उनको भगवान् के अलावा और कोई मार नहीं सकता था। उनके मारे जाने का मतलब यह हुआ कि भगवान् ने धरती पर राम के रूप में स्वयं अवतार लिया है और मेरा मरण भी भगवान् के हाथों ही होना है, तो क्यों न मैं वैरी बनकर राम की पत्नी सीता का हरण करके भगवान् से वैर मोल ले लूँ। युद्ध में भगवान् के हाथों मरकर मोक्ष प्राप्त करूँ। इसके अलावा भवसागर से तरने का और दूसरा कोई उपाय नहीं है। मैं सीता का हरण अवश्य करूँगा।

अभी रावण इस प्रकार विचार कर ही रहा था कि रोती-कलपती शूर्पणखा भी वहाँ आ पहुँची। उसकी हालत देखकर सबको बहुत दुःख हुआ। रावण ने उसको बहुत तरह से समझाया और कहा—''तुम सोच न करो, मैं अभी जाकर उन दोनों को मारकर सीता को हर लाता हूँ।''

अपनी बहन को इस तरह समझा-बुझाकर रावण अकेले ही चला। वहाँ से चलकर वह मारीच के पास आया। मारीच रावण को इस प्रकार घबराया हुआ देखकर सोच में पड़ गया। जिस महाबलि से देवता भी डरते हैं वही इस तरह घबराया हुआ है, इसका मतलब कोई-न-कोई विशेष बात अवश्य हुई है। अचरज से भरकर मारीच ने पूछ ही लिया—''क्या बात है, महाराज? आप इस तरह चिंतित और घबराए हुए क्यों हैं?''

रावण ने उसको सब कथा सुनाकर कहा—''देखो, मैं छल-बल से, जैसे भी हो, सीता को हरना चाहता हूँ। इस काम में तुम मेरी मदद करो। मैं चाहता हूँ कि तुम एक सुंदर सोने का हिरण बनो और जाकर सीता के सामने इस प्रकार कुलाँचे भरो कि सीता का मन बरबस तुम्हारी ओर खिंच जाए। वह तुम्हें पकड़ने के लिए राम को भेजे। जब राम तुम्हें पकड़ने चलें तो तुम

उन्हें अपने पीछे-पीछे दूर तक ले जाओ। दूर जाने पर राम जब देखेंगे कि तुम्हें पकड़ना कठिन है तो मारने के लिए अवश्य तुम्हारे ऊपर तीर चलाएँगे। उस समय तुम 'हा लक्ष्मण! हा सीता!' कहकर चिल्लाना। तब वह आवाज सुनकर सीता घबरा उठेगी। वह लक्ष्मण को राम के पास भेजेगी। उस समय मैं सीता को अकेली पाकर हर लाऊँगा, फिर देखा जाएगा। देखो, तुम सुंदर हिरण का रूप धारण करो। सोने का हिरण और ऊपर चाँदी के धब्बे, जो सूर्य के प्रकाश में खूब चमकें, जिससे सीता का मन मोहित हो जाए।''

रावण बहुत कुछ कह गया, पर मारीच को उसकी बातें पसंद न आईं। राम का नाम सुनते ही मारीच को जैसे ज्वर हो आया। उसका शरीर काँपने लगा, मुँह का रंग काला पड़ गया। उसको अपने सामने मौत दिखाई पड़ने लगी। घबराकर वह बोला—''राजन्, क्या सोच रहे हैं? राम से वैर लेने की हिम्मत न करना। कई बरस पहले की बात है, तब मैं बहुत शक्तिशाली था। मेरे शरीर में हजार हाथियों का बल था। मौज से वन में घूमा करता था। ऋषि-मुनियों को मारकर खाया करता था। मुझे देखकर ऋषि-मुनियों की कोई यज्ञ-तप करने की हिम्मत न पड़ती थी। विश्वामित्र जैसे पहुँचे हुए महान् ऋषि तक मेरे डर से यज्ञ न कर पाते थे। उस समय इस राम ने, जबकि वह अभी बालक ही था, विश्वामित्र के यज्ञ की रक्षा की थी। राम साक्षात् भगवान् का अवतार है। उसका एक ही बाण लगने से मैं हजारों कोस की दूरी पर जा गिरा था। उसने देखते-देखते सुबाहु को मार डाला। एक ही तीर चलाकर ताड़का का काम तमाम कर दिया था। उस महा शक्तिशाली राम के सामने तुम मुझे माया-मृग बनकर जाने के लिए कह रहे हो। भाई, ऐसा न करो। तुम उससे पार न पाओगे। जो हुआ, सो हुआ। उससे वैर मत लो। उससे न बोलोगे तो वह भी तुमसे न बोलेगा। शेर की माँद में बिना वजह हाथ नहीं डालना चाहिए।''

मारीच की ऐसी हितकर बातें भी रावण को अच्छी न लगीं। उसे बड़ा क्रोध हो आया। भला सेवक राक्षसराज को उपदेश देने चला! एक मामूली राजा का लड़का इतने शक्तिशाली रावण से जीत पाएगा! रावण के मुकाबले में एक मामूली व्यक्ति की इतनी बड़ाई! गुस्से से लाल होकर रावण ने

सोने का मृग

कहा—''मुझे तुम्हारे उपदेश की जरूरत नहीं है। जो कहता हूँ, वह करो। अभी फौरन उठो और मेरे साथ चलो। वहाँ पहुँचकर जैसा मैंने कहा है उसी प्रकार सब काम तुमको करना होगा। अगर करना नहीं चाहते हो तो वैसे भी बतला दो। मैं अभी, इसी समय राजा की आज्ञा न पालन करने के लिए तुमको दंड देने की व्यवस्था करूँ।

रावण की बातों से मारीच डर गया। उसने सोचा कि यह दुष्ट मानेगा नहीं। इसका विनाश जरूर होगा, इसलिए जैसा कहता है, चलकर वैसा करूँ। जब मरना ही है तो इस दुष्ट के हाथ क्यों मरूँ, श्रीराम के हाथों मर जाना कहीं बेहतर है। कोई उपाय न देखकर मारीच ने कहा—''मेरी बात चाहे तुम न मानो, पर इसके लिए तुम आगे चलकर पछताओगे। इस समय तुम्हारी आज्ञा का पालन करने के लिए मैं तुम्हारे साथ अभी चल रहा हूँ, चलो।''

□

पाँच

सीता-हरण

रावण और मारीच, दोनों पंचवटी आए। राम की कुटी से काफी दूरी पर रावण ने अपना रथ रोक दिया। यहाँ उसने मारीच को उतारकर कहा कि तुम अब सोने का हिरण बनकर सीता के सामने जाओ। ऐसी कुलाँचे भरना कि सीता का मन तुम्हारी ओर खिंच जाए। मारीच ने बहुत ही सुंदर सोने के हिरण का रूप धारण किया और रावण के कहने के अनुसार सीता की ओर चला। कुटी के पास पहुँचकर वह सोने का हिरण लगा उछल-कूद मचाने। थोड़ी देर बाद सीता की नजर सहसा उसपर पड़ी। देखते ही उनका जी उधर लग गया। उन्होंने राम-लक्ष्मण से कहा कि कैसा सुंदर हिरण है!

लक्ष्मण उसे पहचानकर बोले—"भाभीजी, यह असली हिरण नहीं है। यह किसी राक्षस की लीला है। भला सोने का भी हिरण कहीं होता है? यह जरूर कोई राक्षस है।"

लक्ष्मण के ऐसा कहने पर सीता चुप हो गईं। थोड़ी देर बाद जब फिर वह हिरण उधर से कूदता-फाँदता निकला तो सीताजी का मन उसे पकड़ने के लिए आतुर हो उठा। उन्होंने श्रीराम से कहा—

"सुनहु देव रघुबीर कृपाला। एहि मृग कर अति सुंदर छाला॥
सत्यसंध प्रभु बधि करि एही। आनहु चर्म कहति बैदेही॥"

राम ने भी पहले समझाते हुए कहा कि यह तो माया का हिरण है, इसके फेर में मत पड़ो। पर स्त्री हठ प्रसिद्ध है। सीता की मनोकामना पूरी करने के

लिए राम को उठना ही पड़ा। धनुष-बाण लेकर राम उस हिरण को मारने के लिए चल दिए। जाते समय लक्ष्मण से कह गए कि कुटी छोड़कर कहीं न जाना। यहाँ वन में राक्षस घूमा करते हैं, तुम भी चले गए तो सीता अकेली पड़ जाएगी।

श्रीराम हिरण के पीछे-पीछे चले। अपने मालिक की आज्ञा के अनुसार मारीच राम को भुलावा देकर काफी दूर ले गया। राम की समझ में अब उसकी चाल आ गई। उन्होंने तब उसे मारने के लिए धनुष पर तुरंत बाण रखा। यह देखकर राक्षस 'हा सीता! हा लक्ष्मण!' कहकर जोर से चिल्लाने लगा। राम ने उसको चिल्लाते हुए देखकर तुरंत बाण चला दिया। राक्षस तो मारा गया, पर उसकी आवाज ने अपना काम कर ही दिया। उसकी आवाज लक्ष्मण और सीता के कानों में पड़ी। लक्ष्मण ने तो राक्षस की माया समझ ली, पर सीताजी घबरा गईं। वे देवर से बोलीं—"लक्ष्मणजी, जल्दी जाओ। देखो, तुम्हारे भैया पर कोई मुसीबत आई है।"

लक्ष्मण ने कहा—"भाभीजी, आप व्यर्थ ही चिंता करती हैं। भैया को मुसीबत में डालनेवाला ब्रह्मांड में कोई नहीं है। घबराइए नहीं, यह राक्षस की चाल है। भैया बहुत जल्दी लौटकर आएँगे।"

लक्ष्मण ने कितना ही कहा, पर सीता के मन में कोई बात न बैठी। वे डाँटकर लक्ष्मण से बोलीं— "मालूम हो गया कि तुम कितने नीच हो, मतलबी हो! इस समय अपने भाई को तकलीफ में देखकर खुद ही दौड़कर जाना चाहिए था, पर तुम मेरे कहने से भी नहीं जा रहे हो। अच्छा, जो होगा, देखा जाएगा।"

मरम बचन जब सीता बोला। हरि प्रेरित लछिमन मन डोला॥

लक्ष्मण ने विनीत स्वर में कहा—"माता, आपके आदेश का पालन मैं अवश्य करूँगा। वन के देवी-देवता आपकी रक्षा करें; पर एक बात मैं जरूर कहूँगा। आपने अपने मन में जो विचार किया है, वह गलत है। आपके मन में भ्रम पैदा हो गया है। भैया का बुरा करनेवाला इस संसार में कोई नहीं है।" लक्ष्मण ने सीता को समझा-बुझाकर कुटी से थोड़ी दूर दरवाजे के सामने एक रेखा खींच दी और बोले—"भाभी, चाहे कोई भी जरूरत हो, मगर आप इस

साधु वेश में रावण

रेखा के भीतर ही रहना। किसी भी तरह इस रेखा से आगे पैर मत बढ़ाना। मैंने इस रेखा के भीतर आपकी रक्षा का प्रबंध कर रखा है। जो कोई भी अंदर प्रवेश करने की कोशिश करेगा, वह जलकर राख हो जाएगा।'' इतना कहकर लक्ष्मण ने वन का रास्ता लिया।

अब तक कुटी के पास ही छिपा रावण सबकुछ देख रहा था। लक्ष्मण के वन में जाते ही रावण संन्यासी का वेष बनाकर सीता की कुटी के बाहर आकर खड़ा हो गया। आर्य सभ्यता के अनुकूल चलनेवाली सीता ने द्वार पर आए हुए संन्यासी का स्वागत-सत्कार किया। उन्होंने लक्ष्मण-रेखा के अंदर ही खड़े होकर, रेखा के बाहर कुश का आसन बिछाकर रावण को उसपर बैठाया। हाथ-पैर धोने के लिए जल लाकर रख दिया। उसके बाद बहुत आदर से बोलीं—''महाराज, कुछ फल-मूल ले आऊँ, भोजन कीजिए। फिर थोड़ा विश्राम कीजिए।''

सीता ने इस प्रकार बातचीत का सिलसिला छेड़ा, पर रावण ने कहा—''देखो, मैं साधु-संन्यासी नहीं हूँ, मैं लंका का राजा रावण हूँ। तुम मेरे साथ लंका चलो। वहाँ मैं तुमको अपनी पटरानी बनाऊँगा। इन तपस्वी कुमारों के पास क्या रखा है, जो इनपर जान दे रही हो। चलो, हमारे साथ हमारी रानी बनकर दुनिया के सारे सुख भोगोगी।''

सुनकर सीताजी क्रोध से भर गईं। आगबबूला होकर वह बोलीं—''रे दुष्ट, कैसी बातें कर रहा है! क्या तुझे भगवान् श्रीरामचंद्रजी का डर नहीं है? ठहर, अभी स्वामी आते ही होंगे, फिर मैं तुझको बतलाती हूँ। साधु के वेश में आकर तू मुझे ठगना चाहता है!''

पर सीताजी की बातों का कोई असर रावण पर न हुआ। उसने अब अपना असली रूप प्रकट किया। दस सिर, बीस हाथ देखकर सीताजी डर गईं। उन्हें लक्ष्मण-रेखा का तनिक भी भान न रहा और वे रेखा के बाहर निकल आईं। रावण ने लपककर सीता को उठा लिया। सीताजी रोने-चिल्लाने लगीं; पर रावण पर इस रोने-धोने का कोई असर न हुआ। वह सीता को अपने रथ में डालकर आकाश मार्ग से लंका की ओर चला। मार्ग में सीता करुण विलाप करती रहीं।

□

छह

रावण-जटायु युद्ध

महाबली जटायु आकाश में बहुत ऊँचाई पर उड़ान भर रहा था। उसी समय एक रथ उसके मार्ग से होकर उड़ा जा रहा था। रथ में बैठी सीताजी बड़े जोर से विलाप कर रही थीं। उनके रोने-चिल्लाने की आवाज दूर-दूर तक सुनाई पड़ती थी। एक स्त्री के रोने-धोने की आवाज सुनकर आकाश में उड़ते हुए जटायु के कान खड़े हो गए। उसने पास से गुजरकर सीताजी को पहचान लिया और तुरंत ही सारी बात समझ ली। बड़े आवेश में आकर वह रथ के पीछे दौड़ पड़ा। जटायु राजा दशरथ का मित्र था। राम के प्रति उसका बेटे की तरह प्रेम था। सीता को विलाप करते देखकर उसका कलेजा मुँह को आ गया। वह रावण को डाँटकर बोला—"रे दुष्ट! जानकी को छोड़कर सकुशल घर लौट जाओ अन्यथा तुझे मेरे साथ युद्ध करना पड़ेगा। श्रीरामचंद्रजी का क्रोध आग की तरह है। इस आग में तेरा सारा कुल पतंगों की तरह जलकर भस्म हो जाएगा।"

लेकिन रावण ने जटायु के उपदेश पर ध्यान न दिया। यह देख वह क्रोधित होकर रावण पर जोर से झपटा। दोनों में घोर युद्ध छिड़ गया। रावण लगा बाण चलाने। इधर जटायु ने अपनी चोंच और पंजों से मार-पीटकर उसको लहूलुहान कर दिया। रावण के केश पकड़कर जटायु ने उसे जमीन पर पटक दिया। रावण ने जब देखा कि शत्रु बूढ़ा होते हुए भी बहुत बलवान है तो उसने बीसों हाथों में धनुष-बाण लेकर उसको एक साथ मारना चाहा; पर

जटायु भी रावण से कम न था। उसने एकाएक हमला कर उसके सभी धनुष छीन लिये। इसके बाद चोंच की मार से रावण को बेहोश कर दिया।

थोड़ी देर बाद जब रावण को होश आया तो उसने बहुत वेग के साथ जटायु पर हमला किया। जटायु इस हमले को सह न सका। वह विकल होकर धरती पर गिर पड़ा। मौका देखकर रावण सीता को लेकर भागने की तैयारी करने लगा। इतने में जटायु को होश आया। जटायु ने रावण की पीठ पर चढ़कर उसे अपनी चोंच और पंजों से मार-मारकर बेदम कर दिया। उसके बाल नोच डाले, उसकी भुजाएँ काट-नोंचकर जमीन पर फेंक दीं। लेकिन इससे भी कुछ नहीं हुआ; क्योंकि रावण को शिवजी से वरदान मिला हुआ था कि लड़ाई में तुम्हारे अंग कटकर गिरेंगे तो तुरंत उनकी जगह नए अंग जुड़ जाएँगे। इसलिए जटायु की सारी मेहनत बेकार जाती थी। पर रावण घबरा जरूर गया। उसने सोचा—'यह दुष्ट इस तरह नहीं मरेगा। अगर और देर हो गई तो संभव है कि राम-लक्ष्मण यहाँ पहुँच जाएँ। फिर तो सारा गुड़ ही गोबर हो जाएगा, इसलिए इसका काम तमाम कर डालना चाहिए।'

यह सोचकर रावण ने शंकर से मिली हुई 'चंद्रहास' नामक तलवार निकाली। उस तलवार से उसने जटायु पर जोर का हमला किया। उसने तलवार से जटायु के दोनों पंख और पैर काटकर धरती पर डाल दिए। बेचारा जटायु तड़पने लगा। अब वह बेकार हो गया था। जल्दी-जल्दी सीता को रथ पर बैठाकर रावण आकाश मार्ग से लंका की ओर भाग चला।

सीताजी के दु:ख का वर्णन नहीं किया जा सकता। बेचारी रोती-कलपती रावण के साथ चली जा रही थीं। छुटकारे का कोई उपाय न था। लक्ष्मण को भेजने की भूल का अब अहसास हो रहा था। रास्ते में जाते समय सीता ने एक पहाड़ की चोटी पर कुछ वानरों को बैठे देखा। यह सोचकर कि राम इधर-उधर खोजते हुए यहाँ आ सकते हैं और इन लोगों से मेरा पता उनको चल जाएगा, उन्होंने एक कपड़े में दो-चार गहने बाँधकर भगवान् का नाम लेकर नीचे गिरा दिए। रावण को तो इसका पता न चला, पर वानरों ने रावण को सीता को ले जाते देख लिया।

सीताजी को ले जाकर रावण ने उन्हें अशोक वाटिका में रखा। उसने

पहले तो सीता को बहुत समझाया-बुझाया, पर जब सीता ने उसको बुरी तरह फटकारा तो वह बहुत क्रोधित हुआ। उसने बहुत सी राक्षसियाँ सीताजी के पास रख दीं और उनसे कह दिया कि सीता को डरा-धमकाकर मुझसे विवाह करने के लिए राजी करो। रावण सीताजी के साथ जबरदस्ती तो कर नहीं सकता था, क्योंकि उसको शाप था कि अगर किसी नारी के साथ जबरदस्ती करेगा तो जलकर राख हो जाएगा।

उधर लक्ष्मण जब सीता के पास से चले तो काफी दूर निकल जाने के बाद उनको राम मिले। लक्ष्मण को देखकर राम अचरज में पड़ गए। उनको काटो तो खून नहीं। वह लक्ष्मण से बोले—''लक्ष्मण, यह क्या? सीता को अकेला छोड़कर तुम क्यों चले आए? पता नहीं अब सीता का क्या हाल होगा!''

लक्ष्मण ने भाई के पैर पकड़कर रोना शुरू किया। सुबकते हुए बोले—''भैया, मेरा कोई दोष नहीं है। मैं तो बहुत मना कर रहा था, पर भाभीजी ने मेरी एक न सुनी। मुझे बहुत बुरा-भला कहने लगीं। हारकर मुझे आना पड़ा।''

इसके बाद दोनों भाई झटपट कुटी पर लौट आए। आकर देखा तो सीताजी वहाँ न थीं। राम रोने लगे, लक्ष्मणजी भी रोने लगे। दोनों ने जगह-जगह सीता की खोज की; पर उनका कहीं पता न चला। जहाँ-जहाँ सीता के आने-जाने, उठने-बैठने के स्थान थे, सब देख लिये; पर कोई फल न निकला। नदी के किनारे, फूल के बगीचे, वृक्षों के नीचे, पहाड़ियों की चोटी पर—सभी जगह सीता की खोज की गई; पर सीता वहाँ हों तब तो। सीता को खोजते और विलाप करते दोनों भाई आगे बढ़े चले जाते थे कि एक जगह पर धनुष-बाण के कुछ टुकड़े मिले। राक्षसों के जैसे बड़े-बड़े पैरों के निशान भी दिखाई पड़ते थे। मालूम होता था कि कहीं युद्ध जरूर हुआ है; क्योंकि रक्त की बूँदें भी इधर-उधर गिरी दिखाई पड़ती थीं। राम ने घबराकर कहा—''लक्ष्मण, जरूर कोई राक्षस ही सीता को ले गया है। पता नहीं, वह सीता को उठा ले गया है या मारकर खा गया है; क्योंकि यहाँ रक्त की बूँदें भी पड़ी हैं।'' कहते-कहते राम अधीर होकर और भी अधिक विलाप करने लगे।

जटायु

लक्ष्मण ने समझाया—"भैया, घबराइए नहीं। वह राक्षस जरूर मिल जाएगा। फिर हम लोग उसे दंड देंगे। आप थोड़ा शांत तो हों।"

आगे बढ़ने पर जटायु दिखलाई पड़ा। वह 'राम-राम' रट रहा था। राम उसके पास पहुँचे। उसने बताया कि रावण ही सीता को हर ले गया है। वह बोला—"बेटा, मैंने अपनी ओर से बहुत कोशिश की कि किसी प्रकार सीता को बचा लूँ; पर रावण के आगे मेरी एक न चली। हम दोनों में काफी देर तक युद्ध हुआ। उसीने मेरी यह दुर्गति बना डाली है। मेरा अंत निकट है।"

श्रीराम को जटायु ने रावण का अता-पता बताना चाहा, पर एकाएक उसके प्राण-पखेरू उड़ गए। वह कुछ कह न सका। उसके मरते-मरते राम ने कहा कि स्वर्ग में जाकर पिताजी से सीता-हरण का समाचार न कहिएगा। उसके मरने पर राम ने लकड़ियाँ इकट्ठी कीं और उसका दाह-संस्कार किया। फिर दोनों भाई सीताजी की खोज में लग गए।

□

सात

शबरी से भेंट

सीताजी की खोज में दोनों भाई वन में भटक रहे थे। तभी वृक्षों के झुरमुट में से बड़ी भयंकर आवाजें सुनाई पड़ने लगीं। राम-लक्ष्मण ने धनुष-बाण हाथ में ले लिये। तब तक देखा कि एक बड़े आकार और डील-डौलवाला राक्षस आ रहा है। उसका नाम कबंध था। उसका सिर नहीं था। बड़े भारी-भारी हाथ-पैर थे। पेट में से दाँत निकालकर वह खाता था। अंगार के समान धधकती हुई लाल एक आँख थी उसकी। उसे देखकर ही डर लगता था।

उन लोगों को देखकर राक्षस ने उन्हें पकड़ने के लिए अपना ताड़-सा लंबा हाथ बढ़ाया। इतने में फुरती से राम ने तलवार से उसकी भुजाएँ काट डालीं। अब उसे पिछले जन्म का ज्ञान हुआ और उसने कहा—''मैं पिछले जन्म में दनु नामक गंधर्व था। मैं बहुत सुंदर था। ब्राह्मणों की मैंने बहुत सेवा की थी। उन्होंने खुश होकर मेरी आयु बहुत अधिक कर दी। एक दिन मुझपर अप्रसन्न होकर दुर्वासा ऋषि ने मुझे शाप दिया कि तू राक्षस हो जा। तब से मैं राक्षस हो गया हूँ।

''कुछ समय बीतने पर इंद्र से मेरा युद्ध हो गया। इंद्र जब मुझे हरा न सके तो उन्होंने गुस्से में भरकर मेरे ऊपर वज्र का प्रहार किया। ब्रह्माजी के दिए वरदान के कारण मैं मर तो नहीं सकता था, इसलिए मेरा सिर घुसकर मेरे पेट में चला गया। इसपर मैं रोने लगा तो उनको दया आ गई। उन्होंने मेरे

हाथ लंबे कर दिए और कहा कि तुम इनकी सहायता से अपना भोजन खाया करना। ऋषि ने ही मुझसे कहा था कि जब राम तेरी भुजाएँ काटकर तुझे जला देंगे तो तू अपना पहला शरीर पा जाएगा। इसलिए हे राम! अब आप कृपा कर मुझे जलाइए, ताकि मैं अपनी गति पा सकूँ। आपकी कृपा हो जाए, प्रभु, तो मैं आपका अहसानमंद होऊँगा।''

इसपर कबंध ने जैसा कहा वैसा ही राम ने किया। लक्ष्मण ने लकड़ियाँ चुनकर चिता तैयार की। राम ने उसपर कबंध को रखकर आग लगा दी। चिता के जल जाने पर उसमें से बहुत दिव्य और सुंदर शरीरवाला एक गंधर्व निकला। साथ ही एक विमान भी आ पहुँचा। उसी विमान पर चढ़कर वह अपने लोक को चला गया। उसे मोक्ष मिल गया।

वहाँ से आगे बढ़ने पर श्रीराम शबरी के आश्रम में पहुँचे। शबरी राम की बहुत बड़ी भक्त थी। उसके गुरु ने बताया था कि राम जल्दी ही वन में आने वाले हैं। उनके दर्शन के लिए ही वह अब तक शरीर धारण किए हुए थी। शबरी ने जब देखा कि राम आ रहे हैं तो वह दौड़कर बहुत भक्तिभाव से उनके चरणों पर गिर पड़ी। बहुत देर तक वह सुध-बुध खोकर इसी तरह पड़ी रही। फिर राम ने उसे उठाया। उठने पर उसने दोनों भाइयों के चरण धोकर चरणामृत पिया। इसके बाद उन्हें आसन पर बैठाकर उनके खाने के लिए कुछ फल-फूल ले आई। इन फलों में कुछ बेर भी थे। यह देखने के लिए कि कौन से बेर मीठे हैं और कौन से खट्टे, वह उनको चख-चखकर राम-लक्ष्मण को देने लगी। राम ने उसका प्रेम समझा, उसकी भक्ति देखी और फिर उसके जूठे बेर ही बड़े प्रेम से खाने लगे। राम ने जब भोजन कर लिया तो शबरी हाथ जोड़कर खड़ी हो गई। राम ने उसे उपदेश दिया। सुनकर वह बहुत खुश हुई। अब वह स्वर्ग जाने की तैयारी करने लगी। राम ने उससे पूछा—''तुमने कहीं सीता को देखा है! जानती हो तो मुझे बतलाओ। मैं सीता के विरह में बहुत दुःखी हूँ।''

राम की बात सुनकर शबरी को एक बार हँसी आई, फिर वह बोली—''यहाँ से कुछ दूर दक्षिण दिशा में जाने पर मतंग ऋषि का आश्रम मिलेगा। वहाँ पंपासर नामक तालाब है। उसका जल बहुत मीठा और शीतल है। वहाँ

शबरी द्वारा श्रीराम का स्वागत

जाकर दोनों पहले एक-दो दिन विश्राम कीजिए। उस तालाब से थोड़ी दूर हटकर ऋष्यमूक पर्वत है। उस पर्वत की चोटी पर सुग्रीव नाम का बहुत ही ताकतवर और ईमानदार बंदर रहता है। वह वहाँ का राजा है। उसके साथ उसके चार मंत्री भी रहते हैं। आप जाकर उससे दोस्ती करें। सीता की खोज में वह आपकी हर तरह मदद करेगा।''

इतना कहकर शबरी योग द्वारा स्वर्ग चली गई। श्रीराम उसके बतलाए रास्ते से चलकर पंपासर पहुँचे। वहीं पर वे आराम करने के लिए ठहर गए। उनका मन व्याकुल था।

□

चौथा खंड

एक

राम-सुग्रीव मित्रता

पंपासर तालाब के किनारे श्रीरामचंद्रजी चिंतित बैठे हुए थे। ठंडी-ठंडी हवा बह रही थी; लेकिन वह राम के मन को कोई सुख नहीं दे पा रही थी। तभी सहसा सुग्रीव की नजर उनपर पड़ी। उधर सुग्रीव भी बहुत चिंतित था। उस बेचारे को दिन-रात बालि का डर बना रहता था। बालि सुग्रीव का बड़ा भाई था। सुग्रीव से नाराज होकर बालि ने उसको अपने राज्य से निकाल दिया था। वह सुग्रीव को मार डालना चाहता था। सुग्रीव मेरी गद्दी छीन लेगा, यह भय उसे सदा बना रहता था। इसलिए अपनी राह से सुग्रीव का काँटा साफ करने की सोचकर उसने अपने राज्य से उसे भगा दिया। भाई के राज्य से निकलकर वह ऋष्यमूक पर्वत पर चला आया। यहाँ बालि नहीं आ सकता था। क्योंकि उसे शाप था कि इस पर्वत पर पाँव रखते ही वह जीवित न रहेगा। अपने मंत्रियों और मित्रों के साथ वह यहीं पर रहता था, लेकिन हरदम उसको बालि का भय बना रहता था। वह सोचता कि कहीं और किसीको भेजकर बालि मुझे मरवाने की कोशिश न करे। यह सोचकर वह सदा सतर्क रहता था। यही वजह थी कि राम-लक्ष्मण को पंपासर तालाब के किनारे बैठा देखकर सुग्रीव डर गया। उसने अपने मंत्री हनुमान से कहा—''हनुमान, जाकर देखो तो ये कौन लोग हैं? ये इस तरह किसलिए आए हैं। जाओ, जल्दी जाकर पता करो।''

हनुमान ने कहा—''स्वामी, बालि तो यहाँ पहुँच ही नहीं सकता, फिर

डर किस बात का है? और दूसरे लोगों को तो हम लोग समझ ही लेंगे। आप बिल्कुल चिंता न करें।''

सुग्रीव को हनुमान की बात से संतोष न हुआ, इसलिए वह बोले—''ठीक है, फिर भी जरा देख तो आओ।''

अपने मालिक की आज्ञा पाकर हनुमान ने एक ब्राह्मण का रूप धारण किया। फिर वे राम–लक्ष्मण के पास पहुँचे। हनुमान का रूप देखते ही बनता था। लाठी टेकते हुए हनुमान ने आकर बड़े प्रेम से मीठी बोली में पूछा—''काले और गोरे रंगवाले तुम दोनों वीर युवक कौन हो? क्षत्रिय कुल में पैदा तुम वीर युवक वन में क्यों भटक रहे हो? कोमल, मनोहर, सुंदर शरीर है तुम्हारा, फिर गरमी, सर्दी और हवा–पानी में कष्ट क्यों उठा रहे हो? तुम दोनों मेरे सामने समस्या बने हुए हो।''

हनुमान की बात सुनकर राम ने कहा—''ब्राह्मण देवता, आपकी बातें बहुत अच्छी लग रही हैं। आप बहुत चतुर, बुद्धिमान और वीर जान पड़ते हैं। आपसे मिलकर हमें बड़ी खुशी हो रही है। हम अपने खोटे भाग्य की बात क्या कहें! हम अयोध्या के महाराज दशरथ के पुत्र हैं। मेरा नाम राम और मेरे इस छोटे भाई का नाम लक्ष्मण है। पिता की आज्ञा से हम लोग वन आए। यहाँ मेरी पत्नी को राक्षसों ने चुरा लिया है। उसको ही हम खोज रहे हैं। आप भी अपना परिचय दीजिए।''

हनुमानजी बोले—''प्रभो! आपको मैं अपना क्या परिचय दूँ? आपसे कुछ छिपा नहीं है। मैं यहाँ ऋष्यमूक पर्वत पर रहता हूँ। यहाँ किष्किंधा के राजा बालि के छोटे भाई सुग्रीव रहते हैं। मैं उन्हीं का सेवक हूँ, मेरा नाम हनुमान है। बालि ने सुग्रीव को राज्य से बाहर निकाल दिया है, इसलिए वह यहीं रहते हैं। सुग्रीव बड़े वीर और धर्मात्मा हैं। आप उनसे मित्रता कीजिए। सीताजी को खोजने में वे आपकी भरपूर मदद करेंगे।''

राम ने कहा—''हम लोग सुग्रीव को ही खोज रहे थे, चलिए चलें।'' फिर लक्ष्मण से बोले—''लक्ष्मण, सुग्रीव का पता चल गया। यह उन्हीं के मंत्री हैं। चलो, चलकर सुग्रीव से मिलें। मेरा मन कहता है कि सुग्रीव से मिलने से हमारा काम बनेगा।''

हनुमानजी दोनों भाइयों को कंधे पर बैठाकर सुग्रीव के पास ले गए। सुग्रीव ने यह देखा तो उनकी खुशी का ठिकाना न रहा। वहाँ जाकर हनुमानजी ने दोनों का एक-दूसरे से परिचय कराया। इसके बाद बीच में आग रखकर उसे साक्षी बनाकर दोनों में मैत्री कराई। तब लक्ष्मण ने सीताजी के बारे में सारी कथा कह सुनाई। सुनकर सुग्रीव बहुत दुःखी हुए। उन्होंने कहा—"महाराज, चिंता न करें, सीताजी का पता जरूर लगेगा। एक दिन मैं यहाँ बैठा हुआ अपने मंत्रियों के साथ बातचीत कर रहा था। इसी बीच देखा कि रावण एक स्त्री को रथ पर बैठाकर लिये जा रहा है। वह स्त्री राम-राम करके घोर विलाप कर रही थी। हो-न-हो वे ही सीताजी होंगी। हम लोगों को देखकर उन्होंने अपने गहने एक कपड़े में बाँधकर गिरा दिए थे। आप देखेंगे तो पता चलेगा कि किसके हैं।"

राम के माँगने पर सुग्रीव ने गहने लाकर राम को दिखाए। देखते ही राम ने उन गहनों को पहचान लिया। राम ने पूछा—"रावण सीता को किधर ले गया है?"

सुग्रीव ने कहा—"महाराज, वह तो दक्षिण दिशा की ओर गया है। पर आप घबराएँ नहीं, मैं सीताजी की खोज में अपनी जान लड़ा दूँगा।"

इसके बाद दोनों मित्रों में तरह-तरह की बातें होने लगीं। राम ने सुग्रीव से पूछा—"वानरराज, तुम यहाँ क्यों रहते हो? अपनी पूरी कथा हमको सुनाओ।"

सुग्रीव ने कहा—"हे राम! बालि और मैं दोनों भाई हैं। पहले हम दोनों में गहरा प्रेम था। बालि बड़ा बलवान है। उसको वरदान है कि जो उसके सामने होकर लड़ने आएगा, उसका आधा बल बालि को मिल जाएगा। इसलिए बालि से लड़कर कोई पार नहीं पाता। एक दिन मय नामक दानव का बलवान पुत्र आकर बालि को लड़ने के लिए ललकारने लगा। ललकार सुनकर बालि दौड़ा। वह राक्षस डरकर भागा। बालि उसके पीछे भागा और बालि के पीछे-पीछे मैं भी चला। एक पहाड़ की गुफा देखकर वह उसमें घुस गया। बालि ने गुफा के भीतर उसका पीछा किया। जाते समय वह मुझसे कह गया कि पंद्रह दिन तक मेरी राह देखना, अगर मैं न लौटूँ तो समझना कि मैं

मारा गया। मैं वहाँ एक महीने तक रहा। इस बीच उस गुफा के भीतर से रक्त की धारा बह निकली। मैंने समझा कि बालि को राक्षस ने मार डाला और अब मुझे भी मारने आएगा। जान का डर सबको होता है, गुफा के दरवाजे पर मैं पत्थर की शिला लगाकर भाग चला। किष्किंधा आकर मैंने नगर के चारों ओर का मार्ग बंद कर दिया। नगर में आने पर मंत्रियों ने मुझे यहाँ का राजा बना दिया।

"राक्षस को मारकर बालि किष्किंधा वापस लौटा। मुझको राजगद्दी पर बैठे देखकर उसे बड़ा क्रोध आया। उसने मुझे मारकर निकाल दिया। मेरी सारी दौलत, यहाँ तक कि मेरी पत्नी को भी छीन लिया। उसके डर से मैं संसार भर में घूम आया, पर कहीं किसीने मेरी रक्षा न की। अंत में यहाँ आया। यहाँ वह शाप के डर से नहीं आता। इस शाप की घटना भी मैं आपको बताता हूँ। एक बार यहाँ मतंग ऋषि बैठकर तपस्या कर रहे थे। बालि ने एक राक्षस को मारकर उसके शव को घुमाकर जोर से फेंका। वह शव यहाँ आकर गिरा। उससे निकले हुए रक्त के छींटे मतंग ऋषि के ऊपर गिरे। मतंग यह देखकर बहुत क्रोधित हुए। ऋषि ने उसी समय बालि को शाप दिया कि यहाँ आते ही वह जलकर भस्म हो जाएगा। इसलिए इस जगह को सुरक्षित समझकर मैं यहाँ रहता हूँ, फिर भी मुझे डर बना ही रहता है।"

सुग्रीव की बातें सुनकर राम की भुजाएँ फड़क उठीं। वह बोले—"वानरराज, आज से हम दोनों एक-दूसरे के मित्र हुए। हमारा धर्म है एक-दूसरे की सहायता करना। मैं आपकी सहायता करूँगा। यह भी विश्वास दिलाता हूँ कि जल्दी ही मैं बालि को मारकर किष्किंधा की राजगद्दी पर तुमको बिठाऊँगा।"

सुग्रीव ने कहा—"बालि बहुत बलवान है। आप उसको कैसे मार सकेंगे? आप अपने बल का प्रमाण दें तो मैं मान जाऊँगा।"

इसपर राम बोले—"जिस प्रकार से तुम्हें विश्वास हो, बतलाओ, मैं करूँगा। मुझे अपने बल पर विश्वास है।"

सुग्रीव ने कहा—"ये दुंदुभी राक्षस की हड्डियाँ हैं। आप इन्हें उठाकर दो सौ धनुष की दूरी पर फेंक सकें तो मुझे विश्वास हो जाएगा।" यह बात

सुनते ही रामचंद्रजी ने तुरंत पहाड़ के समान ऊँचे उस हड्डियाँ के ढेर को पैर से ठोकर मारकर चालीस कोस की दूरी पर फेंक दिया। फिर भी सुग्रीव को विश्वास न हुआ। बालि के बल को वह खूब जानता था। दुंदुभी राक्षस, जिसकी हड्डियाँ वहाँ पड़ी थीं, बड़ा बलवान था। उसका सिर भैंसे के समान था। वह एक बार समुद्र से लड़ने गया, पर उसने हार मानकर उसको हिमालय के पास भेज दिया। हिमालय भी उससे हार गया। तब हिमालय ने उसको बालि के पास भेज दिया। इसी दुंदुभी को बालि ने मार फेंका था, जिसके रक्त के छींटे मतंग ऋषि पर पड़े थे। सुग्रीव को बालि के बल का पता था, इसलिए दुंदुभी राक्षस की हड्डियाँ फेंक देने पर भी सुग्रीव के मन में संदेह बना रहा। वह बोला—''हड्डियाँ बहुत दिनों से पड़ी हैं, सूखकर हलकी हो गई होंगी, इसलिए राम ने उन्हें फेंक दिया। भला, राम में इतनी ताकत कहाँ!''

लक्ष्मण ने पूछा—''तो और क्या चाहते हो, बोलो? भैया वह भी करके दिखा दें।''

सुग्रीव ने लजाकर कहा—''ये सात ताड़ के पेड़ खड़े हैं। अगर राम बाण चलाकर इनके आर-पार छेद कर दें तो मुझे विश्वास हो जाएगा कि इनके हाथों से बालि का वध संभव है।''

राम ने इसपर जवाब दिया—''ऐसा ही होगा।'' और उन्होंने अक्षय तरकस में से बाण निकालकर धनुष पर रखा। फिर कान तक खींचकर उसे जोर से छोड़ा। बाण सातों पेड़ों को आर-पार छेदता और गिराता हुआ पाताल में घुस गया। वहाँ से लौटकर वह फिर तरकस में आ गया।

अब सुग्रीव को राम के अपार बल का पता लगा। उसे विश्वास हो गया कि राम का एक ही बाण बालि को मारने के लिए काफी है। वह दौड़कर राम के चरणों में गिर पड़ा।

□

दो

बालि-वध

एक दिन श्रीरामचंद्रजी ने सुग्रीव से कहा—"मित्र! बालि और तुम्हारी शत्रुता को समाप्त करने का समय आ गया है। तुम बालि को युद्ध के लिए ललकारो। मैं वृक्ष की आड़ से तुम लोगों का युद्ध देखता रहूँगा। फिर मौका देखकर मैं उसे मार डालूँगा।"

यह सुनकर सुग्रीव अति प्रसन्न हुआ। वह तुरंत कह उठा—"चलिए।"

सुग्रीव राम को लेकर चला। राम वृक्ष की आड़ में छिपकर खड़े हो गए। सुग्रीव बालि को ललकारने लगा। उसने कहा—"बालि, अब तुम्हारा अन्याय और अत्याचार नहीं सहा जाता। बाहर निकलो और मुझसे युद्ध करो, या तो तुम रहो या मैं। जो जीवित बचे वह आराम से रहे, यह रोज-रोज की खींचतान तो खत्म हो।"

सुग्रीव की ललकार सुनकर बालि बाहर निकल पड़ा। वीर बालि अपने छोटे भाई सुग्रीव की ललकार सुनकर कैसे चुप रह सकता था! आज तक वह किसीसे हारा न था। सुग्रीव की आवाज सुनकर वह अत्यंत क्रोधित हुआ। आते ही वह बोला—"मालूम होता है, अब तुम्हें अपने जीवन से मोह नहीं रहा। अगर मरना ही चाहते हो तो आओ।"

इसके बाद दोनों वीरों में मल्लयुद्ध छिड़ गया। बालि वीर था। बड़े-बड़े योद्धा उसके सामने ठहर न पाते थे, फिर सुग्रीव भला किस प्रकार उसका सामना कर पाता! बड़े भाई के सामने उसका ठहरना कठिन था। पर सुग्रीव भी तिनका तो था नहीं। वह उसीका सगा भाई था। वह भी बहुत बलवान था।

दोनों भाइयों में दाँव-पेच होने लगे। लगे दोनों एक-दूसरे को थप्पड़-घूँसे से मारकर कचूमर निकालने। घमासान युद्ध हुआ; लेकिन बालि का पलड़ा भारी पड़ने लगा। श्रीरामचंद्रजी एक वृक्ष की आड़ में खड़े होकर दोनों का युद्ध देख रहे थे। दोनों भाई रूप-रंग, शक्ल-सूरत में बिल्कुल एक जैसे थे। इससे राम बड़ी चिंता में पड़ गए कि किसको मारें, किसे न मारें। कहीं बालि को मारें और बाण सुग्रीव के लग गया तो घोर अनर्थ हो जाएगा। इसी सोच-विचार में राम पड़े थे कि सुग्रीव बेदम-सा होकर हाँफता-भागता आया। उसने क्रोध में आकर राम से कहा—"तुमने तो खूब मैत्री निभाई। तुम यहाँ खड़े होकर तमाशा देखते रहे और मेरा कचूमर निकल गया। तुमसे मित्रता करने का यही लाभ हुआ! तुम बालि को मार ही नहीं सकते तो मुझे भेजा क्यों? मैं पहले ही कह रहा था कि वह मेरे प्राण ले लेगा। भागकर प्राण न बचाता तो आज मैं खत्म था। रहने दो, जो हुआ सो हुआ, पर अब इस तरह धोखा मत देना।"

राम बड़ी लाज में पड़े। उन्होंने साफ बात सुग्रीव से कह सुनाई। उन्होंने कहा—"थोड़ा आराम कर एक बार कल फिर जाओ। इस बार मैं तुमको एक माला पहना देता हूँ। इससे मैं तुम्हें पहचान लूँगा और तब बालि को मारना सरल होगा।"

सुग्रीव को राम की बात पसंद आ गई। अगले दिन दोगुने जोश से सुग्रीव बालि से लड़ने गया। उसने आज और जोर से बालि को ललकारना शुरू किया। बालि ने सोचा—'इसको क्या हो गया है! समझ पड़ता है, अब यह मरना ही चाहता है। चलो, इसका काम तमाम कर एक झंझट हमेशा के लिए दूर कर दूँ, नहीं तो यह इसी तरह तंग करता रहेगा।' ऐसा सोचकर बालि वेग से दौड़ता हुआ आया और उससे बोला—"क्यों अपनी जान दे रहा है? मैंने तो तुझे ऋष्यमूक पर्वत पर छोड़ दिया था। कल भी तुझे मैंने मारा नहीं; पर आज जरूर तेरी जान ले लूँगा। तू बहुत तंग करता है।"

सुग्रीव खीजकर बोला—"बहुत बकने से कुछ नहीं होता। आओ, देखो, आज किसके दिन पूरे हो गए हैं। तुमने मेरे साथ बहुत अत्याचार किया। आज सबका बदला लूँगा।" यह कहकर दोनों भाई भिड़ गए। मालूम पड़ता था कि दो पहाड़ टकरा रहे हैं। बड़े गर्जन-तर्जन के साथ दोनों में मल्लयुद्ध होने लगा। इस बार गदा-मुगदर सभी चलने लगे। दोनों एक-दूसरे पर पेड़

बालि-सुग्रीव युद्ध

उखाड़-उखाड़कर मारने लगे। सुग्रीव के अंदर इस बार खूब साहस भरा था, पर बालि के अंदर आत्मबल था। जब सुग्रीव दबने लगा तो श्रीराम ने सोचा कि वही पहले की घटना न हो जाए। इस विचार के आते ही उन्होंने धनुष पर बाण रखा और बालि को निशाना बनाया। धनुष से छूटा हुआ बाण बड़े जोर से जाकर बालि की छाती में लगा। बाण की चोट वह न सह सका। बालि को गिरते देख उधर से उसकी स्त्री तारा और पुत्र अंगद निकल आए। तीनों को अचरज था कि यह तीर कैसे, कहाँ से आ लगा। तब तक श्रीराम भी वृक्ष की आड़ से बाहर हुए। बालि अभी मरा नहीं था। थोड़ी देर में उसे होश आया तो उसने राम को देखा।

राम को देखकर वह लगा गाली देने। उसने कहा—''यह कौन सा वीरतापूर्ण कार्य है, जो तुमने छिपकर मुझे मारा? यह वीरों का लक्षण नहीं है। तुम वीर नहीं, कायर हो। मुझे सामने आकर मारते तो मैं तुम्हें बताता। मैंने तुम्हारा क्या बिगाड़ा था, जो तुमने मुझे इस तरह मारा। इससे तुम्हें क्या मिला? यह तो बहुत छोटी बात है।''

राम ने कहा—''एक तो तुम पापी और अत्याचारी हो। दूसरे, सुग्रीव मेरा मित्र है। उसकी सहायता करना मेरा धर्म है। तुमको मारकर मैंने सब प्रकार से धर्म का पालन किया है। तुम इसीके लायक थे।''

बालि के घायल होने से अंगद और तारा के दुःख का ठिकाना न रहा। वे रोने और विलाप करने लगे। उनका रोना सुनकर वन के पेड़-पत्ते सब आँसू बहाने लगे। राम ने उनको समझा-बुझाकर शांत किया। फिर बालि को भी समझाया। उससे बोले—''यदि तुम जीना चाहो तो मैं तुम्हें स्वस्थ कर सकता हूँ। तुमने बुरा कर्म किया था, नहीं तो मैं तुम्हें न मारता। जो चाहते हो, बतला दो।''

बालि ने कहा—''अब मेरी जीने की इच्छा नहीं है, बहुत दिनों तक संसार का सुख भोगा। मैं अब जा रहा हूँ। मेरी यही विनती है कि आप मेरे बेटे अंगद को शरण में लें। यह मेरे समान ही बलवान और विनयशील है। यह हर तरह से आपका काम करेगा। इसको अभयदान दीजिए।'' फिर सुग्रीव की ओर गरदन मोड़कर बोला—''भाई, मैंने तुम्हारे साथ अन्याय किया था। मुझे

उसका फल मिल गया। अंगद को मैं तुम्हारे सुपुर्द कर जाता हूँ। इसको बेटे की तरह मानना और बड़े लाड़-प्यार से पालन करना।'' यह कहकर बालि ने अपने गले से सोने का हार निकालकर सुग्रीव को पहना दिया। यह हार बालि को इंद्र से मिला था। इसके बाद 'राम-राम' कहते हुए बालि ने स्वर्ग की राह ली। राम की आँखों से आँसू छलक पड़े।

□

तीन

सीता की खोज

बालि की मृत्यु के पश्चात् सुग्रीव को किष्किंधा का राज्यभार सौंपने के लिए श्रीराम ने लक्ष्मण से कहा—''भैया लक्ष्मण, अभी हमारा काम पूरा नहीं हुआ है। अब तुम सुग्रीव को लेकर जाओ और उनको किष्किंधा का राजा बनाओ। अंगद को युवराज बनाना।''

सुग्रीव से उन्होंने कहा—''देखो, मैं तो पिताजी की आज्ञा से नगर में जा नहीं सकता। इसलिए मैं अपनी जगह लक्ष्मण को भेज रहा हूँ। वह सारा काम सही कर देंगे।''

लक्ष्मण ने सुग्रीव के साथ किष्किंधा जाकर उसके राजतिलक की सारी तैयारी की। हनुमान को मंत्री और अंगद को युवराज बनाकर सबको राजनीति धर्म की शिक्षा दी। इसके बाद सुग्रीव से यह कहकर कि हमारे काम का ध्यान रखना, लक्ष्मण वापस लौट आए।

इधर वर्षा आ गई। वर्षा में दोनों भाई पर्वत की गुफा में रहे। वर्षा बीतने के कुछ दिन बाद भी जब सुग्रीव ने सीताजी का पता लगाने का कोई प्रबंध न किया तो श्रीरामचंद्रजी लक्ष्मण से बोले—''लक्ष्मण, सुग्रीव सत्ता के मोह में फँस गया है। राजगद्दी पाकर उसने हमारा काम भुला दिया है। वर्षा बीते इतने दिन हो गए, लेकिन सीता का पता लगाने के लिए उसने कुछ न किया। तुम जाकर देखो, वह क्या कर रहा है?''

हनुमानजी देख रहे थे कि सुग्रीव सुस्त पड़ गया है। उन्होंने उसे समझाया

कि सीता का पता लगाने के लिए अनुचर जल्दी भेजो, नहीं तो श्रीरामचंद्रजी नाराज हो जाएँगे। तब सुग्रीव ने डरकर उसी समय बहुत से वानर चारों दिशाओं में भेज दिए। तब तक लक्ष्मणजी भी आए। लक्ष्मण के क्रोध भरे चेहरे को देखकर लोग डर गए। सुग्रीव ने अंगद, तारा और हनुमानजी को भेजकर लक्ष्मण का क्रोध शांत किया। इसके बाद वह खुद आकर लक्ष्मण के पैरों पर गिरा। उसने बताया कि हमने कल ही बहुत से वानर सब ओर भेजे हैं। लक्ष्मण ने कहा—"कल भैया के पास आओ और उनसे विस्तार से सारी बातें करो। बाकी दिशाओं में भी खोज करने के लिए अनुचर भेजे जाएँ, तभी कुछ बात बनेगी।"

दूसरे दिन ऋष्यमूक पर्वत पर सब लोग जमा हुए। श्रीराम का दरबार लगा। बहुत से वानर उस जगह आए। राम ने सबसे कुशल समाचार पूछा। इसके बाद सुग्रीव ने सारी बातें समझाकर सीताजी की खोज करने के लिए उन्हें अलग-अलग टोली बनाकर चारों ओर भेजा।

सुग्रीव का आदेश पाकर सभी वानर उत्साह, उमंग और खुशी से झूमते हुए सीताजी की खोज में चल पड़े। सब अनुचरों के चले जाने पर सुग्रीव ने हनुमान, जांबवान्, नल, नील, अंगद आदि को बुलाकर दक्षिण दिशा की ओर जाने के लिए कहा। सबने प्रणाम करके प्रस्थान किया। सबसे अंत में हनुमान ने श्रीराम को प्रणाम किया। राम ने उनके सिर पर हाथ फेरकर आशीर्वाद दिया। फिर अपनी उँगली से अँगूठी निकालकर दी और बोले—"सीता को हर तरह से समझा-बुझाकर उसे दिलासा देना। कहना कि जल्दी ही आकर हम उनको लिवा ले जाएँगे।"

हनुमानजी भी प्रणाम करके बिदा हुए। सब लोग सीता की खोज में पहाड़ों-वनों की खाक छानते हुए आगे बढ़ रहे थे। बहुत खोजने पर भी सीता उनको कहीं न मिलीं। कई सुनसान और डरावने वनों में वे घूमते रहे। कुछ आगे चलकर उनको एक ऐसा देश मिला, जहाँ पानी का नामोनिशान तक न था। नदियाँ सूखी थीं, तालाबों में दरारें पड़ गई थीं। कोई जीव-जंतु वहाँ न रहता था। प्यास के मारे सब वानर परेशान हो गए, मरने की नौबत आ गई।

हनुमानजी ने एक पर्वत की चोटी पर चढ़कर देखा कि वहाँ से कुछ

दूर दक्षिण की तरफ एक पर्वत में गुफा है। उस गुफा के भीतर बहुत से पक्षी आ-जा रहे थे। हनुमानजी ने उनको देखकर अनुमान लगाया कि वहाँ पानी जरूर होगा। तुरंत हनुमान सबको लेकर उस गुफा के दरवाजे पर पहुँचे। देखा तो उसमें बड़ा अँधेरा था। अंदर जाने का साहस न होता था। पर इधर प्यास के कारण सबकी जान निकली जा रही थी। लाचार होकर वे उसके भीतर घुसे। पर यह कैसा अचरज! कुछ दूर चलने के बाद उनको इतना मनोरम स्थान दिखाई दिया कि सबके मन खुशी से उछलने लगे। वह एक दिव्य जगह मालूम पड़ती थी। वहाँ पर एक बहुत सुंदर झील थी, जिसमें बड़ा मीठा और शीतल जल भरा था। उसके किनारे हरे-भरे वृक्ष थे, जो फल-फूलों से लदे थे। धीरे-धीरे हवा बह रही थी। वहाँ पहुँचते ही उन लोगों की थकावट दूर हो गई। कुछ आगे बढ़ने पर इन लोगों को एक तपस्विनी मिली, जिसका चेहरा तेज से चमक रहा था।

उसे देखकर इन लोगों ने प्रणाम किया और कहा—''माता, भूख-प्यास के कारण हमारा बुरा हाल है।''

तपस्विनी बोली—''झील में नहाकर फल-फूल भरपेट खाओ। यहाँ आप लोगों को मना करनेवाला कोई नहीं है।'' सभी लोगों ने खूब पेट भरकर फल खाए और झील का मीठा जल पीया। इसके बाद कुछ देर आराम किया, फिर बाहर निकलने के लिए चल पड़े। लेकिन बाहर निकलने का रास्ता इन लोगों को न मिला। तब सभी लोग वापस लौट आए। उस तपस्विनी के पास जाकर उन्होंने अपना सारा हाल कह सुनाया और गुफा से बाहर निकलने का रास्ता पूछा।

वह बोली—''आप सब लोग आँखें बंद करके सीता माता का ध्यान कीजिए। आप उस जगह पहुँच जाएँगे जिस ओर सीताजी गई हैं।''

यह सुनकर सभी लोग आँखें मूँदकर थोड़ी देर तक खड़े रहे और आँखें खोलने पर जो देखा, उससे सभी अचंभे में पड़ गए। वे सभी लोग समुद्र के किनारे पर खड़े थे।

□

चार

वानर और संपाती

वे लोग समुद्र के किनारे पहुँच गए; पर अब बुद्धि काम नहीं करती थी। इधर एक महीने का समय बीत चला। वानर लोग बहुत घबराए। कुछ समझ में नहीं आता था कि क्या करें। सीता का पता पाने का कोई उपाय न रहा। लौटने पर सुग्रीव का भय था। चिंता में पड़े वानर एक जगह पर जमा होकर आपस में बातचीत करने लगे कि अब क्या उपाय किया जाए। इतने में संपाती नामक गिद्ध ने उन्हें देखा। उसके मन में बड़ी खुशी हुई। उसने सोचा—'बहुत दिनों से भरपेट भोजन नहीं मिला। आज भगवान् ने कृपा करके मेरे लिए बैठे-बैठाए आहार भेज दिया। इन सबको मारकर आज पेट भरकर भोजन करूँगा।'

यह सोचकर वह बाहर आया और कहने लगा—"भगवान्, तुमको धन्यवाद है, आज तुमने भरपेट भोजन दिया।"

उसकी बातें सुनकर सब वानर बहुत घबरा गए। उन्होंने कहा कि अब मृत्यु निश्चित है। वहाँ लौटने पर सुग्रीव मार डालता, अब यहाँ गिद्ध ही मार डालेगा। अंगद ने कहा—"जटायु ही धन्य था, जिसने राम के काम में अपना शरीर त्याग दिया।"

जटायु का नाम सुनकर संपाती के मन में उत्सुकता पैदा हो गई। वह तुरंत उनके पास आया। उसे देखकर सभी वानर भागे। संपाती ने सबको अभय दिया। उन्हें अपने पास बुलाया और उनसे सारी कथा सुनकर कहा—"जटायु

मेरा भाई था। राम के लिए उसने अपना शरीर त्याग दिया। उसका जीवन सफल हो गया। मुझे समुद्र तट पर ले चलो, मैं उसको श्रद्धांजलि दूँगा।''

वहाँ से लौटकर संपाती ने अपने जीवन की कथा सुनाई। उसने कहा—''हम दोनों भाई युवावस्था में उड़ते-उड़ते सूर्य के पास जा पहुँचे। जटायु तो सूर्य का तेज न सह सकने के कारण लौट आया, पर मैं अपने घमंड के नशे में चूर था, इसलिए आगे बढ़ता चला गया। सूरज के पास जाने से मेरे पंख जल गए। मैं बेहोश होकर जमीन पर आ गिरा। होश आने पर दर्द से कराहने लगा। उधर चंद्रमा नाम के एक मुनि आ निकले। मेरी हालत पर उनको तरस आ गया। वह बोले—'त्रेता युग में राम की स्त्री को रावण हरण कर ले जाएगा। उन्हें खोजने के लिए राम अपने सहायक वानरों को भेजेंगे। तुम्हारी भेंट उनसे होगी। उन्हें तुम सीताजी का पता बतला देना। तब तुम्हारे पंख भी उग आएँगे। किसी बात की चिंता न करो।' बस, उस समय से मैं यहीं हूँ। अब मैं श्रीरामचंद्रजी के दर्शन करने के लिए ऋष्यमूक पर्वत जाऊँगा। तुम लोग लंका जाओ। वहाँ राक्षसों का राजा रावण रहता है, वही सीता को हर ले गया है। यह समुद्र चार सौ कोस चौड़ा है। इसके उस पार त्रिकूट पर्वत पर रावण की लंका नगरी है। वहीं पर सीताजी हैं। मैं उन्हें देख रहा हूँ। मैं बूढ़ा हूँ, नहीं तो मैं तुम्हारी कुछ मदद करता। जो भी समुद्र लाँघ सकेगा, वही सीताजी का पता पाएगा।'' ऐसा कहकर संपाती चला गया।

संपाती के चले जाने के बाद सब लोग अपने-अपने बल का अनुमान लगाने लगे। कोई कहता कि मैं सौ कोस लाँघ सकता हूँ, कोई कहता दो सौ कोस। पर चार सौ कोस लाँघने की हिम्मत किसी की नहीं हुई। अंगद ने कहा—''जा तो मैं सकता हूँ, पर लौटने में जरा संदेह मालूम होता है।''

अंगद की बात सुनकर जांबवान् ने कहा—''आप हमारे स्वामी हैं। आपको हम कैसे भेज सकते हैं?'' फिर हनुमानजी से कहा—''पवनसुत हनुमानजी, आप कैसे चुप बैठे हैं? राम के ही काम के लिए तो आपका अवतार हुआ है। उठिए, देखिए, इस समुद्र में धरा ही क्या है?''

जांबवान् की ललकार सुनकर हनुमानजी के शरीर में बिजली दौड़ गई। उनका शरीर बड़ा विशाल हो गया। उनके तेज से सबकी आँखें झपकने लगीं।

उन्होंने पूछा—"जांबवान्, मैं क्या करूँ? क्या रावण को मारकर सीताजी को कंधे पर बैठाकर ले आऊँ?"

यह सुनकर जांबवान् बोले—"नहीं, आप जाकर सीताजी का पता लगा आइए। बाकी काम श्रीराम खुद करेंगे।"

□

पाँचवाँ खंड

एक

हनुमान की उड़ान

भगवान् राम का नाम लेकर हनुमानजी उमंग और जोश से समुद्र लाँघने को तैयार हो गए। अंगद और जांबवान्, नल-नील आदि सभी वानरों से उन्होंने कहा कि मैं जल्दी ही लौट आऊँगा। मेरे आने तक तुम मेरी यहीं राह देखना। इतना कहकर हनुमानजी कूदकर सुंदर नामक पर्वत पर चढ़ गए। वहाँ से उन्होंने श्रीरामचंद्रजी के अमोघ बाण की भाँति तेजी से उड़ान भरी।

हनुमानजी तेजी से आकाश में उड़ते चले जा रहे थे। समुद्र ने सोचा कि कहीं हनुमानजी थक गए तो कठिनाई होगी। समुद्र के अंदर 'मैनाक' नामक पर्वत छिपा हुआ था। समुद्र ने उससे कहा कि तुम ऊपर उठ जाओ, ताकि हनुमानजी तुम्हारे ऊपर ठहरकर थोड़ी देर तक आराम कर लें। मैनाक ने समुद्र की सलाह मान ली। हनुमानजी को आराम देने के लिए उसने अपनी चोटी ऊपर उठाई; लेकिन हनुमानजी उसको देखकर भी आगे की ओर बढ़ गए। वह प्रसन्न होकर बोले—"मैनाक, आपने मेरे लिए अपनी ऊँचाई बढ़ाकर जो काम किया है, उसके लिए मैं आपको धन्यवाद देता हूँ। लेकिन मैं श्रीरामचंद्रजी का काम पूरा करके ही लौटूँगा, तभी मुझे चैन आएगा और मैं आराम करूँगा।"

इस तरह हनुमानजी फिर आगे बढ़ चले। देवताओं ने यह देखना चाहा कि हनुमानजी जाकर सब काम पूरा कर सकेंगे या नहीं। इसके लिए उनकी

बुद्धि और बल की परीक्षा लेना जरूरी था। देवताओं ने इस काम के लिए साँपों की माता सुरसा को चुना। उसे सारी बातें बतलाकर देवताओं ने कहा—"सर्प माता! तुम जाकर देखो कि हनुमानजी श्रीरामचंद्रजी का काम पूरा कर सकेंगे या नहीं। हर तरह से उनकी परीक्षा लो।"

सुरसा ने बहुत विकराल मुँह फैला लिया। वह आकर हनुमानजी को निगलने के लिए तैयार हो गई। यह देखकर हनुमानजी ने अपना शरीर बहुत बड़ा कर लिया। उसने भी अपना मुँह बढ़ाया। हनुमानजी ने फिर अपना शरीर बढ़ा लिया। इस तरह दोनों में होड़-सी लग गई। सुरसा अपना मुँह जितना ही बढ़ाती जाती थी, हनुमानजी भी उतना ही अपना शरीर बढ़ाते जाते थे। जब उसने अपना मुँह बहुत ही बड़ा किया तो हनुमानजी अँगूठे के समान छोटे हो गए और उसके मुँह में घुसकर तथा चक्कर लगाकर तुरंत बाहर निकल आए। वह देखती रह गई। इसपर हनुमानजी बोले—"माता, तुम मुझको खा न सकीं। मैं तो तुम्हारे मुँह में खुद ही घुस गया था, अब जाने दो। आपकी बड़ी मेहरबानी होगी।"

सुरसा के चले जाने के बाद हनुमानजी फिर तेजी से आगे बढ़ने लगे। पर यह क्या? हनुमानजी की चाल सहसा धीमी पड़ने लगी, उनका दम घुटने लगा। ऐसा मालूम होता था जैसे कोई उनको पकड़कर बाँध रहा हो। कुछ क्षण सोचने के बाद हनुमानजी की समझ में सब बातें आ गईं। बात यह थी कि समुद्र में एक प्रकार का पनिया राक्षस रहता था। वह ऊपर से उड़कर जानेवाले पशु-पक्षियों की छाया पकड़ता था, जिससे वे पशु-पक्षी उड़ नहीं सकते थे और फिर उनको मारकर वह खा लेता था। हनुमानजी को ज्यों ही इस बात का पता चला तो उन्होंने एक ही पल में उस राक्षस की जान ले ली। इसके बाद हनुमानजी बढ़ते ही गए। अब वह लंका के बहुत नजदीक आ गए थे। तभी वे मन में सोचने लगे कि इतना बड़ा शरीर लेकर शत्रु के नगर में जाना ठीक नहीं। बात यह थी कि हनुमानजी गुप्त रूप से सीताजी का पता लगाने आए थे। अगर उसको राक्षस देख लेते तो कठिनाई होती। यह सोचकर हनुमानजी ने मच्छर जैसा बहुत ही छोटा रूप धारण किया और समुद्र पार कर लंका के तट पर आ पहुँचे।

अभी दिन कुछ बाकी था, इसलिए हनुमानजी बाहर ही रुक गए। उन्होंने देखा कि त्रिकूट पर्वत के ऊपर लंकापुरी बसी हुई है। उसके चारों ओर समुद्र है। लंका के चारों ओर सोने की ऊँची दीवारों का घेरा था। हर दिशा में सोने के ही बहुत मजबूत ऊँचे-ऊँचे द्वार थे। हर द्वार पर कई-कई राक्षस हथियार लेकर पहरा दे रहे थे। वे राक्षस इतने भयंकर थे कि उनको देखकर ही डर लगता था। हनुमानजी ने सोचा कि जब कुछ रात हो जाए तभी किसी उपाय से लंका के भीतर प्रवेश करना ठीक होगा।

थोड़ी देर बाद जब रात हो गई और काफी अँधेरा हो गया तो हनुमानजी राम नाम का स्मरण करके छोटा रूप धरकर लंका नगर की सीमा पर पहुँचे। लंका के उत्तरवाले द्वार के भीतर घुसकर हनुमान जैसे ही आगे बढ़े कि एक विकट रूपवाली राक्षसी ने आकर उनकी राह रोक दी। उस राक्षसी ने डाँटकर पूछा—"क्यों रे, वानर, तू कौन है और कहाँ से आया है? यहाँ तेरा क्या काम है? सच बतला, नहीं तो अभी तुझे अंदर घुस आने का मजा चखाती हूँ। चोर कहीं का! तुझे पता नहीं है कि मैं इस नगरी की रक्षक हूँ! लंका में चोरी के इरादे से आनेवाला मेरा भोजन बन जाता है।"

हनुमानजी ने बड़े नम्र होकर कहा—"मैं यह सुंदर नगर देखना चाहता हूँ और देखकर लौट जाऊँगा। मुझे जाने दो, तुम्हारा कुछ भी बिगड़ेगा नहीं।"

इसपर वह राक्षसी बहुत बिगड़ी और बोली—"चल भाग यहाँ से, बड़ा आया नगर देखनेवाला! पहले शीशे में अपना मुँह तो देख लिया होता! क्या तू नहीं जानता कि मैं यहाँ की देवी हूँ? मेरा नाम लंकिनी है। राक्षस लोग मेरी सेवा करने के लिए तरसते रहते हैं। मैं किसीको भी इस नगर के अंदर नहीं घुसने देती। तू नगर के अंदर कैसे जा सकता है? अब तू जिंदा बचकर नहीं निकल सकता।" इतना कहकर राक्षसी ने हनुमान को एक थप्पड़ मारा।

अब तो हनुमानजी को बहुत क्रोध आ गया। उन्होंने जोर से एक मुक्का उसकी पीठ पर दे मारा। राक्षसी हनुमानजी के मुक्के को भला कब सँभाल सकती थी, वह तिलमिलाकर जमीन पर गिर पड़ी। उसके मुँह से खून निकलने लगा। कुछ देर तक वह बेहोश होकर पड़ी रही। जब होश आया

तो हाथ जोड़कर हनुमानजी के आगे खड़ी हो गई और बोली—''बेटा, मेरे बड़े भाग्य हैं, जो मैंने राम के दूत को अपनी आँखों से देखा। अब राक्षसों का नाश होने में देर नहीं है। जब लंकापुरी बनी तो ब्रह्माजी ने मुझे यहाँ का पहरेदार बनाकर भेजा और कहा कि जब किसी वानर के मारने से तुम बेहोश होकर गिर पड़ो तो समझना कि भगवान् श्रीरामचंद्र लंका पर हमला करके राक्षसों का नाश करने वाले हैं। बेटा! जाओ, तुम अपने काम में सफल होगे।'' इतना कहते-कहते राक्षसी के प्राण-पखेरू उड़ गए। हनुमानजी की जान में जान आई।

वहाँ से हनुमान कई सुंदर महलों और घरों में सीता को खोजते हुए आगे बढ़ चले; मगर नगर में उनको सीता का पता न चला। खोजते-खोजते वह एक ऐसे महल में पहुँचे जो दूसरे सभी घरों से सुंदर था। बाहर राक्षस पहरा दे रहे थे, द्वार पर हीरे-पन्ने जड़े हुए थे। हनुमानजी भीतर गए। कुछ देर बाद वह एक कमरे में गए, जिसकी सजावट देखकर उनके अचरज की सीमा न रही। हीरे जड़े हुए हाथी दाँत के पलंग पर एक राक्षस सोया था। इसमें चारों तरफ पुतलियाँ लगी थीं, जो धीरे-धीरे पंखा झल रही थीं। बिल्लौर के ऊँचे चबूतरे पर एक पलंग रखा हुआ था। इस घर में कहीं भी दीपक नहीं जल रहे थे। दीवारों में जड़े पत्थरों से ऐसी चमक निकलती थी कि दीपक की कोई जरूरत ही न थी। उस कमरे में तो इतने हीरे और तरह-तरह के पत्थर जड़े थे कि उनसे निकले हुए प्रकाश की तुलना हम सूर्य की रोशनी से कर सकते हैं।

सब जगह ढूँढ़ने पर भी वहाँ सीता न दिखाई पड़ीं। हनुमान आगे बढ़े। पर यह क्या? अब तक जो अचरज भरी चीजें उन्होंने देखी थीं, उन सबसे बढ़कर वह चीज थी। हनुमान ने देखा कि एक बहुत ही सुंदर घर मनोहर और रमणीक बगीचे में बना हुआ था। उस घर में जगह-जगह तुलसी के पौधे लगे हुए थे। दीवारों पर राम नाम लिखा हुआ था। एक किनारे भगवान् का मंदिर भी था। हनुमान ने सोचा कि यह तो राक्षसों की नगरी है, यहाँ सज्जन पुरुष का निवास! यह तो बड़े अचरज की बात है, पर यह हो कैसे सकता है?

हनुमानजी सोच ही रहे थे कि इतने में विभीषण उठे। उठते ही उन्होंने

ब्राह्मण वेश में हनुमानजी विभीषण से मिलते हुए

प्रेम से श्रीराम का नाम लिया और प्रणाम किया। हनुमान ने देखा कि राक्षस के वेश में यह कोई महात्मा है। इससे जरूर ही मित्रता करनी चाहिए। यह चाहे तो हमारी बहुत मदद कर सकता है।

यह सोचकर वह ब्राह्मण का वेश धारण करके विभीषण के सामने आए। दोनों में खूब प्रेम से बातें हुईं। इसके बाद हनुमानजी ने वहाँ आने का अपना उद्‌देश्य बतलाया। यह सुनकर विभीषण बहुत प्रसन्न हुए। उन्होंने बताया कि सीताजी अशोक वाटिका में छिपाकर रखी गई हैं। साथ ही उन्होंने वहाँ पहुँचने की तरकीब भी हनुमानजी को बता दी।

□

दो

सीताजी से भेंट

विभीषण से बिदा लेकर हनुमानजी अशोक वाटिका की ओर चले। बहुत छोटा रूप धरकर हनुमानजी उसी वृक्ष पर जा बैठे, जिसके नीचे सीताजी बैठी थीं। हनुमानजी यही सोचते रहे कि कैसे सीताजी के सामने अपने को प्रकट करूँ। इसी उधेड़बुन में दोपहर से भी अधिक समय हो गया। कुछ देर के बाद हनुमानजी ने देखा कि रावण बहुत ठाट-बाट से आ रहा है। उसके पीछे-पीछे कई राक्षस हैं। आते ही उसने सीताजी से बड़े प्रेम से कहा—"देवी, अभी भी समय है, मेरी बात मान जाओ। हठ करने से क्या लाभ? मेरे साथ विवाह कर लो। मैं तुमको अपनी पटरानी बना दूँगा। मंदोदरी आदि तुम्हारी दासियाँ बनेंगी। उस तपस्वी राम के साथ क्यों इतनी तकलीफ उठा रही हो? तुम्हारा हठ व्यर्थ है।"

रावण की बातें सुनकर सीताजी को बड़ा क्रोध आया। वह तिलमिलाकर बोलीं—"छोटे मुँह बड़ी बात तुम्हें शोभा नहीं देती, दुष्ट रावण! श्रीरामचंद्रजी को मेरा पता लगने की देर है कि तुम अपना सर्वनाश हुआ जान लो। वह यहाँ आकर तुम्हारी ऐसी गत बना डालेंगे जैसी खर-दूषण की भी नहीं हुई थी। यही सोचकर तुम अपना विचार छोड़ दो और मुझे राम के पास वापस पहुँचा दो, अन्यथा यहाँ पहुँचकर और तुम्हारा सर्वनाश करके वे मुझे ले जाएँगे।"

इसपर रावण बिगड़ गया और तलवार लेकर सीता को मारने चला। लेकिन सँभलकर बोला—"देखो, सीता, मैं तुमको एक महीने का समय देता

सीताजी से हनुमानजी की भेंट

हूँ। आज से तीसवें दिन मैं तुमसे फिर मिलूँगा, यदि तब भी तुम मेरी बात न मानोगी तो इसी तलवार से मैं तुम्हारे दो टुकड़े कर दूँगा।'' यह कहकर रावण चला गया। जाते समय वहाँ पहरे पर तैनात राक्षसियों से कह गया कि सीता को दु:ख देते रहना, तभी वह मानेगी अन्यथा नहीं।

रावण के जाने के बाद राक्षसियाँ सीताजी को तरह-तरह के कष्ट देने लगीं। इतने में त्रिजटा नाम की एक बुढ़िया राक्षसी आ गई। उसने सबको रोककर कहा—''दूर हटो, सीता को मत छुओ। मैंने आज सपना देखा है कि राम सेना लेकर आए। उन्होंने रावण को मारकर विभीषण को लंका का राजा बनाया और सीता को लेकर चले गए। मालूम नहीं, क्या होने वाला है! तुम लोग सीता को छोड़ दो। इसे अकेली ही यहाँ रहने दो।''

उसके इतना कहते ही सभी राक्षसियाँ हट गईं। अब रात भी हो चली थी, सीताजी अकेली थीं ही। हनुमानजी ने मौका देखकर राम की दी हुई अँगूठी उनके सामने ऊपर से ही गिरा दी। उसकी चमक ने सीताजी को चौंका दिया। उन्होंने पैरों के पास पड़ी हुई अँगूठी उठा ली। देखकर वह अचरज में पड़ीं, घबरा भी गईं। अँगूठी पर साफ-साफ श्रीराम का नाम खुदा था। सीताजी सोचने लगीं—'यह श्रीराम की ही अँगूठी है। मेरी आँखों को धोखा हो ही नहीं सकता; पर यह यहाँ आई कैसे? श्रीराम को तो कोई मार ही नहीं सकता, फिर यह किसीको मिली कैसे? नकली अँगूठी भी ऐसी नहीं हो सकती। बड़ा अचरज है कि यह अँगूठी यहाँ कैसे आई?'

सीताजी इस प्रकार सोच ही रही थीं कि हनुमानजी श्रीराम का गुणगान करने लगे। सुनकर सीताजी के आनंद का ठिकाना न रहा। वह अपना सभी दु:ख भूल गईं। उन्होंने कहा—''कौन यह अमृत कानों में घोल रहा है? भाई, मेरे सामने आकर दर्शन दो।''

हनुमानजी पेड़ पर से नीचे उतरकर सीताजी के सामने आ गए। सीताजी ने देखा कि यह तो मानव नहीं, अपितु वानर है। उन्होंने समझा कि शायद यह कोई राक्षस है, अत: उन्होंने अपना मुँह फेर लिया। हनुमान ने कहा—''माता, मैं भगवान् श्रीरामचंद्रजी का दूत हूँ। आपका पता लगाने के लिए लंका में आया हूँ। मैं खुद आपको ले चल सकता हूँ; पर भगवान् की ऐसी आज्ञा नहीं

है। मेरे जाने के बाद श्रीरामचंद्रजी वानर-भालुओं की विशाल सेना लेकर लंका पर चढ़ आएँगे और रावण को मारकर आपको ले जाएँगे।''

सीताजी को हनुमानजी की बातें सुनकर बड़ा अचरज हुआ। वह बोलीं—''इतने बड़े डील-डौलवाले राक्षस, रावण जैसा महाबली और तुम्हारे समान छोटे-छोटे वानर, भला वानर कहीं राक्षसों से पार पा सकते हैं?''

सुनते ही हनुमानजी ने अपना पर्वत के आकार का रूप प्रकट किया। सीताजी को अब विश्वास हो गया कि वानरों की सेना राक्षसों के साथ लड़ सकती है।

इधर-उधर की थोड़ी और बातें होने के बाद हनुमानजी ने कहा—''माताजी, मुझे बहुत भूख लगी है। आपकी आज्ञा हो तो मैं इन वृक्षों के फल तोड़कर खाऊँ।''

सीताजी बोलीं—''बहुत से राक्षस यहाँ पहरे पर तैनात हैं। यह रावण का विशेष बाग है। मैं क्या कहूँ!''

हनुमानजी बोले—''आपकी आज्ञा भर चाहिए। मैं राक्षसों की परवाह नहीं करता। उनके लिए तो मैं अकेला ही काफी हूँ।''

इसपर सीताजी ने आज्ञा दे दी। हनुमानजी कूदकर एक वृक्ष पर जा बैठे और फल खाने लगे। पहले तो उन्होंने पेट भरकर फल खाए। इसके बाद वृक्ष की डालियाँ और फल तोड़कर इधर-उधर फेंकने और बाग उजाड़ने लगे।

□

तीन

रावण और हनुमान

डालियों को तोड़ने से 'चट-चट' की आवाज होती थी। फल भी इधर-उधर फेंके जाते थे। उनके गिरने से भी 'पट-पट' की आवाज होती थी। पहरेवाले राक्षसों ने देखा कि जरूर ही कुछ गोलमाल है। उन्होंने प्रकाश लेकर इधर-उधर देखा। पता चला कि एक वानर बाग में घुस आया है। वही यह सब उत्पात मचा रहा है। राक्षसों के कोप का ठिकाना न रहा। सब राक्षसों ने मिलकर वानर को मारना चाहा, मगर हनुमानजी के पास तक उनका पहुँचना कठिन हो गया। किसीको लात-थप्पड़ से, किसी को वृक्ष की डालियों से और किसी को पूँछ से मारकर हनुमान ने समाप्त कर दिया। कितनों को तो पूँछ में लपेटकर उन्होंने ऊपर फेंक दिया। इस प्रकार सभी को हनुमान ने मार डाला। दो-एक जो बचे, उन्होंने जाकर रावण के द्वार पर पुकार लगाई। रावण ने अपने लड़के अक्षय कुमार को हनुमान को मारने के लिए भेजा।

अक्षय कुमार ने आकर हनुमान को ललकारा। दोनों में बड़ी देर तक युद्ध हुआ। हनुमान ने अक्षय की छाती में जोर का घूँसा जमाया। इस पहार से अक्षय कुमार मर गया और दूसरे राक्षसों का भी हनुमान ने काम तमाम किया। दो-चार राक्षस भाग निकले। उन्होंने रावण से सब कथा सुनाई। सुनकर रावण गुस्से से पागल हो गया। उसने मेघनाद को भेजा और कहा कि उसको मारना मत, पकड़कर ले आना। देखूँ, कैसा वानर है! मेघनाद दहाड़ता-गरजता हुआ

आया। हनुमान ने देखा कि विकट योद्धा आया है। वह उछलकर उसके सिर पर जा पहुँचे। फिर दोनों में बड़ा भयंकर युद्ध हुआ। मेघनाद ने देखा कि अधिक देर करने से यह मेरी जान ले लेगा। उसने फौरन ब्रह्मास्त्र निकालकर हनुमान पर चलाया। हनुमान को वरदान था कि सभी अस्त्र-शस्त्र उनके सामने बेकार हो जाएँगे; पर उन्होंने सोचा कि ब्रह्मास्त्र का अपमान होगा, इसलिए उन्होंने अपने को अचेत-सा बना लिया। मेघनाद जीत के घमंड में मस्त हनुमान के पास पहुँचा और उनको नागपाश में बाँधकर ले चला। हनुमानजी चुपचाप चल दिए।

अब तक सवेरा हो गया था। रावण राजदरबार में बैठा था। इतने में मेघनाद हनुमान को लिये वहाँ पहुँचा। हनुमान को कुछ-कुछ होश आने लगा था। जब वे पूरी तरह सचेत हुए तो उन्होंने जो कुछ देखा उससे बढ़कर अचरज भरी बात उन्होंने अपने जीवन में नहीं देखी थी। उन्होंने देखा कि खुद उनके पिता पवनदेव धीमे-धीमे रावण को पंखा झल रहे हैं। यमराज आदि बड़ी मुस्तैदी के साथ रावण की प्राण रक्षा के लिए खड़े हैं। कितने ही देवता रावण के दरबार में हाथ जोड़कर खड़े हैं, कितने पानी तक भर रहे हैं और तरह-तरह के काम कर रहे हैं। सूर्य-चंद्रमा रावण के महल में उजाला कर रहे हैं। हनुमान ने सोचा कि वाह रे रावण का प्रताप! और फिर रावण का शरीर इस समय देखने लायक था। सीता के पास जब वह गया था तो उसके अंदर वह तेज हनुमानजी ने न देखा था, जो इस समय दिख रहा था। हनुमानजी ने फिर सोचा—'सचमुच यह असाधारण वीर है। इसको हराना सरल काम न होगा। कई देवताओं से इसने वरदान पाए होंगे।'

हनुमानजी यह सब सोच ही रहे थे कि रावण ने डाँटकर पूछा—"क्यों रे, वानर, तू कौन है? कहाँ से आया है? यहाँ किसलिए आया है? तूने मेरा हरा-भरा बाग क्यों उजाड़ डाला? तुझे अपने प्राण का मोह नहीं है क्या? तू अपनी जान से क्यों हाथ धोना चाहता है?"

हनुमानजी रावण के तेज और प्रताप को देखकर अचरज में पड़ तो गए, पर वह डरे नहीं। रावण ने जैसे ही सवाल पूछा, हनुमानजी ने जवाब

दिया—"राजा रावण, सुनो, अपना प्रताप और नाम देखो। तुम वीर हो, शूर-साहसी हो, इसलिए कहता हूँ, तुमने सीताजी का हरण करके बहुत तुच्छ काम किया है। किसी स्त्री को उसके पति की अनुपस्थिति में चुरा लाना बहुत ही निम्न कार्य है। तुम सीता को हाथ जोड़कर प्रणाम करो। उन्हें आदर के साथ राम के पास पहुँचाकर उनसे माफी माँगो। वे तुम्हें माफ कर देंगे। युद्ध में तुम उनसे पार नहीं पा सकते। मेरा परिचय क्या पूछते हो! मैं उन्हीं राम का दूत हनुमान हूँ। मैं यहाँ सीताजी का पता लगाने आया था। मेरी बात मान लो, नहीं तो पछताओगे।"

रावण जलकर आग हो गया। एक मामूली वानर उसको उपदेश दे! वह कड़ककर बोला—"वानर, चुप रह! तू बहुत कह चुका।" फिर दूसरी ओर देखकर कहा—"कोई है! इसका सिर धड़ से अलग कर दो।"

रावण की आज्ञा सुनकर कई राक्षस तलवार लेकर दौड़े। इसी समय विभीषणजी दरबार में पहुँच गए। उन्होंने कहा—"महाराज! यह क्या? दूत को मारना पाप है। इसको दंड ही देना है तो इसकी पूँछ काट लीजिए, ताकि यह जाकर अपने स्वामी से आपके प्रताप का वर्णन तो कर सके। मार डालने पर कहेगा कैसे?"

रावण को बात पसंद आ गई। वह बोला—"ठीक है, इसकी पूँछ काटो मत, कपड़ा लपेटकर उसमें आग लगा दो। जली पूँछ लेकर यह जाएगा तो राम का अपमान होगा।"

रावण के आदेश की देर थी कि पचासों राक्षस दौड़ पड़े। कोई कपड़ा ले आया, कोई तेल और हनुमान की पूँछ में कपड़ा लपेटकर उसपर तेल डालने लगे। यह देख हनुमानजी ने अपनी पूँछ बढ़ा दी। अंत में राक्षसों ने उसमें आग लगा दी। बहुत छोटा रूप धारण कर हनुमानजी रावण के महल पर चढ़ गए। हवा तेज हो गई। घूम-घूमकर हनुमान लगे लंकापुरी को जलाने। कोई कुछ न कर सका। लंका का बहुत सा भाग हनुमानजी ने जलाकर राख कर दिया। लाखों राक्षसों की जानें गईं। लंका को जलाकर हनुमानजी समुद्र में कूद पड़े। पूँछ बुझाकर और थोड़ा आराम करके वह सीताजी के सामने जा खड़े हुए। हाथ जोड़कर उनसे बोले—"माता! अब मैं जाना चाहता हूँ, मुझे आज्ञा

लंका-दहन

दीजिए। साथ ही निशानी के रूप में कोई अपनी प्रिय वस्तु दीजिए। जल्दी ही भगवान् श्रीराम आकर आपको ले जाएँगे। अब देर न होगी, कुछ ही दिनों की बात है।''

सीताजी सुनकर, खुश होकर अपना चूड़ामणि उतारकर हनुमानजी को देते हुए बोलीं—''बेटा, प्रभु को जल्दी ही ले आना। यदि एक महीने के भीतर न आओगे तो यह राक्षस मुझे अवश्य मार डालेगा।''

सीताजी को समझा-बुझाकर हनुमानजी उड़े और समुद्र पार हो गए।

□

चार

हनुमान का लौटना

कुछ ही देर में समुद्र पार कर हनुमानजी अपने साथियों के पास पहुँच गए। हनुमान को देखकर सब लोग बहुत खुश हुए और लंका का समाचार पूछने लगे। हनुमानजी ने सबको सारी बातें जैसे घटी थीं, ज्यों-की-त्यों सुनाकर सबको संतुष्ट किया। फिर बोले—''आओ, अब राजा सुग्रीव के पास चलें।'' हँसते-कूदते सब लोग किष्किंधा आए। वहाँ मधुवन को देखकर सब वानरों ने अंगद से कहा— ''युवराज! हमें बहुत भूख लगी है। आज्ञा दें तो हम बाग के फल तोड़कर खाएँ।''

सबके मन में खुशी, उमंग और जोश था। अंगद बोले—''अपनी अच्छा से पेट भरकर खाओ। राजा इस समय कुछ न बोलेंगे।''

जब सब लोगों ने भरपेट भोजन कर लिया तो सुग्रीव के पास आए। बाग के रक्षकों की ओर से सुग्रीव को उनके आने का समाचार मिल चुका था। उनको देखकर सुग्रीव की खुशी का ठिकाना न रहा। जब सुग्रीव को मालूम हुआ कि उनके मंत्री हनुमान ने सौ योजन सागर लाँघकर सीता का पता लगाया और रावण की लंकापुरी को जलाकर राख कर डाला तो उनकी खुशी की सीमा न रही। उन्होंने बार-बार हनुमानजी को गले लगाया और कहा—''मेरे मित्र! तुमने सदा से मेरा कल्याण किया है। तुम्हारा यह कर्ज मैं कभी चुका नहीं सकता, तुमने मेरी लाज रख ली। मैं तुमसे बहुत प्रसन्न हूँ। जो कुछ माँगो, मैं देने को तैयार हूँ।''

हनुमानजी बोले—"महाराज! आपकी कृपा मुझपर बनी रहनी चाहिए और कुछ नहीं।" इसके बाद सुग्रीव ने हनुमानजी का बहुत प्रकार से आदर-सम्मान किया।

यह सब हो चुकने पर सब लोग एक साथ उठकर श्रीराम के पास गए। सुग्रीव ने सब कथा राम को सुना दी।

उन्होंने हनुमानजी की बड़ी प्रशंसा की। उन्होंने खुश होकर कहा कि वानरों की लाज हनुमानजी ने रख ली।

श्रीराम बड़े खुश हुए। उन्होंने उठकर हनुमानजी को सीने से लगाना चाहा। पर हनुमानजी ने उन्हें ऐसा नहीं करने दिया, अपितु वह श्रीरामचंद्रजी के पैरों पर गिर गए। राम उठाने लगे, पर वे उठते ही नहीं थे। यह देख जांबवान् ने कहा—"भगवन्! हनुमानजी ने हमारे प्राण बचाए। उन्होंने ही सारा काम किया। इतना विशाल सागर उन्होंने एक ही छलाँग में लाँघ लिया। यह सब काम आपकी ही कृपा से हुआ। आपकी जिस पर कृपा हो जाए, उसका क्या कहना, संसार में फिर ऐसा कौन सा काम है जो वह न कर सके।"

श्रीरामजी ने हनुमान की बार-बार सराहना की। वह बोले—"मैं तुमसे बहुत खुश हूँ। तुम मेरे लिए भरत से भी बढ़कर हो। जो चाहो मुझसे माँग लो।"

इसपर हनुमानजी बोले—"हे भगवन्! आपका स्नेह मुझे प्राप्त हो गया, इससे बढ़कर मुझे और क्या चाहिए? लेकिन अगर आप मुझे कुछ देना ही चाहते हैं तो अपने चरणों की भक्ति मुझे प्रदान कीजिए। आपके चरणों में मेरा मन सदा लगा रहे, मैं यही चाहता हूँ। पर सबसे बड़ी चीज जो मैं माँगता हूँ, वह यह है कि अब बगैर समय खोए आप लंका चलिए। माता सीताजी का दु:ख मुझसे देखा नहीं गया। वह आठों पहर आपकी याद में डूबी रहती हैं। न कुछ खाती हैं और न पीती हैं, उपवास कर रही हैं। इसलिए आपकी जल्दी कृपा होनी चाहिए।"

"ऐसा ही होगा, हनुमान! अब तुम चिंता न करो। मैं सब सँभाल लूँगा।" श्रीराम ने कहा।

इसके बाद सीताजी का समाचार पूछने लगे। हनुमानजी द्वारा लाए गए

चूड़ामणि को राम बार-बार देखते रहे। कुछ देर के बाद सुग्रीव ने पूछा—"नाथ! अब क्या आज्ञा है?"

इसपर भगवान् श्रीराम ने कहा—"अब चलने की तैयारी की जाए, देर करना ठीक नहीं। देर होने से बात बिगड़ सकती है।"

अंत में सुग्रीव के जिम्मे सेना इकट्ठी करने का काम सौंपा गया। वह अपने काम में तुरंत जुट गए।

□

पाँच

सेना चल दी

श्रीराम के आदेश के अनुसार सुग्रीव ने जल्दी ही वानरों और भालुओं की बहुत बड़ी सेना तैयार कर ली।

एक-से-एक बढ़कर योद्धा वहाँ पहुँचे। वे इतने बलवान थे कि अकेले ही चार-चार राक्षसों को एक साथ मार सकते थे। बड़े-बड़े डीलडौलवाले इन वानरों को देखकर ही जैसे प्राण सूख जाता था। राम की कृपा से उनको उड़ने की ताकत भी मिल गई थी। अब क्या, सोने में सुहागा मिलने जैसा हो गया। कहीं वानर अलग किलकारी मार रहे हैं तो कहीं भालू अपनी मस्ती में अलग कूद रहे हैं। सब कहते थे कि एक ही झपट्टे में रावण की सारी लंकापुरी सागर में डुबा दी जाएगी। सबके मन में उत्साह था, उमंग थी, जोश था। सब चलने के लिए अधीर हो रहे थे। सबकी भुजाएँ फड़क रही थीं।

शुभ मुहूर्त देखकर राम ने सुग्रीव से सेना को प्रस्थान करने के लिए कहा। सारा वन नल-नील का देखा हुआ था। उन लोगों से आगे चलकर रास्ता दिखाने के लिए कहा गया। वे दोनों भाई आगे-आगे चले। पीछे-पीछे अंगद, हनुमान और जांबवान् सेना को लेकर चल पड़े। सबसे पीछे राम, लक्ष्मण और राजा सुग्रीव थे। राम के चलते ही शुभ शकुन होने लगे। सामने बछड़े को दूध पिलाती गाएँ दिखाई पड़ने लगीं। दूर-दूर से ऋषियों के मुख से निकली वेद-पाठ की आवाजें कानों में पड़ने लगीं। दाहिनी ओर एक जगह हिरणों के झुंड चरते दिखाई पड़े। सबके मन में उमंग थी। जीत हासिल करने

श्रीराम की सेना

के भाव सभी के अंदर थे। सभी वानर गरज रहे थे। उनके चलने से धरती काँप उठती थी। हाथी चिंघाड़ने लगे थे।

इधर जब राम ने प्रस्थान किया तो सीताजी के बाएँ अंग फड़कने लगे। शुभ शकुनों ने ही उन्हें श्रीराम के चलने की बात बता दी। सीताजी का मन बाग-बाग हो गया। वह अपना भाग्य सराहने लगीं। सीता के यहाँ तो शुभ शकुन हो रहे थे; पर रावण के यहाँ घोर अपशकुन हो रहे थे। मगर उसको इसकी क्या चिंता? वह सोचता—'जब मेरा पुत्र इंद्र को पकड़कर बाँध सकता है तो मुझे किसका भय है? कौन मेरे सामने आएगा? जो दिखाई पड़ेगा उसका वध निश्चित है।'

मगर रावण के ऐसा सोचने से क्या हो सकता था! उसका सर्वनाश करने की इच्छा रखनेवाली महाकाल के समान बली राम की विशाल सेना दक्षिण की ओर बढ़ती ही जा रही थी। हर एक सैनिक के मन में रावण के साथ लड़ने की इच्छा थी। सभी उसको मारकर नाम कमाने की बात सोच रहे थे।

मंद-मंद हवा बहकर उनकी सारी थकान दूर कर देती थी। कुछ ही दिनों में वानर सेना सागर के तट पर जा पहुँची। सभी सैनिक महेंद्र पर्वत की छाया में जाकर विश्राम करने लगे। उनके मन में उमंग और जोश था।

□

छह

विभीषण का आगमन

समुद्र के किनारे पहुँचकर वानर सेना यह सोचने लगी कि क्या उपाय किया जाए। इतना बड़ा सागर लाँघकर जाना कोई आसान बात न थी। सब हनुमान तो थे नहीं। वे लोग इसी सोच-विचार में पड़े थे कि एक महान् अचरज उनको दिखाई दिया। इन लोगों ने देखा कि एक राक्षस ठाठ-बाट के साथ आ रहा है। उसके पीछे नौकर-चाकरों का बड़ा सा झुंड था। देखने से मालूम होता था कि वह कोई राजा है। पर अचरज तो यह था कि राक्षसों का यह राजा गले में तुलसी की माला पहने था और उसके मुँह से बराबर 'राम-राम' निकल रहा था। आकाश मार्ग से आकर वह सेना के सामने उतरा। वानरों ने उसे पकड़ लिया। पर वह कुछ बोला नहीं। जैसे उन्होंने उसको रखा वैसे ही वह रहा। कुछ वानरों ने दौड़कर सुग्रीव को खबर दी। सुग्रीव अंगद के साथ वहाँ आए। उन्होंने उस राक्षस को देखकर समझा कि वह शत्रु का भेदिया है, जो हमारा भेद पाने के लिए आया है।

पहरेदारों से उसपर कड़ा पहरा रखने का आदेश देकर सुग्रीव राम के पास गए। राम ने सब बातें सुनकर कहा—"सुग्रीव, उसे यहाँ ले आओ। अगर वह हमारा भेद लेने के लिए ही आया होगा तो हमारा क्या बिगाड़ लेगा? सारे संसार के राक्षसों के लिए अकेले लक्ष्मण ही बहुत हैं और यदि वह रावण के डर से हमारी शरण में आया है तब तो उसकी रक्षा करनी ही चाहिए। शरण में आए हुए की रक्षा करना हमारा परम कर्तव्य है।"

राम की आज्ञा पाकर सुग्रीव उस राक्षस के पास गए और उसको आदर भाव से राम के पास ले आए। यह तो सुग्रीव को भी मालूम हो गया था कि वह राक्षस रावण का भाई विभीषण है, जो राम की शरण में आया है; पर उन्होंने उसको रावण को भेदिया समझा था।

बात यह थी कि हनुमान जब से लंका जलाकर चले आए थे तभी से राक्षसों के मन में बहुत डर समा गया था। वे बराबर सोचा करते कि जिसके एक साधारण दूत में इतनी ताकत है कि वह रावण की मौजूदगी में लंका को जला डालता है, वह खुद कितना शक्तिशाली होगा। वे यह भी सोचते कि सीताजी को न लौटाने से राम क्रोधित होकर लंका पर अवश्य आक्रमण करेंगे और उस हालत में यहाँ कोई जीवित न बच सकेगा। इसीलिए उसका भला चाहनेवाले बराबर सीता को लौटा देने की बात कहते रहे। ऐसे कितने ही राक्षसों को रावण डाँट चुका था और वे चुप हो गए थे। एक विभीषण ही बराबर कहता रहा कि सीताजी को लौटा दीजिए।

एक दिन सभा में रावण बैठा हुआ था। सीता का प्रसंग छिड़ गया। डर के मारे अब कोई सीता को लौटाने की बात न कहता। खुशामदी राक्षसों ने कहा—"महाराज! चिंता किस बात की है! और हमारी इतनी बड़ी सेना है, इतने अस्त्र-शस्त्र हैं। आप शूरवीर हैं। इंद्र को भी जीतनेवाला आपका बड़ा पुत्र है। आपका इतना डंका बज रहा है, फिर राम बेचारे क्या करेंगे? राम जैसे कइयों को एक साथ मार डालनेवाले अनगिनत वीर तो हमारी सेना में ही मौजूद हैं।"

राक्षसों की बात सुनकर विभीषण बोल उठा—"महाराज! ये खुशामदी हैं, इनकी बातों में न आइए। राम के पास सेना का बल नहीं है तो क्या वे जानबूझकर मरने आ रहे हैं? यह सब गलत विचार है। यह लोग बहुत बहक रहे हैं; पर हनुमानजी के सामने जाने की किसीकी हिम्मत नहीं पड़ रही थी। आप इन बातों को छोड़िए। सीता को लौटा दीजिए, नहीं तो बड़ा अनर्थ हो जाएगा। आप राम से पार नहीं पा सकते।"

विभीषण की बातें सुनकर रावण को बड़ा क्रोध आया। उसने उसकी छाती में एक लात मारकर कहा—"दूर हट, भाग यहाँ से! बहुत देखा तेरा

श्रीराम की शरण में विभीषण

साहस! जिंदगी भर मेरी रोटियाँ तोड़ता रहा और अब आया शत्रु की तारीफ करने। जिंदगी भर खिलाया है, नहीं तो तेरी जान ले लेता।''

रावण की लात खाकर विभीषण भरी सभा में बेहोश होकर गिर पड़ा। होश आने पर उसने कहा—''महाराज! आप बड़े भाई हैं, इसलिए पिता के समान हैं। आपने मुझे मारा, कोई बात नहीं। मैं तो अब आपके सामने से जा ही रहा हूँ, पर इतना ध्यान रहे कि राम वानरों की सेना लेकर आएँगे और सारी लंकापुरी को चौपट कर देंगे। आप तो मरेंगे ही, सारी लंका को भी ले डूबेंगे। अभी भी कुछ नहीं बिगड़ा है। सीता को लौटा दो।''

यह कहकर विभीषण राम के पास चला और सागर पार करके राम की सेना के सामने उतरा।

राम को देखकर विभीषण ने दूर से ही प्रणाम किया। राम ने उठकर विभीषण को गले लगाया। विभीषण ने हाथ जोड़कर कहा—''भगवन्! मैं दशानन का छोटा भाई विभीषण हूँ। रावण ने मुझको घर से निकाल दिया है; इसलिए मैं आपकी शरण में आया हूँ। मुझपर कृपा कीजिए।''

राम ने कहा—''विभीषण, जो शरण में आ गिरता है, उसको मैं अपने से बढ़कर चाहता हूँ। तुम निडर रहो। रावण तुम्हारा अब कुछ भी नहीं बिगाड़ सकता। मैं रावण को मारकर तुमको लंका का राजा बनाऊँगा। तुम भक्त हो, प्रजा का पालन अच्छी तरह कर सकोगे। रावण अब अन्यायी, दुराचारी और पापी हो गया है। वह अब राजा बने रहने के योग्य नहीं रह गया। उसके पाप का घड़ा अब भर चुका है।''

विभीषण बोले—''मैं आपकी बात सुनकर पूरी तरह संतुष्ट हो गया हूँ। मैं आपकी पूरी सहायता करूँगा, भगवन्!''

राम ने तुरंत समुद्र से जल मँगाकर विभीषण का वहीं पर राजतिलक कर दिया। इसके बाद वह बोले—''अब से तुम लंकेश के नाम से बुलाए जाओगे। आज से ही तुम रावण को मरा हुआ और अपने को लंका का राजा समझो।''

□

सात

समुद्र हार गया

सभी समुद्र पार करने का उपाय सोचने लगे। कोई हनुमान से पूछता कि तुम कैसे समुद्र पार कर गए थे तो कोई कूदने की तैयारी ही करता। पर सौ योजन की दूरी ने सबका दिल दहला दिया था। राम ने विभीषण, सुग्रीव और दूसरे लोगों से पूछा कि क्या किया जाए, समुद्र पार चलने का क्या उपाय है ?

सब लोग चुप रहे, विभीषण ने ही उपाय बताया। उन्होंने कहा—"प्रभो! समुद्र आपके कुल का गुरु है, आप उसकी पूजा कीजिए और उसको मनाइए। प्रसन्न होकर वह आपको रास्ता देगा और तरह-तरह की सहायता भी करेगा।"

लक्ष्मण को यह बात पसंद न आई। उन्होंने कहा—"यह बात ठीक नहीं है। यह तो कायरता है। तरकस से आग्नेयास्त्र निकालकर चलाइए। सागर का पानी सूख जाए तो अपने आप रास्ता बन जाएगा। हम किसलिए समुद्र की पूजा करें और उससे रास्ता माँगें।"

राम ने मुसकराकर कहा—"घबराओ नहीं, जरा देखो तो।"

इसके बाद पूजा की तैयारी शुरू हुई। वानरों ने ढेरों फल लाकर रख दिए। विधि के अनुसार समुद्र की पूजा की गई। तीन दिनों तक श्रीराम समुद्र की पूजा करते ही रहे। लेकिन कोई परिणाम न निकला। इसपर श्रीरामचंद्रजी बहुत क्रोधित हो गए। गुस्से में आकर लक्ष्मण से बोले—"लक्ष्मण! समुद्र ऐसे नहीं मानेगा। वह मेरा नाम पूछ रहा है। सच तो यह है कि हमेशा पराक्रम से ही

श्रीराम का समुद्र पर क्रोध

व्यक्ति को प्रतिष्ठा मिलती है। खैर, कोई बात नहीं। मेरा धनुष-बाण तो उठा लाओ। मैं इसको अभी बताता हूँ।''

लक्ष्मण ने धनुष-बाण लाकर रख दिया। वह उनके मन की बात हुई थी। वीर लोग वीरता की ही बातें पसंद करते हैं। राम ने धनुष पर बाण रखा। अब तो समुद्र बहुत घबराया। उसके प्राणों पर ही आ बनी थी। सोने की थाली में तरह-तरह के माणि-माणिक लिये, नम्रता से सिर नीचा किए वह सामने आया और थाली राम के सामने रख, हाथ जोड़कर खड़ा हो गया।

सागर को सामने पाकर श्रीराम बहुत प्रसन्न हुए और बोले—''मैं तुमसे बहुत प्रसन्न हूँ। मेरी सेना सागर के पार पहुँच जाना चाहती है। बताओ, क्या किया जाए?''

समुद्र ने हाथ जोड़कर बताया—''महाराज! अगर आप बाण चलाकर मेरा जल सुखा देंगे तो मेरी मर्यादा खत्म हो जाएगी। इसलिए मेरे ऊपर दया करें। इस बाण को धनुष पर से हटा लीजिए। अगर इसे छोड़ना ही चाहें तो मेरे उत्तरी तट पर बसे हुए पापियों, दुष्टों, आततायियों पर इसे छोड़कर उनका नाश कर दीजिए। इससे धरती पर पाप का बोझ कम हो जाएगा।''

''ऐसा ही होगा।'' राम ने कहकर उस बाण को धनुष पर रखकर समुद्र की बताई हुई दिशा में छोड़ दिया। यह देखकर समुद्र का मन हलका हुआ। अभी तक वह डर के मारे काँप रहा था। राम ने उससे पूछा—''बताओ कि अब क्या हो? हमारी सेना किस प्रकार लंका में प्रवेश कर सकती है?''

समुद्र ने कहा—''महाराज! आपकी सेना में नल-नील नाम के दो वानर हैं। दोनों सगे भाई हैं। लड़कपन में ऋषियों ने इन दोनों को आशीर्वाद दिया था कि तुम्हारे हाथ के छुए पत्थर पानी में नहीं डूबेंगे। आप उनकी सहायता लीजिए। वानरों से कहिए कि वे पत्थर ला-लाकर नल-नील के पास रखते जाएँ और नल-नील उन्हें उठाकर समुद्र में डालते जाएँ।''

समुद्र की यह बात राम को बहुत पसंद आई। सुग्रीव ने वानरों को आज्ञा दी। सभी वानर बड़े-बड़े पत्थर ला-लाकर नल-नील को देने लगे। नल-नील ने थोड़े ही समय में बहुत बड़ा और मजबूत पुल तैयार कर लिया।

पुल तैयार हो जाने के बाद श्रीराम ने शिवलिंग स्थापित किया और

विधि के अनुसार उसका पूजन किया। वहाँ अब भी शिव मंदिर है, जिसको रामेश्वरम् कहते हैं।

इस प्रकार सारी सेना सागर को पार करके लंकापुरी की जमीन पर उतरी। विभीषण के लंका से चले जाने के बाद से रावण सोच में डूबा रहने लगा था। जब उसने सुना कि राम की वानर सेना सागर को पार करके लंकापुरी की धरती पर उतर पड़ी है तो घबराकर उसके दसों मुँह एक साथ हाहाकार कर उठे।

□

छठा खंड

एक

युद्ध की शुरुआत

सागर को पार करके श्रीराम अपनी वानर सेना के साथ लंकापुरी के निकट पहुँचे। उन्होंने लक्ष्मण, सुग्रीव, अंगद आदि से विचार-विमर्श करके सेना के प्रयोग की नीति तैयार की। वानर, भालू और लंगूर— तीनों सेनाओं को अलग-अलग बाँट दिया गया। उनके अलग-अलग सेनापति चुने गए। श्रीराम ने लक्ष्मण तथा चुने हुए वीरों को अपने पास ही रखा। पूरी सेना अपने-अपने सेनापतियों के आदेश के अनुसार राक्षसों से लड़ने के लिए मोरचाबंदी करने लगी। सारे वानर और भालुओं की सेना का प्रधान सेनापति सुग्रीव को बनाया गया। उत्तर की तरफ के सबसे प्रधान मोरचे पर राम और लक्ष्मण डट गए। पूरब के द्वार पर नल-नील आदि जम गए। दक्षिण के मोरचे पर गवय को भेजा गया। पश्चिम के मोरचे पर खुद हनुमानजी आ डटे। सेना का संचालन करने के लिए सुग्रीव उत्तर और पश्चिम के बीच में रहे। इस तरह युद्ध के लिए मोरचाबंदी का काम पूरा हो गया। तब श्रीराम ने पुन: एक बार रावण को समझाने के लिए अंगद को अपना दूत बनाकर भेजा।

रावण की सभा में पहुँचकर अंगद ने अपना परिचय दिया और रामजी का संदेश कह सुनाया कि या तो सीताजी को लौटा दो वरना युद्ध के लिए तैयार हो जाओ। रावण भला अंगद की बात क्यों मानता। उस पर तो अहंकार का नशा सवार था। उसकी मति भ्रष्ट हो चुकी थी। अहंकार के नशे में चूर रावण ने राम के दूत अंगद को पकड़ने का आदेश दिया। तब अंगद ने भी

अपने बल का परिचय दिया। उसने अनेक राक्षसों को मार डाला और रावण के दसों सिरों से दसों मुकुट उतारकर फेंक दिए। रावण इससे बहुत नाराज हुआ। मगर अंगद को पकड़ना इतना आसान न था। वे राक्षसों को मारते-मारते लंका की दीवार फाँदकर अपनी सेना में आ पहुँचे।

श्रीराम समझ गए कि बगैर युद्ध किए रावण रास्ते पर नहीं आएगा। रावण ने भी समझ लिया कि युद्ध होकर ही रहेगा, इसके अलावा और कोई चारा नहीं है। पर उसने सोचा, जब इंद्र, पवन, यक्ष आदि सभी मेरे अधीन हैं तब मुझे कौन जीत सकता है ? मेरा कोई एक मामूली सेनापति ही वानर-भालुओं की सेना को मारकर राम-लक्ष्मण को पकड़कर ले आएगा। यही सोचकर उसने पहले राक्षसों की एक सेना भेजी। पर वह तुरंत यमलोक पहुँचा दी गई। अपनी सेना के नाश का समाचार सुनकर रावण ने अपने बेटे मेघनाद को एक बड़ी सेना देकर भेजा। घनघोर युद्ध होने लगा। रावण की सेना के राक्षस गाजर-मूली की तरह कटने लगे। राक्षस सेना काफी परेशान थी; लेकिन वानर सेना की चपलता के सामने उसकी बहादुरी किसी काम न आई। अंगद ने तो मेघनाद का लड़ना ही असंभव कर दिया। वानरों ने उसके सारथी और घोड़ों को मार डाला और अस्त्र-शस्त्र छीन लिये।

आमने-सामने लड़ना असंभव जानकर मेघनाद उछलकर आकाश में चला गया। आकाश से वह वानर सेना पर बाणों की घनघोर वर्षा करने लगा। मेघनाद ने धनुष पर साँप रखकर राम-लक्ष्मण पर नागपाश फेंका। साँप नीचे आकर राम-लक्ष्मण के हाथों में लिपट गए। अब राम और लक्ष्मण बाण नहीं चला सकते थे। उनकी यह हालत देखकर राक्षस सेना बहुत खुश हुई; लेकिन वानर सेना में बड़ी खलबली मच गई।

श्रीराम ने अपनी यह हालत देखकर गरुड़जी को याद किया। याद करते ही गरुड़जी फौरन आए। उनको देखते ही साँप अपनी जान बचाकर भाग निकले। रावण ने जब सुना कि राम और लक्ष्मण मौत के मुख से साफ बच गए तो उसका माथा ठनका। उसने फौरन 'धूम्राक्ष' नामक राक्षस को युद्ध करने के लिए भेजा। श्री हनुमानजी ने उसका सिर तरबूज की तरह फाड़कर फेंक दिया। यह देखकर राक्षसों का हौसला पस्त हो गया। वे दुम दबाकर

भागने लगे। लेकिन वानर और भालुओं ने उनसे तेज दौड़कर एक-एक राक्षस को धर दबोचा। वे राक्षस सरदारों को यमलोक पहुँचाने लगे। इस घनघोर युद्ध में हनुमानजी ने अकंपन राक्षस को और नील ने प्रहस्त को मार डाला। बड़े-बड़े राक्षस लंकापुरी से अकड़ते हुए निकलते और मौत के घाट उतार दिए जाते। थोड़ी ही देर बाद राक्षस सेना में भगदड़ मच गई।

अनगिनत राक्षस सेनापतियों के मारे जाने पर रावण का क्रोध उमड़ पड़ा। उसने फैसला किया कि खुद चलकर देखना चाहिए। पता नहीं श्रीराम की सेना में ऐसी क्या खूबी है कि वे बड़े-बड़े राक्षसों को मार डालते हैं। रावण ने बड़े-बड़े सरदारों को साथ लेकर जाने का इरादा किया। महोदर, त्रिशिरा, अतिकाय, कुंभ, निकुंभ आदि अनेक योद्धा राक्षसों को लेकर वह राम से युद्ध करने चला। साथ में उसका महाबली बेटा मेघनाद भी था।

रावण अपने पुत्र और सेनापतियों के साथ लड़ाई के मैदान में पहुँचा। उसे आता देखकर सुग्रीव ने एक पर्वत की चोटी उखाड़कर रावण की तरफ फेंकी। लेकिन रावण ने उसे बीच में ही रोककर एक ऐसा बाण सुग्रीव को मारा कि वह बेहोश हो गया।

सुग्रीव को बेहोश पड़ा देखकर श्रीराम, लक्ष्मण और हनुमान आदि सब रावण से लड़ने के लिए आगे बढ़े। हनुमानजी ने सबसे आगे बढ़कर रावण को मारना चाहा कि रावण ने पहले ही हनुमान के हृदय पर जोर से घूँसा मारा। उन्होंने फुरती से रावण के गाल पर ऐसा प्रहार किया कि वह तिलमिला उठा। इतने में नील भी पहुँच गए। वे लोग रावण पर पर्वत के टुकड़ों की बौछार करने लगे। फिर नील रावण के रथ पर कूद गए और रथ से उसके सिर पर। रावण ने सिर हिलाया तो उसके धनुष पर ही बैठ गए। रावण परेशान हो गया। उसकी यह परेशानी देखकर वानर सेना खिलखिलाकर हँस पड़ी। रावण क्रोध से आगबबूला हो गया। उसने अग्निबाण मारकर नील को बेहोश कर दिया। यह देख वानरों में खलबली मच गई।

अब लक्ष्मणजी रावण के सामने आए। दोनों में घोर संग्राम होने लगा। दोनों ही महावीर थे। रावण के बाण लक्ष्मण काट देते थे और लक्ष्मण के बाणों के टुकड़े रावण कर देता था। इस प्रकार कितनी ही देर तक दोनों में

विकट युद्ध होता रहा। लक्ष्मण की वीरता से चिढ़कर रावण ने उनपर ब्रह्मास्त्र चलाया। लक्ष्मण अचेत हो गए। लेकिन शीघ्र ही उनकी बेहोशी जाती रही। इस बार उन्होंने रावण को बेहोश कर दिया। रावण को भी जब होश आया तो उसने पहले से अधिक ताकतवर ब्रह्मास्त्र चलाया। इससे लक्ष्मण फिर बेहोश हो गए।

रावण ने लक्ष्मण को उठाकर ले जाना चाहा। लेकिन तभी मौका देखकर हनुमानजी ने उसे इतनी जोर का घूँसा मारा कि रावण के होश उड़ गए। हनुमानजी लक्ष्मण को उठाकर राम के पास ले गए। वहाँ उनका उपचार किया गया। रावण भी होश में आकर वानरों की सेना का संहार करने लगे। तब रामजी ने रावण के छक्के छुड़ा दिए। उसके मुकुट जमीन पर गिर गए। वह घबराकर लंका की ओर लौट गया। उस दिन के युद्ध में भी रामजी की सेना ने विजय हासिल की। उन्हें विश्वास हो गया कि जीत अवश्य उनकी ही होगी।

□

दो

कुंभकर्ण का वध

रावण तेजी से लंकापुरी में पहुँच गया। वह अब सोचने लगा कि किस तरह, किस उपाय से राम और लक्ष्मण पर विजय हासिल की जाए। उसने सोचा कि कुंभकर्ण को नींद से जगाना चाहिए। कुंभकर्ण रावण का छोटा भाई था। उसे साल में छह महीने सोने का वरदान मिला हुआ था। कुंभकर्ण सब राक्षसों से लंबा-चौड़ा था। वह खूब खाता-पीता था। वह बलवान भी था। नींद में उसकी नाक से साँस निकलती तो मालूम होता था जैसे धौंकनी चल रही है। वह जैसे ही सोकर उठता, भोजन पर टूट पड़ता। रावण ने कुंभकर्ण को जगाने के लिए राक्षसों को भेजा। पर वह किसी भी तरह नहीं जागता था। बड़ी कठिनाई से जब वह जागा तो लगा भैंसों और सूअरों को कच्चा चबाने। खा-पीकर जब वह संतुष्ट हो गया तो राक्षसों से गरजकर बोला—"मुझे क्यों जगाया गया है?"

राक्षसों के सरदार ने कहा—"प्रभो! नर और वानरों ने मिलकर लंका पर चढ़ाई कर दी और हजारों राक्षसों को मार डाला।"

कुंभकर्ण को राक्षस सरदार की बात पर विश्वास न हुआ। वह बिगड़कर बोला—"क्या बकता है? भला आदमी और वानर राक्षसों को मार डालेंगे? ऐसा भी कभी हो सकता है? चलो, मैं अभी सब वानरों को चबा जाता हूँ। एक-एक वानर की खबर लूँगा।"

रावण से मिलकर कुंभकर्ण एक बड़ी भारी सेना लेकर रामजी की सेना

को हराने के लिए मैदान में आ पहुँचा। विभीषण ने राम को बतलाया कि मेरा भाई कुंभकर्ण बहुत ही पराक्रमी है। इसे जीतने के लिए बहुत साहस और बल की जरूरत है। कुंभकर्ण ने जैसा कहा था वैसा ही करके दिखाने लगा। वह छोटे-मोटे वानरों को उठा-उठाकर चबाने लगा। वानर डरकर भागने लगे। यह देखकर बड़े-बड़े वानरों ने कुंभकर्ण का सामना किया। हनुमानजी ने एक पर्वत उठाकर कुंभकर्ण की छाती पर दे मारा, जिससे वह बेहोश हो गया। पर कुछ ही देर में वह होश में आ गया और फिर हनुमानजी पर टूट पड़ा।

हजार-हजार वानर एक साथ धावा बोलकर भी कुंभकर्ण का कुछ न बिगाड़ सके। वह उनको पकड़-पकड़कर मुँह में डालने लगा। बहुत से वानर मुँह से घुसकर नाक और कानों की राह से फिर बाहर निकल आए।

अंगद भी बहुत देर तक उससे लड़े, लेकिन उसका कुछ भी बिगाड़ न सके। एक बार उन्होंने उसे अचेत कर दिया; पर कुंभकर्ण ने फिर उठकर अंगद को ऐसा मारा कि वह भी लड़खड़ाकर जमीन पर गिर पड़े और अचेत हो गए।

अंगद को गिरते देख सुग्रीव हाथ में पर्वत लेकर आ धमके। वह पर्वत कुंभकर्ण के शरीर से टकराकर चूर-चूर हो गया। फिर कुंभकर्ण ने सुग्रीव पर एक ऐसा भारी शूल चलाया कि अगर उसी क्षण हनुमानजी फुरती से बीच में ही उसे पकड़ न लेते तो वह सुग्रीव के सीने के आर-पार हो जाता। इतने में सुग्रीव ने दौड़कर उसके दोनों कान उखाड़ लिये और दाँतों से उसकी नाक भी काट ली। इससे कुंभकर्ण मुँह बनाकर बड़े जोर-जोर से रोने-चिल्लाने लगा।

एक तो ऐसे ही वह बड़ा भयानक था, तिस पर अब उसके नाक-कान कट गए थे। दर्द के मारे उसका बड़ा बुरा हाल हो गया था। क्रोध में वह अपना आपा खो बैठा, सो उसे अब यह समझ न रही कि कौन राक्षस है और कौन वानर। वह जिसे पाता, उसे ही पकड़कर दाँतों से चीर डालता था। इससे वानर और भी उससे डरने लगे। वानरों को घबराया हुआ देखकर लक्ष्मण आगे बढ़े। वे बहुत क्रोध में थे।

कुंभकर्ण ने लक्ष्मण को सामने देखकर कहा—"तू तो अभी निरा बालक है। तू किस साहस से मेरे साथ लड़ने आया है? जा, तेरा साहस देखकर मुझे

कुंभकर्ण युद्ध

बहुत खुशी हुई है। मैं तुझको नहीं मारूँगा। मैं तो राम को मारने आया हूँ।'' यों कहकर वह राम के पास जा पहुँचा।

श्रीराम के बाण से उसके हाथ की गदा भूमि पर गिर पड़ी। उसके पास और कोई शस्त्र नहीं बचा था, इसलिए वह पर्वत ही उखाड़-उखाड़कर मारने लगा। इधर वानरों के दल-के-दल उसकी गरदन पर चढ़ गए। अब वह राम से लड़े या वानरों को झाड़कर गिराए, यही उसकी समझ में नहीं आया।

पर राम के बाणों से भी कुंभकर्ण नहीं डिगा। जिस बाण से बालि मर गया था, उसको भी उसने सह लिया। वह राम के बाणों को रोकता था और वानरों को भी मारता था। यह देखकर राम ने उसका एक हाथ काटकर गिरा दिया। अब कुंभकर्ण अपने बचे हुए हाथ से ही एक ताड़ का पेड़ उखाड़कर राम को मारने के लिए दौड़ पड़ा।

राम ने उस हाथ को भी उड़ा दिया। पर तब भी वह शांत न हुआ और राम की तरफ दौड़ा। तब राम ने 'अर्धचंद्र' नाम के बाण से उसके दोनों पैरों को भी काट डाला। पर कुंभकर्ण तब भी लुढ़क-पुढ़ककर, मुँह फाड़कर राम को निगल जाने के लिए उचकने लगा। राम ने पहले बहुत से बाणों से उसका मुँह बंद कर दिया। फिर इंद्र के दिए हुए अस्त्र से उसका सिर उड़ा दिया। कुंभकर्ण के मरने से राक्षसों में खलबली मच गई और वानर हाथ-पैर उठाकर तथा पूँछ घुमाकर, उछल-कूद करने लगे। उनकी खुशी का ठिकाना न था।

□

तीन

मेघनाद-वध

कुंभकर्ण के मरने का समाचार सुनकर रावण बेहोश हो गया। फिर होश में आने पर बहुत रोया और कहने लगा—"मैंने बिना सोचे विभीषण का अपमान किया था, उसीका यह फल मिल रहा है। मेरे सैकड़ों बेटे मारे गए। ऐसा बलवान भाई भी मर गया। मेरे मारने से राम मरता ही नहीं, अब मैं क्या करूँ?"

मेघनाद बोला—"महाराज, मैं अभी जीवित हूँ। एक बार तो मैंने राम-लक्ष्मण को नागपाश में कैद कर लिया था। अब मैं फिर जाता हूँ। इस बार मैं उनको जरूर मार डालूँगा।"

मेघनाद फिर डंका बजाकर युद्ध करने आया। वह बादलों की आड़ में लड़ता था। चोरों की तरह छिपकर आड़ में से वह बाण मारता था और कोई उसका कुछ नहीं कर सकता था। उसके बाणों से अनेक वानर मारे गए। राम-लक्ष्मण भी बहुत देर तक उसके बाणों को रोकते रहे; पर अंत में वे भी अचेत हो गए। राक्षसों ने समझा कि वे मर गए। वे लोग आनंद से शोरगुल मचाते हुए लंका को लौट गए। सभी राक्षस बहुत खुश थे।

इधर राम, लक्ष्मण, सुग्रीव, अंगद, जांबवान्—सभी अचेत पड़े थे। केवल विभीषण और हनुमान अभी तक भले-चंगे थे। दोनों ने मशाल जलाकर सबको ढूँढ़ना शुरू किया। उस अँधेरी रात में करोड़ों वानर मैदान में मरे पड़े हुए थे। उनमें से किसी को ढूँढ़कर निकालना सहज बात न थी।

ढूँढ़ते-ढूँढ़ते उन्होंने एक जगह जांबवान् को देखा। विभीषण ने पूछा—"जांबवान्, तुम जीवित हो?"

जांबवान् ने बड़ी कठिनाई से जवाब दिया—"मेरी आँखों में बाण लग गया है, मैं देख नहीं सकता। बोली सुनकर मालूम होता है कि आप विभीषण हैं। हनुमान हैं कि मारे गए?"

विभीषण ने पूछा—"तुमने राम-लक्ष्मण की बात नहीं पूछी, पहले ही हनुमान की बात क्यों पूछ रहे हो?"

जांबवान् ने कहा—"वह जीवित हैं तो सब कुशल है, अन्यथा अब और कुछ नहीं हो सकता।"

तब हनुमानजी ने जांबवान् के चरण स्पर्श कर कहा—"मैं अभी तक भला-चंगा हूँ। कहिए, आप क्या कहते हैं?"

जांबवान् ने कहा—"बेटा, इस कुसमय में तुमको छोड़कर और कोई यह कार्य नहीं कर सकता। तुम चाहो तो सब लोग फिर जीवित हो सकते हैं। हिमालय पर ऋषभ और कैलास पर्वत हैं। दोनों के बीच में जो पर्वत है उसी पर संजीवनी बूटी है। यदि उसे तुम ले आओ तो सब फौरन जीवित हो जाएँ।"

हनुमानजी संजीवनी बूटी लाने गए। लेकिन पर्वत पर पहुँचकर वह बड़े चक्कर में पड़ गए। सभी लता-गुल्म चमक रहे थे। उन्होंने सोचा कि कहीं कुछ गड़बड़ी न हो जाए, इसलिए क्यों न पर्वत को ही उठाकर ले चलूँ। बस, हनुमानजी ने भगवान् राम का नाम लिया और पर्वत को जड़ से उखाड़कर आकाश मार्ग से लंका को लौटे।

संजीवनी बूटी के प्रताप से श्रीराम की सारी सेना जी उठी। राम-लक्ष्मण भी उठ बैठे। सारी सेना भी श्रीराम की जय-जयकार करने लगी, जिसे सुनकर रावण का कलेजा दहल गया। उसने अपने पुत्र मेघनाद को फिर लड़ने के लिए भेजा। मेघनाद लड़ाई के मैदान में पहुँचा और माया रचकर युद्ध करने लगा। श्रीराम ने उस राक्षस की माया का अंत कर दिया और लक्ष्मण उसे यमलोक भेजने के लिए उससे युद्ध करने लगे।

इंद्र को हरानेवाला पराक्रमी मेघनाद जी-जान से युद्ध करने लगा। तरह-तरह के अस्त्र-शस्त्रों की मार से दोनों के शरीर लहूलुहान हो गए। लेकिन

मूर्च्छित लक्ष्मण के लिए संजीवनी लाते हनुमानजी

किसी का ध्यान अपने शरीर की तरफ नहीं था। लक्ष्मण ने मेघनाद के सारथि को मार गिराया। फिर उसके घोड़े को मारकर रथ के दो टुकड़े कर डाले। उसने दूसरा रथ बदल लिया। मेघनाद को विभीषण पर बहुत क्रोध आ रहा था। इसलिए उसने विभीषण को मारने के लिए शक्ति चलाई। पर लक्ष्मण ने उसे बीच में ही बेकार कर दिया। फिर लक्ष्मण ने उसपर इंद्र का अमोघ अस्त्र चलाया। इस दैवी अस्त्र को कोई रोक नहीं सकता था और न कोई उससे बच सकता था। मेघनाद का सिर कटकर भूमि पर गिर पड़ा। यह देख राक्षसों की सेना में भगदड़ मच गई। दूसरी ओर वानर सेना जय-जयकार कर उठी। राक्षसों ने रोते हुए रावण के पास जाकर मेघनाद की मृत्यु का समाचार सुनाया, जिसे सुनकर रावण बेहोश हो गया।

□

चार

राम-रावण युद्ध

मेघनाद और कुंभकर्ण की मृत्यु होने से रावण ने समझ लिया कि उसका अंत काल अब निकट आ गया है। एक तो वह अपने भाई और बेटे की मौत से बहुत दुःखी था। दूसरे, उसके मन में यह डर समा गया कि जब कुंभकर्ण और मेघनाद को श्रीराम की सेना ने मार डाला तब मेरा भी उनके जैसा हाल होगा। रावण की सेना भी कमजोर पड़ गई थी; क्योंकि सभी वीर राक्षस युद्ध में मारे जा चुके थे। बचे-खुचे राक्षसों की सेना लेकर रावण राम से अंतिम युद्ध करने के लिए मैदान में आ डटा। रावण महाबली था। वह अपने पुत्र और भाई की मृत्यु का बदला लेने या अपने प्राण देने पर तुला हुआ था। उसने राक्षसों से कह दिया, जैसे भी हो, श्रीराम की सेना पर विजय हासिल करनी है। राक्षसों ने रावण की आज्ञा का पालन किया। लेकिन उनको मृत्यु के सिवा और कुछ न मिला।

रावण ने घनघोर युद्ध किया। वानर और भालुओं की अपेक्षा रावण अधिक बलशाली था। राम, लक्ष्मण और विभीषण ही उससे लोहा ले रहे थे। लक्ष्मण ने रावण के सारथि को मार गिराया। उसके धनुष को काटकर बेकार कर दिया। रावण जानता था कि लक्ष्मण ने ही उसके पुत्र मेघनाद को मारा है, इसलिए वह लक्ष्मण पर बहुत क्रोधित था। उसने लक्ष्मण को मारने के लिए एक ऐसा अस्त्र चलाया जिसके लगते ही लक्ष्मण बेहोश हो गए। राम ने फौरन दौड़कर लक्ष्मण के सीने में बिंधा शक्ति बाण निकाला। लक्ष्मण की यह हालत

देखकर श्रीराम ने रावण पर बाणों की बौछार कर दी। श्रीराम की बाणों की वर्षा से घबराकर रावण लंका की ओर भाग खड़ा हुआ।

रावण के चले जाने के बाद श्रीराम लक्ष्मणजी का उपचार करने में लग गए। सुषेण वैद्य ने लक्ष्मण के हृदय की परीक्षा बड़े गौर से की और बोले—"घबराइए मत! लक्ष्मणजी सवेरा होते-होते ठीक हो जाएँगे।" इसके बाद वैद्यराज सुषेण ने हनुमानजी की लाई हुई संजीवनी बूटी से उनका उपचार किया। सुबह होते-होते लक्ष्मणजी ठीक हो गए। ऐसा लगा जैसे उन्हें कुछ हुआ ही न हो।

दूसरे दिन फिर रावण रथ पर बैठकर आया। श्रीराम के लिए इंद्र ने स्वर्ग से अपना रथ भेज दिया। इंद्र देवता का सारथि रथ लेकर आया और कहने लगा—"इंद्रदेव ने यह रथ, धनुष, कवच और दिव्य अस्त्र भेजे हैं। आप इनको स्वीकार कर, रावण का वध करके धरती का भार हलका कीजिए।"

श्रीराम ने इंद्र की यह भेंट आनंद से स्वीकार कर ली। अब वे रथ पर बैठकर युद्ध करने लगे। इस युद्ध को देखने के लिए देवता और असुर भी आकाश में उमड़ पड़े। देवता कहते थे कि श्रीराम की विजय होगी। असुर मनाते थे कि रावण की जय हो।

विकट युद्ध होने लगा। हजारों बाण चले, सैकड़ों अस्त्र-शस्त्र छोड़े गए; पर युद्ध का कोई परिणाम न निकला। रावण ने श्रीराम को निशाना बनाकर त्रिशूल फेंका, जिसे उन्होंने बीच में ही काट दिया और फिर बाणों की वर्षा करके रावण को घायल कर दिया। तब रावण का सारथि रथ लेकर भाग गया।

लंका में आने पर रावण को होश आया और हिम्मत भी बढ़ी। होश में आकर उसने सारथि को बहुत फटकारा कि युद्ध के मैदान से रथ क्यों भगा लाया? रावण ने कहा कि फिर रणक्षेत्र में चलो। आज शत्रु को मारकर विजय प्राप्त किए बगैर न लौटूँगा।

सारथि ने रावण की आज्ञा का पालन किया। वह रथ को राम के सामने ले आया। राम-रावण युद्ध होने लगा। रामजी रावण का सिर काट देते थे, पर फिर उसी जगह सिर निकल आता था। यह देख विभीषण ने रामचंद्रजी को भेद बताकर कहा—"रावण की नाभि में अमृत भरी कुप्पी है। आप ब्रह्मास्त्र

श्रीराम-रावण युद्ध

उसकी नाभि को निशाना बनाकर चलाइए। वह महाबली है, उसने शिवजी से अमृत पाया है। मामूली बाणों से उसका कुछ न बिगड़ेगा।''

यह बात जानकर श्रीराम ने अगस्त्य मुनि से प्राप्त ब्रह्मास्त्र धनुष पर चढ़ाया और रावण की नाभि पर मारा। ब्रह्मास्त्र रावण की नाभि चीरकर निकल गया। अमृत जलकर सूख गया। रावण के गिरने से भूमि इतने जोर से हिली मानो भूकंप आ गया हो। रावण को मारकर ब्रह्मास्त्र फिर राम के तरकस में आ गया। रावण के मरते ही देवता आकाश से फूल बरसाने लगे। वानर, नर-किन्नर, देवता—सभी रामजी का गुणगान करने लगे।

□

पाँच

सीता की अग्निपरीक्षा

रावण के मरने पर सब लोगों को बड़ी प्रसन्नता और संतोष हुआ। वानर उछलने-कूदने और पूँछ हिलाने लगे। देवता आकाश में दुंदुभी बजा-बजाकर फूल बरसाने लगे।

उधर राक्षसों में रोना-पीटना मच गया। हालाँकि रावण ने विभीषण को लात मारकर निकाल दिया था और हमेशा उससे अप्रसन्न रहता था, फिर भी भाई की मृत्यु का समाचार सुनकर वह रोने लगा। राम ने उसे समझा-बुझाकर शांत कराया।

लंकापुरी की सभी स्त्रियाँ विलाप करने लगीं। सबसे बड़ी रानी मंदोदरी का तो बहुत बुरा हाल था।

रावण के शव को लाल रंग के रेशमी कपड़े में लपेटा गया। फिर सोने के विमान में रखकर सब लोग उसे श्मशान में ले गए। वहाँ चंदन की लकड़ियों से चिता बनाई गई थी। उसपर रावण का शव रखकर जला दिया गया। दैव की कैसी विचित्र लीला है! रावण के एक लाख बेटे और सवा लाख पोते थे। पर उनमें से एक भी दाह-संस्कार करने के लिए नहीं बचा था।

अब सब लोग कहने लगे कि सीताजी को ले आओ। सीताजी अभी तक मैले-कुचैले कपड़े पहने, बाल बिखेरे अशोक वाटिका में बैठी थीं। उनका दिल धक्-धक् कर रहा था।

हनुमानजी सीता को लाने गए। दुःख सहते-सहते सीता को इतने दिन

हो गए थे कि हनुमान से अपने सुख की बात सुनकर वे बेहोश हो गईं। चेतना आने पर वह हनुमान की ओर देखने लगीं। उनके मुख से आवाज तक नहीं निकली। फिर बहुत देर बाद बोलीं—''बेटा, तुमने जो खबर सुनाई है उसके लिए तुम्हें क्या उपहार दूँ?''

हनुमानजी तो श्रीराम का कार्य करके ही प्रसन्न थे। उन्होंने कहा—''माता, आप चलने की तैयारी कीजिए। समझ लीजिए कि आपने मुझे कोई उपहार दिया और मैंने पा लिया।''

सीताजी श्रीराम के पास चलने की तैयारी करने लगीं। वह चाहती थीं कि मैले-कुचैले कपड़े पहने ही तुरंत राम के पास पहुँच जाऊँ, पर विभीषण की पत्नी सरमा ने न माना। सीताजी के मना करने पर भी उन्हें उबटन करके, केशों में तेल डालकर स्नान करवाया। उन्हें अच्छे-अच्छे कपड़े और आभूषण पहना दिए। इतने दिनों बाद श्रीराम के दर्शन होंगे, यह सोचकर उनको अपार सुख मिला। पर वह सुख बहुत देर तक न ठहरने पाया।

सीताजी से श्रीराम बड़े प्रेम से मिले। फिर कुछ देर तक सोचने के बाद बोले—''सीता! हमें रावण को दंड देना था, हमने दे दिया। तुम इतने दिनों तक राक्षसों के घर रहीं, इससे लोग हमें बहुत बुरा कहेंगे। वह लोक-लज्जा मुझसे न सही जाएगी।''

पति के इन कठोर वचनों को सुनकर सीताजी का हृदय दुःख से फट गया। उन्होंने रो-रोकर कहा—''हाय नाथ! जब आप ही ऐसा सोच रहे हैं तो और लोग क्या कहेंगे, इसका सहज ही अनुमान लगाया जा सकता है। अब मेरे जीने से क्या लाभ?'' यह कहकर वे लक्ष्मण से बोलीं—''लक्ष्मण! तुम आग जला दो, मैं उसमें जलकर अपने प्राण त्याग दूँगी। यही मेरा धर्म है।''

लक्ष्मण ने क्रोध और दुःख में भरकर चिता रची और उसमें आग लगा दी। चिता धू-धू कर जल उठी।

सीताजी जब आग में कूद पड़ीं उस समय चिता बहुत जोर से धधक रही थी। पर सीताजी को छूते ही आग ठंडी हो गई। सीताजी के सिर का एक केश भी नहीं जला। स्वयं अग्नि देवता सीताजी को गोद में लेकर चिता से बाहर निकल आए।

सीताजी की अग्निपरीक्षा

अग्नि देवता ने सीता को श्रीरामचंद्रजी के हवाले कर दिया और कहा—"सीता का कुछ भी अपराध नहीं है। आप इन्हें मत छोड़िए!" तब राम ने भी बड़े आदर से सीताजी को अपनाया।

राम और सीता को देखने के लिए सब देवता आकाश से उतर आए और एक स्वर से बोले—"श्रीरामचंद्रजी, आपने रावण को मारकर हम सभी देवताओं का बड़ा उपकार किया है। हम लोग सदा आपके आभारी रहेंगे।"

इसपर श्रीरामचंद्रजी ने मुसकराकर कहा—"जितने भी वानर-भालू इस युद्ध में मारे गए हैं, उन सबको जीवित कर दीजिए। मैं नहीं चाहता कि मेरे कारण किसी का जीवन नष्ट हो जाए। इसके अलावा उनके देशों के वृक्षों में फल और नदियों में जल की कभी कमी न होने पाए।"

इंद्रदेव बोले—"ऐसा ही होगा, प्रभु! आप चिंता न करें। मैं अभी सबको जीवित कर देता हूँ।" बस इंद्र के कहने भर की देर थी कि युद्ध क्षेत्र में जितने भी वानर-भालू मरे पड़े थे सभी जीवित होकर उठ खड़े हुए और चिल्लाने लगे—"सीता-राम की जय!"

□

छह

भरत-मिलाप

साँझ हो गई। सब लोग अपनी-अपनी जगह आराम करने चले गए। वह रात सबने बड़े सुख से बिताई। रावण मारा गया। वनवास के चौदह साल भी पूरे हो चले। राम ने विभीषण को लंका की राजगद्दी पर बैठाकर कहा—"भाई, अब हमको भी अयोध्या वापस लौट जाने दो। आपके सहयोग के लिए हम आभारी हैं।"

श्रीरामचंद्रजी की आज्ञा पाते ही विभीषण ने पुष्पक विमान मँगवाया। राम, सीता और लक्ष्मण—तीनों उठकर विभीषण, सुग्रीव और दूसरे वानरों से बिदा माँगने लगे।

श्रीरामचंद्रजी को जाते देखकर वानरों से न रहा गया। सबने हाथ जोड़कर कहा—"महाराज! दया करके हमको भी साथ ले चलिए। अयोध्या पहुँचकर हम लोग आपकी राजगद्दी का उत्सव मनाएँगे। साथ ही माता कौसल्या के चरणों के भी दर्शन करेंगे।" उन सबकी भक्ति देखकर राम को बड़ा आनंद मिला। चुने हुए मुखिया और भक्त विमान पर बैठ गए।

विमान आकाश में तेजी से उड़ने लगा। किष्किंधा के पास आने पर सीताजी ने श्रीराम से कहा—"मेरा जी चाहता है कि सुग्रीव और अन्य वानरों की पत्नियों को भी हम अपने साथ ले चलें।"

श्रीराम ने सीता की बात मान ली। विमान किष्किंधा में उतारा गया। वहाँ पर वानरों की स्त्रियाँ भी उस विमान पर चढ़ा ली गईं। सबको बड़ा आनंद

श्रीराम का भरत से मिलन

हुआ। भगवान् राम के दर्शन उनको हो गए थे और साथ ही उनके साथ विमान में बैठने का अवसर मिल रहा था।

इसी तरह चलते-चलते विमान भरद्वाज मुनि के तपोवन में जा पहुँचा। वहाँ उतरकर श्रीराम ने मुनि के दर्शन किए और चौदह साल के वनवास की सारी कथा सुनाई।

श्रीरामचंद्रजी हनुमान से बोले—"अब तुम अयोध्या जाओ और मेरे भाई भरत से मेरे आने का समाचार कहो। राह में श्रृंगवेरपुर में मेरा मित्र गुह रहता है, उसके भी समाचार लेते जाना।"

इतना सुनकर हनुमानजी अयोध्या चल पड़े। रास्ते में वे श्रृंगवेरपुर में ठहरे। उन्होंने गुह से भेंट करी और उससे श्रीराम के आने का समाचार कह सुनाया। फिर वह भरत के पास गए। हनुमान को भरत से मिलने की बड़ी चाह थी।

भरत नंदीग्राम में थे। अयोध्या से कोस भर दूर हनुमान की भरत से भेंट हुई। वे तपस्वियों के वेश में थे। सिर पर जटा बढ़ गई थी। वे वृक्ष की छाल पहने हुए थे। फल-फूल खाते थे और श्रीराम की दोनों खड़ाऊँ सिंहासन पर रखकर राज-काज सँभालते थे।

हनुमान भरत के पास गए और हाथ जोड़कर बोले—"भाई! अब इतना दुःख मत सहिए। राम अब आ ही पहुँचे हैं।"

इस बात को सुनते ही आनंद के कारण भरत अचेत हो गए। थोड़ा सा सँभल जाने पर हनुमानजी को गले लगाकर बोले—"भाई, तुम देवता हो कि मनुष्य? तुमने दया करके आज मुझे जो समाचार सुनाया है उसके बदले में तुम्हें क्या दूँ?"

तब हनुमानजी ने कहा—"श्रीरामचंद्रजी सारी सेना के साथ भरद्वाज मुनि के यहाँ रुके हुए हैं, कल यहाँ आ जाएँगे।"

राम का आगमन सुनकर अयोध्या में आनंद की धूम मच गई। घर-द्वार सजाए जाने लगे। नगर भर में रंग-रोगन होने लगा, बाजे बजने लगे। पालकियों में बैठकर रानियाँ चलीं। भरत भी ब्राह्मणों और मंत्रियों के साथ श्रीरामचंद्रजी की अगवानी करने के लिए चले। उन्होंने सिर पर खड़ाऊँ की

जोड़ी रख ली थी। श्रीरामचंद्रजी से भेंट होते ही भरत ने खड़ाऊँ को उनके पैरों में पहनाकर कहा—''भैया! अपने राज्य की रखवाली करने का दायित्व आप मुझपर छोड़ गए थे। अब इसे आप सँभालें।''

राम ने माताओं और गुरु वसिष्ठ के चरण छुए और भरत को गले लगाया।

□

सात

श्रीराम का राजतिलक

राम, लक्ष्मण, सीता और परिवार के दूसरे लोगों के अयोध्या पहुँचने पर राम के राजतिलक की तैयारियाँ जोर-शोर से होने लगीं।

गुरु वसिष्ठ ने राम और सीताजी को रत्न की चौकी पर बैठाकर अभिषेक किया।

सभी बड़े-बड़े तीर्थों का जल श्रीरामचंद्रजी के सिर पर डाला गया। स्नान कर श्रीरामचंद्रजी ने राजसी वस्त्र पहने और सिंहासन पर बैठकर राज्य का भार ग्रहण किया।

वह सिर पर सुंदर राजमुकुट पहने हुए थे। दोनों ओर से सुग्रीव और विभीषण चँवर डुला रहे थे। शत्रुघ्न ने उनके पीछे सिर पर सफेद रंग का रेशमी छत्र लगाया।

सीताजी भी राम के बगल में बैठी थीं। बड़े आनंद-मंगल के वातावरण में श्रीरामचंद्र अयोध्या के राजा बने और अपनी प्रजा का बेटों की तरह पालन करने लगे।

सुग्रीव और विभीषण दोनों को उपहार दिए गए। सबका बड़ा आदर-सत्कार किया गया।

तुलसीदासजी ने लिखा है—'राम की यह कथा, जो मैंने बयान की है, वह बड़ी पावन है। कलयुग में इसे पढ़ने से मन का मैल दूर हो जाता

श्रीराम का राज्याभिषेक

है। जो यह रामकथा सुनें-पढ़ें या इसका अनुमोदन करें, वे इस भवसागर को पार कर तर जाएँगे। श्रीराम की कृपा से मैंने अपनी समझ के अनुसार यह पवित्र चरित्र बखान किया है। श्रीरामचंद्रजी सभी सुननेवालों का कल्याण करें।'

□

सातवाँ खंड

रामराज्य

श्रीरामचंद्रजी अयोध्या के राजसिंहासन पर बैठकर सारे भूमंडल का शासन करने लगे। राम का राज्य आज तक प्रसिद्ध है। उस राज्य में राजा और प्रजा सभी अपनी-अपनी मर्यादा में रहते थे। राजा अपने को प्रजा का सेवक समझता था। जो कुछ कर वह वसूल करता था उसे खजाने में प्रजा की भलाई के लिए रखता था।

प्रजा की अच्छी तरह से देखभाल करना और भलाई ही श्रीराम के राज्य का आदर्श था। प्रजा की मर्यादा की रक्षा में ही श्रीराम अपने शासन की सार्थकता मानते थे। इसलिए उनको मर्यादा पुरुषोत्तम श्रीराम कहा जाता है। प्रजा की भलाई के लिए वे बड़े-से-बड़ा त्याग करने के लिए हमेशा तैयार रहते थे। इसलिए हजारों साल बीत जाने पर भी रामराज्य आदर्श बना हुआ है।

उस समय चार वर्ण थे—ब्राह्मण, क्षत्रिय, वैश्य और शूद्र। सभी अपने-अपने वर्ण के अनुसार काम करते थे, अपने धर्म का पालन करते थे। इसलिए किसी को किसी तरह का कष्ट नहीं था। सारी प्रजा सुखी थी। धन-अनाज बहुत था। सुख-शांति का साम्राज्य था। देश में आनंद की धारा बहती थी। प्रकृति में भी अव्यवस्था नहीं थी। जाड़ा, गरमी, वर्षा—सब समय पर आते और समय पर जाते थे। अकाल या महामारी का लोग नाम तक नहीं जानते थे। सब प्रेम से मिल-जुलकर रहते थे। न कोई किसी से

भेदभाव करता और न डाह। चोरी-डकैती का कोई डर नहीं था। राजा और प्रजा दोनों ही धर्मपरायण थे। इसलिए रामराज्य में किसी को कोई दुःख न था।

श्रीराम मर्यादा और धर्म के अनुसार प्रजा की रक्षा करते थे। लक्ष्मण, भरत, शत्रुघ्न—सभी राम के भक्त थे। कौसल्या आदि राजमाताओं को राज्य की व्यवस्था से पूरा संतोष था। माता कौसल्या की सिर्फ एक इच्छा बाकी थी कि सीताजी को संतान हो। भगवान् ने राजमाता की यह प्रार्थना भी सुन ली। सीताजी गर्भवती हो गईं। राजमहल में खुशी का सागर उमड़ आया। लेकिन होनी को कौन टाल सकता है! कौन जानता था कि इस आनंद और संतोष के पीछे बुरे दिन छिपे हुए हैं।

कहावत है कि जो होना होता है, वह होकर रहता है। घटना यों हुई कि एक दिन एक धोबी अपनी पत्नी को डाँटता हुआ कह रहा था—"तुमने क्या मुझे राम समझ रखा है कि राक्षस के घर में रहने पर भी सीता को स्वीकार कर लिया, अपने घर में जगह दी!"

गुप्तचरों द्वारा यह कथन श्रीराम के कानों तक पहुँचा। श्रीराम ने प्रजा का संतोष अपना धर्म बना लिया था। उन्होंने सोचा कि 'सीता को स्वीकार करने के कारण प्रजा के मन में असंतोष है, इस कारण मुझे सीता को फिर त्याग देना चाहिए।' ऐसा सोचकर श्रीराम ने लक्ष्मण को बुलाया और सीता को वन में छोड़ आने की आज्ञा दी।

लक्ष्मण श्रीराम की आज्ञा सुनकर अवाक् और अचंभित हो गए। लेकिन राम की आज्ञा का पालन करने के अलावा वे कर ही क्या सकते थे। वे सीताजी को लेकर चले गए और उन्हें वाल्मीकि मुनि के आश्रम के पास छोड़कर वापस आ गए।

वाल्मीकि मुनि ने सीता को अपने यहाँ आश्रय दिया और वहीं सीता के लव-कुश नामक दो पुत्र उत्पन्न हुए। लव और कुश दोनों ही मेधावी और बलवान थे। वे पढ़ने-लिखने में बहुत होशियार थे और अस्त्र-शस्त्र चलाने में भी निपुण थे।

एक दिन उन्होंने देखा कि सोने-चाँदी के आभूषणों से सजा हुआ एक घोड़ा चला आ रहा है। उन्होंने उस घोड़े को पकड़ लिया। वह महाराजा रामचंद्र के राजसूय यज्ञ का घोड़ा था। श्रीराम ने राजसूय यज्ञ का आयोजन किया था। उन्होंने समस्त भारत के राजाओं को उनकी अधीनता स्वीकार करने के लिए सेना के साथ घोड़े को भारत-भ्रमण के लिए भेजा था। घोड़े को अपनी सीमा से बे-रोक-टोक निकल जाने देनेवाला राजा मित्र समझा जाता था। जो घोड़े को रोकता, वही शत्रु माना जाता।

लव-कुश को घोड़ा बहुत पसंद आया। उन्होंने उसे खेल-खेल में ही पकड़ लिया और वापस देने से इनकार कर दिया। बस फिर क्या था ? श्रीराम की सेना और लव-कुश में युद्ध होने लगा। लव-कुश के सामने सेना तो क्या, लक्ष्मण भी ठहर न सके। अंततः स्वयं राजा राम को अपने ही पुत्रों से लड़ने के लिए आना पड़ा। श्रीराम के आने पर कुछ समय तक घनघोर युद्ध हुआ। वाल्मीकि के परिचय देने पर श्रीराम ने अपने पुत्रों को पहचाना और हृदय से लगाया। किंतु अपने अपमान और दुःखों की याद करके सीताजी ने धरती माता से प्रार्थना की और धरती फटने पर वे उसीमें समा गईं। राम ने राजसूय यज्ञ किया।

श्रीराम अयोध्या के राजा नहीं बल्कि भारत के सम्राट् हो गए। बहुत समय तक श्रीराम ने सारे भारत पर शासन किया। अपने जीवन के दिन पूरे हुए जानकर उन्होंने अपने दोनों पुत्रों और भाइयों के छह पुत्रों को बुलाया तथा सारे भारत का राज्य आठ भागों में बाँटकर आठों को दे दिया। सबने अपने-अपने राज्य का भार सँभाला और धर्म तथा मर्यादापूर्वक प्रजा का पालन करने लगे।

अयोध्या से स्वर्ग जाने के समय श्रीराम ने अपना सारा राजकोष दान कर दिया। प्रजा से बिदा लेकर वे सरयू नदी के तट पर आए। अपनी प्रजा, गुरुजनों, इष्ट मित्रों आदि से बिदा लेकर, वे सरयू नदी में प्रवेश करके स्वर्ग सिधार गए। श्रीराम को गए आज लाखों वर्ष बीत गए, फिर

भी प्रजा-पालन का जो आदर्श उन्होंने रखा, वही आज भी सबसे उत्तम आदर्श माना जाता है। तभी तो आज भी भारत में रामराज्य हो, यही सब चाहते हैं।

ऐसे आदर्श राजा राम की जय!

सीतापति श्रीरामचंद्र की जय!!

□□□